Albert   Wesselski

Der Hodscha Nasreddin II. Band

ürkische, arabische, berberische, maltesische,sizilianische, kalabrische, kroatische,

serbische und griechische Märlein

Albert Wesselski

Der Hodscha Nasreddin II. Band
Türkische, arabische, berberische, maltesische,sizilianische, kalabrische, kroatische, serbische
und griechische Märlein

ISBN/EAN: 9783337362782

Hergestellt in Europa, USA, Kanada, Australien, Japan

Cover: Foto ©Andreas Hilbeck / pixelio.de

Weitere Bücher finden Sie auf **www.hansebooks.com**

NARREN, GAUKLER UND VOLKSLIEBLINGE
HERAUSGEGEBEN VON ALBERT WESSELSKI
VIERTER BAND: DER HODSCHA NASREDDIN I

3

DER HODSCHA NASREDDIN

Türkische, arabische, berberische,
maltesische, sizilianische, kalabrische,
kroatische, serbische und griechische
Märlein und Schwänke

Gesammelt und herausgegeben von

Albert Wesselski

II. Band

Alexander Duncker Verlag
Weimar MCMXI

4

Inhalt des II. Bandes

7

9

II.

Arabische Überlieferungen

---

1. Aus dem Nawadir el chodscha nasr ed-din effendi dschoha

339.

MAn fragte Nasreddin: »Kannst du rechnen?« »Freilich,« antwortete er; »darüber gibts keinen Zweifel.« »Wie würdest du also vier Dirhem unter drei Personen gleichmäßig verteilen?« »Zweien von ihnen gäbe ich jedem zwei Dirhem, der dritte bekäme nichts und müßte warten, bis noch zwei Dirhem dawären; dann nähme er diese und so hätten alle drei gleich viel.«

340.

NAsreddin, der Pfirsiche in der Tasche hatte, kam bei etlichen Leuten vorbei und sagte zu ihnen: »Wer es errät, was ich in der Tasche habe, bekommt den größten Pfirsich.« Sie antworteten ihm: »Es sind Pfirsiche.« Er sagte: »Ja, wer hat euch denn das gesagt? das muß ein rechter Hurensohn sein.«

341.

Ines Tages ging Nasreddin mit einer Flasche zum Bache, um

E Wasser zu holen; sie fiel ihm aus der Hand und sank unter. Da setzte er sich am Ufer nieder. Ein Freund von ihm kam vorbei und sagte: »Was sitzst du da, Dschoha?«

»Eine meinige Flasche ist ertrunken; ich warte, bis sie aufquillt und an die Oberfläche kommt.«

342.

E Ines Tages brachte Nasreddin Korn in die Mühle; dort begann er dann das Korn aus den Körben der andern Leute zu nehmen und es in den seinigen zu tun. Endlich sagte der Müller zu ihm: »Was machst du da?« »Ich bin ein Narr.« »Warum nimmst du dann nicht das Korn aus deinem Korbe und tust es in die der andern?« »Ich bin ein einfacher Narr; täte ich das, was du sagst, wäre ich ein doppelter Narr.«

Der Müller begann zu lachen und ließ ihn laufen.

343.

D As Maultier Nasreddin Dschohas nahm einmal einen andern Weg, als er gewollt hätte. Einer seiner Freunde, der ihm begegnete, fragte ihn: »Wohin, Dschoha?« »Wohin mein Maultier will.«

344.

D Schoha brachte eines Tages einen löcherigen Kessel auf den Markt, um ihn zu verkaufen; aber man sagte ihm: »Er hat ein Loch, er ist nichts wert.« Er antwortete: »Bei Gott, das ist nicht wahr, er hat kein Loch; meine Mutter hatte Baumwolle drinnen, und er hat nicht geronnen.«

345.

11

E Inmal ging die Mutter Si Dschohas zu einer Lustbarkeit ı
sagte zu ihm: »Hüte die Tür.« Da setzte er sich nieder,
mit dem Rücken an die Tür gelehnt. Als es ihm dann
langweilig wurde, stand er auf und ging weg, trug aber
dabei die Tür auf dem Kopfe. Einer seiner Freunde sah ihn
und sagte: »Was soll das heißen?« Er antwortete: »Meine
Mutter hat mir gesagt, ich soll die Tür hüten.«

346.

E Ines Tages knackte Dschoha eine Mandel auf und der
Kern entschlüpfte ihm; da sagte er: »Wie wunderbar!
alles flieht vor dem Tode, sogar die unvernünftigen
Wesen.«

347.

E Inmal ging Dschoha in den Vorraum seines Hauses
hinaus und fand dort einen Ermordeten. Er warf ihn in
den Brunnen und sagte es seinem Vater. Der nahm den
Leichnam wieder heraus und begrub ihn; dann erwürgte er
einen Hammel und warf ihn in den Brunnen. Die
Verwandten des Toten durchliefen alle Straßen und fragten
um den Leichnam; Dschoha begegnete ihnen und sagte zu
ihnen: »Bei uns ist ein Ermordeter; kommt nachsehn, ob es
euer Mann ist.« Sie gingen zu ihm und ließen ihn in den
Brunnen steigen; als er den Hammel sah, rief er zu ihnen
hinauf: »Hat euer Mann Hörner gehabt?«

348.

D Schoha hatte drei Pfund Fleisch gekauft und sagte zu
seiner Frau: »Koch uns ein wenig Fleisch.« Sie kochte
es, aß es aber mit ihrem Geliebten. Dschoha kam heim
und fragte: »Wo ist das Fleisch?« Die Frau antwortete: »Ich
war in der Küche beschäftigt; unterdessen hat es die Katze
gefressen.«

Dschoha stand auf, nahm die Katze und wog sie; da hatte sie gerade drei Pfund. Und er schrie: »Du Metze, wenn das die Katze ist, wo ist das Fleisch? und wenn das das Fleisch ist, wo ist die Katze?«

349.

D Schoha gab seiner Frau drei Dirhem und sagte zu ihr: »Kauf dafür Fleisch, laß es aber nicht wieder die Katze fressen wie neulich.« Sie ging es kaufen und traf einen von ihren Liebhabern; den nahm sie mit sich nach Hause. Die Nachbarn sahen das und führten beide vor den Richter. Der Richter befahl, die Frau auf einen Bullen zu setzen und sie also durch die Stadt zu führen. Als Dschoha die Zeit lang wurde, ging er sie suchen; da sah er sie in dieser Verfassung und sagte zu ihr: »Du Metze, was heißt das?«

Sie antwortete: »Nun, nun, was denn? Geh nur nach Hause; ich habe nur noch den Markt der Essenzenverkäufer und der Tuchhändler, dann gehe ich das Fleisch kaufen und komme heim.«

350.

D Ie Frau Dschohas pflegte in der Nacht wegzulaufen und sich mit ihrem Geliebten zu treffen; deswegen wurde Dschoha von seinen Nachbarn gehänselt. Da hielt er sich einmal wach, bis sie wegging; dann stand er auf, verschloß die Tür und setzte sich dahinter. Als die Frau zurückkam, fand sie die Tür versperrt. Sie begann ihn zu bitten, er möge sich ihrer erbarmen, aber er beschimpfte sie. Als sie jede Hoffnung auf einen günstigen Ausgang aufgegeben hatte, sagte sie zu ihm: »Wenn du mir nicht öffnest, springe ich in den Brunnen.« Dann nahm sie einen großen Stein und warf ihn hinein. Voll Reue lief er hinaus, um zu sehn, was es gebe. Augenblicklich schlüpfte die Frau ins Haus und verschloß die Tür. Er gab sich alle Mühe, sie zur Nachgiebigkeit zu bestimmen, aber sie hörte nicht auf, ihn zu beschimpfen und zu ihm zu sagen: »Da hat mans, wie du dich aufführst; die ganze Nacht steckst du bei den Trunkenbolden.« So gelang es ihr denn, ihn vor den Nachbarn mit Schande zu bedecken.

351.

Einer, der die Frau Dschohas liebte, sagte eines Tages zu seinem Diener, einem bartlosen und wohlgewachsenen Knaben: »Geh zu ihr und sag ihr, daß ich sie bald besuchen werde.« Der Knabe ging hin. Sie konnte sich nicht enthalten, ihn zu umarmen und ihn an ihre Brust zu drücken, bis sie schließlich ihre Gelüste stillte. Der Herr des Knaben fand, daß der zu lange ausblieb; er machte sich also selber auf den Weg zum Hause Dschohas. Als ihn die Frau kommen hörte, verbarg sie den Knaben unter dem Bette, und ihn empfing sie wie gewöhnlich. In diesem Augenblicke klopfte Dschoha an die Tür. Da sagte sie zu ihrem Geliebten: »Steh auf, lauf mit blankem Schwerte in den Hof und stoße Schmähungen gegen mich aus.« Er tat es. Dschoha trat ein und fragte seine Frau: »Was will der Mensch?« »Ach, Mann,« sagte sie, »das ist unser Nachbar: sein Diener ist ihm entlaufen und hat sich zu uns geflüchtet; er wollte auf ihn los, um ihn zu töten, aber ich habe ihn unter das Bett gesteckt.« Dschoha sagte zu dem Knaben: »Komm nur hervor, mein Kind, und bete zu Gott für diese ehrsame Frau, die dir diesen großen Dienst geleistet hat; Gott möge ihn ihr lohnen.«

352.

Die Frau Dschohas ging mitten in der Nacht weg. Es begegnete ihr einer und der sagte zu ihr: »Du gehst um diese Stunde aus?« »Das kümmert mich nichts,« antwortete sie: »treffe ich einen Mann, so ist das das, was ich suche; begegnet mir ein Teufel, so werde ich ihm gehorchen.«

353.

MAn sagte zu Dschoha: »Nun bist du alt geworden und weißt von der ganzen Überlieferung nichts auswendig.« Er antwortete: »Niemand von euch hat von Ikrimah das sagen hören, was ich von ihm gehört habe.« »Sag es uns.« »Ich habe gehört, wie Ikrimah nach ibn Abbas[1], der es von dem Propheten hatte, folgendes verkündete: ›Es gibt zwei Eigenschaften, die bei niemand sonst als bei den Gläubigen vereint sind.‹ Aber Ikrimah hat die eine vergessen gehabt und ich habe die andere vergessen.«

354.

DSchoha war gerade beim Essen, als ein Bettler vor seiner Tür stehn blieb und sagte: »Muselmanen, Brüder!«
Dschoha sagte: »Es soll keine Verwandtschaft unter ihnen gelten und sie sollen sich nicht aneinander mit Bitten wenden.[2]« Der Bettler antwortete: »Hab Mitleid mit mir!« Dschoha sagte: »Eher brauchte ich dein Mitleid.« Der Bettler: »Höre mich doch an!« Dschoha: »Ich hätte dich angehört, wenn du dich an einen Lebenden gewandt hättest.« Der Bettler: »Wie weitschweifig sind deine Worte, und wie trügerisch deine Handlungen! Möge Gott deine Hoffnungen zu Schanden machen!«

355.

DSchoha brachte seiner Frau ein Stück Fleisch und fragte sie: »Was kann man daraus machen?« Sie antwortete: »Mit gutem Fleische lassen sich alle möglichen guten Sachen kochen.« »Gut,« sagte Dschoha, »koch mir alle

15

möglichen guten Sachen.«

D Schoha hatte einen Kamelhengst bestiegen; auf dem
Wege warf ihn der ab und entwich. Dschoha verfolgte
ihn, bis er ihn schließlich in einer Stadt einholte; und er
sagte zu den Einwohnern der Stadt: »Habt ihr den Schuft
gesehn, der mich hat umbringen wollen? Bringt den
Metzger her, damit er den Verfluchten schlachte.« Der
Metzger schlachtete das Kamel und Dschoha verteilte das
Fleisch an die Einwohner der Stadt.

E Iner lud Dschoha zu Tische und sagte zu seiner Sklavin:
»Bereite uns Feigen.« Aber sie vergaß es und er ebenso.
Später sagte er zu Dschoha: »Lies uns einen Abschnitt
aus dem Koran.« Dschoha willigte ein und begann: »Im
Namen Allahs, des Erbarmers, des Barmherzigen! Bei dem
Ölbaume und dem Berge Sinaï ....«[3] Der Gastgeber sagte:
»Wo bleibt die Feige?« Dschoha antwortete: »Die habt ihr,
du und deine Sklavin, seit Anbruch der Nacht vergessen.«

D Schoha heiratete eine Frau, die schielte. Um die
Essensstunde brachte er zwei Brote; sie sah vier. Dann
brachte er eine Schüssel mit Speise; sie sah zwei und
sagte zu ihm: »Was sollen wir mit zwei Schüsseln machen?
eine ist genug.« Er sagte bei sich: »Was für eine
ausgezeichnete Frau, die alles doppelt sieht!« Als er sich
dann mit ihr zu Tische setzte, warf sie ihm die Schüssel an
den Kopf und sagte: »Bin ich denn eine Dirne, daß du einen
andern Mann zu mir führst?« »Liebste,« sagte Dschoha,
»bitte, sieh alles doppelt, nur deinen Mann nicht!«

359.

Dschoha war bei einem großen Herrn zu Tische und es gab Nugat. Da fragte ihn einer: »Was ist das?« Er antwortete: »Ich weiß es nicht; aber ich habe sagen hören, das Bad sei eines der köstlichsten irdischen Dinge, und so denke ich, daß das ein Bad ist.«

360.

Dschoha sah auf dem Tische eines Geizigen ein Huhn, das niemand anrührte; man hatte es zugleich mit dem Kuskussu[4] gebracht und nach dem Essen wurde es wieder zurückgetragen. Da sagte er: »Bei Gott, dieses Huhn hat nach seinem Tode ein längers Dasein als zu seinen Lebzeiten.«

361.

Dschoha aß bei einem großen Herrn; es gab eine Fleischpastete und die verschlang er mit vollem Munde. Einer sagte zu ihm: »Dschoha, iß nicht zu viel; wer sich daran übernimmt, muß sterben.« Er hielt einen Augenblick inne, dann klatschte er seine fünf Finger zusammen und sagte: »Nehmt euch meiner Familie an; ich befehle sie euch.«

362.

Dschoha traf einen Christen, der in der christlichen Fastenzeit Fleisch aß; da setzte er sich zu ihm, um an seinem Mahle teilzunehmen. Der Christ sagte zu ihm: »Dschoha, das Fleisch von Tieren, die wir geschlachtet haben, ist euch Muselmanen nicht erlaubt.« Dschoha antwortete: »Ich bin unter den Muselmanen das, was du unter den Christen bist.«

DIe Frau Dschohas erzählt: Mein Geliebter hatte Lust
nach einer Schüssel gedünstetes Fleisch, und ich
verlangte die Sachen dazu von meinem Manne. Als
alles nötige bereit war, kochte ich das Gericht und aß es mit
meinem Geliebten und tat eine Gurke in den Topf. Mein
Mann kam heim und ich setzte ihm diese vor; er kostete sie
und sagte: »Das schmeckt ja wie eine Gurke.« Ich stellte sie
noch einmal zu, bis sie eingetrocknet war. Er aß sie und
ging weg. Mein Geliebter kam zum zweiten Male, aber er
war noch kaum recht eingetreten, als ihn mein Mann
ertappte; er packte ihn und steckte ihn in eine Truhe und
verschloß sie. Dann ging er meine Verwandten holen.
Sofort, als er draußen war, machte ich mich an das Schloß,
öffnete es und ließ meinen Geliebten heraus. Unser Nachbar
hatte einen Esel; den nahm ich und steckte ihn in die Truhe.
Da trat auch schon mein Mann mit meinem Vater und
meinem Bruder ein. Sie öffneten die Truhe und fanden einen
Esel. Und sie sagten zu Dschoha: »Bist du närrisch?« Er sah
mich an und sagte: »Dirne! du hast eine Gurke in Fleisch
verwandelt; kein Wunder, daß du einen Menschen in einen
Esel verwandelst.«

DIe Frau Dschohas erzählt weiter: Eines Tages kam mein
Mann nach Hause und mein Geliebter war da; ich
versteckte ihn im Keller. Mein Mann brachte dreißig
Eieräpfel mit und legte sie in den Keller. Mein Geliebter aß
einen. Dann ging mein Mann die Äpfel zählen; mein
Geliebter gab sie ihm einzeln, und er bildete sich ein, es sei
seine eigene Hand, die sie ihm von innen reichte. Als er
fand, daß einer fehlte, ging er hinein; da traf er meinen
Geliebten. Er fragte ihn: »Wer bist du?« Und mein Geliebter

antwortete: »Ich bin ein Eierapfel.« Nun sagte mein Mann zu mir: »Schau, was für ein Spitzbube der Händler ist! er hat mir den da für einen Apfel zugezählt, und dabei habe ich zu ihm gesagt: ›Welcher ists denn, wenn nicht der da, der den Korb so schwer macht?‹« Dann führte er ihn zu dem Apfelhändler und sagte zu ihm: »Hast du denn keine Furcht vor Gott? wie kannst du mir den zu den Äpfeln zuwägen?« Der Händler, der ein Schalk war, nahm meinen Geliebten beim Ohre und sagte zu ihm: »Wie oft habe ich dir schon gesagt: ›Bleib bei den Rüben und komme nicht immer unter die Eieräpfel!‹« Dann gab er meinem Manne an seiner statt einen Eierapfel.

365.

D Schoha erhielt von seinem Vater einen Dirhem, um dafür einen Hammelkopf zu kaufen. Er kaufte ihn, aß aber alles Fleisch herunter und brachte seinem Vater den nackten Schädel. Der Vater sagte: »Schuft, was ist das?« »Ein Hammelkopf.« »Wo sind die Ohren?« »Er war taub.« »Und die Zunge?« »Er war stumm.« »Und das Fleisch am Kopfe?« »Er war kahl.«

366.

E Iner lud eines Tages Dschoha ein, um ihn zu hänseln, und als Dschoha zu Tische kam, war nur ein Brot da; Dschoha stand auf und lief eiligst weg. Der andere sagte: »Wohin denn, Dschoha?« Dschoha antwortete: »Ich werde am Opfertage wiederkommen; vielleicht gibts dann bei dir Fleisch.«

367.

D Schoha war gerade dabei, ein Huhn mit Brot zu essen, als einer bei ihm vorbeikam; der sagte zu ihm: »Gib mir ein Stückchen.« Aber Dschoha sagte: »Bei Gott, Bruder, das Huhn gehört nicht mir; es gehört meiner Frau und sie hat es mir gegeben, damit ich es esse.«

368.

D Schoha fragte einen Geizhals: »Warum lädst du mich nicht ein?« »Weil du große Bissen nimmst und sie gierig verschlingst; während du den einen ißt, bereitest du dir schon den andern vor.« »Aber Bruder,« entgegnete Dschoha, »möchtest du denn, daß ich jedesmal zwischen zwei Bissen zwei Kniebeugungen machte?«

369.

E Ines Tages sagte Dschoha zu seiner Frau, als er mit ihr aß: »Nichts könnte lieblicher sein als diese Speise, wenn sie nur nicht so knapp wäre.« »Wieso denn knapp?« sagte sie; »wir sind doch allein, du und ich.« »Mir wäre es am liebsten,« sagte er, »wenn nur der Topf und ich dawären, und sonst niemand.«

370.

D Schohas Esel hatte sich verlaufen; da schwur Dschoha, ihn, wenn er ihn finden werde, für einen Dinar zu verkaufen. Als er ihn aber gefunden hatte, nahm er eine Katze, setzte sie dem Esel auf den Hals und führte beide Tiere auf den Markt und schrie: »Wer will einen Esel um einen Dinar und eine Katze um hundert Dinar? eines ohne das andere verkaufe ich aber nicht.«

371.

E Ines Tages war Dschoha in dem neugebauten Hause eines Freundes; er setzte sich einen Augenblick nieder, bekam aber nichts zu essen. Da stand er auf und begann das Haus von einer Ecke zur andern mit seinem Fuße auszumessen. Der Eigentümer sagte: »Was machst du da, Dschoha?« »Ich will mir ein Haus bauen lassen wie dieses da; ein Haus, wo nichts zu trinken und nichts zu essen ist, muß ja leicht zu bauen sein.«

372.

D Schoha wollte für heilig gelten. Er wurde gefragt: »Wo sind deine Wunder?« und er sagte: »Ich werde einem Baume, gleichgültig welchem, befehlen, zu mir zu kommen, und er wird mir gehorchen.« »Sag es dem Palmbaum da.« »Komm,« sagte Dschoha; aber der Palmbaum rührte sich nicht, auch nicht, als er ihn dreimal angerufen hatte. Nun stand Dschoha auf; man fragte ihn: »Wohin, Dschoha?« Er sagte: »Die Propheten Gottes und die Heiligen kennen weder Hochmut, noch Verblendung; da der Palmbaum nicht zu mir kommt, werde ich zum Palmbaum gehn.«

373.

E Ines Tages stieg Dschoha auf das Minaret der Moschee und rief zum Gebete; und er verwunderte sich über seine Stimme. Alsbald stieg er hinunter und begann hastig davonzulaufen. Man fragte ihn: »Wohin, Dschoha?« Und er antwortete: »Ich will wissen, bis wohin meine Stimme reicht.«

374.

E Ines Tages ging der Hodscha mit einem seiner Freunde auf die Jagd. Sie sahen einen Wolf, und den wollten sie fangen; sie verfolgten ihn, bis er sich unter einen Felsen verkroch. Der Gesell Dschohas steckte seinen Kopf hinein, um ihn zu packen, aber der Wolf riß ihm ihn ab. Dschoha wartete länger als eine Stunde; als er schließlich sah, daß sich sein Gesell nicht wieder erhob, zog er ihn heraus, und da sah er, daß er keinen Kopf hatte. Er fragte sich, ob er einen gehabt habe oder nicht; dann ging er in die Stadt und fragte die Frau seines Freundes: »Hat dein Mann, als er heute weggegangen ist, seinen Kopf bei sich gehabt oder nicht?«

375.

E Ines Tages trug Dschoha einen Sack Korn in die Mühle. Auf dem Wege dachte er, wie schön es wäre, wenn Gott das Korn in seinem Sacke in Gold verwandeln möchte, und schließlich glaubte er, daß sein Wunsch erhört sei. Er streckte die Hand aus, um zu sehn, ob es Gold geworden sei oder nicht, aber der Sack legte sich um. Da wandte er den Blick gen Himmel und sagte: »Herr, du hast mich betrogen.«

376.

E Iner lud Dschoha ein in der Absicht, ihn zu hänseln; er brachte Rosinen in einer zugedeckten Schüssel, worein er auch Mistkäfer getan hatte. Als der Deckel abgenommen wurde, liefen die Käfer davon; aber Dschoha machte sich daran, sie aufzulesen und zu essen. Der Hausherr fragte ihn: »Was tust du denn?« Und Dschoha antwortete: »Ich fange vorerst die Ausreißer; die Rosinen rühren sich ja nicht von der Stelle.«

2. Aus der von Mardrus besorgten Ausgabe von Tausend und einer Nacht

377.

I N den Jahrbüchern der alten Weisen, o König der Zeit, und in den Schriften der Gelehrten wird erzählt und durch die Überlieferung ist auf uns gekommen, daß in der Stadt Kairo, diesem Sitze des Frohsinns und des Geistes, ein Mann gewesen ist, der wie ein Dummkopf aussah, aber unter dem Äußern eines ungewöhnlichen Narren einen unvergleichlichen Kern von Verschlagenheit, Scharfsinn, Witz und Weisheit verbarg, ganz zu geschweigen, daß er sicherlich der vergnüglichste, unterrichtetste und geistreichste Mensch seiner Zeit war; mit seinem Namen hieß er Dschoha, und von Beruf war er nichts, gar nichts, wenn er auch gelegentlich in den Moscheen das Predigeramt ausübte.

Eines Tages sagten nun seine Freunde zu ihm: »Schämst du dich denn nicht, Dschoha, daß du dein Leben im Müßiggange verbringst und deine Hände samt den zehn Fingern zu nichts anderm brauchst, als um sie voll zum Munde zu führen? Und denkst du nicht, daß es die höchste Zeit wäre, dein Luderleben aufzugeben und dich den Sitten aller Welt zu fügen?«

Dschoha antwortete darauf nichts. Aber eines Tages fing er einen großen, schönen Storch mit herrlichen Flügeln, die ihn hoch in den Himmel trugen, mit einem wunderbaren Schnabel, dem Schrecken der Vögel, und mit zwei Lilienstengeln als Beinen. Und nachdem er ihn gefangen hatte, stieg er mit denen, die ihm Vorwürfe gemacht hatten, auf das Dach seines Hauses, und dort schnitt er dem Storche mit einem Messer die herrlichen Federn der Flügel und den wunderbaren langen Schnabel und die hübschen, so zierlichen Beine ab, stieß ihn mit dem Fuße hinaus und sagte: »Fliege! fliege!«

Entrüstet schrien ihn seine Freunde an: »Daß dich Allah verfluche, Dschoha! Warum diese Verrücktheit?«

Und er antwortete ihnen: »Dieser Storch hat mich geärgert und hat meine Augen verdrossen, weil er nicht so war wie die andern Vögel; jetzt aber habe ich ihn den andern ähnlich gemacht.«

378.

U Nd einmal kam sein Nachbar zu Dschoha, um ihn zu
einem Mahle einzuladen, und sagte zu ihm: »Komm zu
mir essen, Dschoha.« Und Dschoha nahm die
Einladung an. Und als sie alle beide vor dem Eßbrette saßen,
wurde ihnen eine Henne aufgetragen. Und Dschoha gab es
nach mehrern Kauversuchen auf, sich mit dieser Henne zu
befassen, die eine alte war unter den allerältesten Hennen,
und deren Fleisch zäh war wie Leder; und er begnügte sich,
ein wenig von der Suppe, worin sie gekocht war, zu sich zu
nehmen. Dann stand er auf, nahm die Henne, stellte sie in
die Richtung nach Mekka und schickte sich an, sein Gebet
über ihr zu sprechen. Und sein Wirt sagte betreten zu ihm:
»Was willst du, Ungläubiger? Seit wann beten die
Muselmanen über den Hühnern?«

Und Dschoha antwortete: »Du täuschest dich, Oheim.
Diese Henne, über der ich beten will, ist keine Henne: sie hat
nur die Gestalt einer Henne; denn in Wirklichkeit ist sie eine
alte heilige Frau, die in eine Henne verwandelt worden ist,
oder ein verehrungswürdiger frommer Mönch! denn sie war
im Feuer, und das Feuer hat sie verschont.«

379.

E In andermal war Dschoha mit einer Karawane
ausgezogen und der Mundvorrat war gar spärlich und
der Hunger der Reisenden war beträchtlich; und er
wurde von seinem Magen so gepeinigt, daß er gern das
Futter der Kamele verschlungen hätte. Als sie sich nun beim
ersten Halt alle niedergesetzt hatten, um zu essen, zeigte
Dschoha so viel Zurückhaltung und Bescheidenheit, daß
sich seine Gefährten nicht genug wundern konnten. Sie
drangen in ihn, das Brot und das harte Ei, das ihm zukam,

zu nehmen, aber er antwortete: »Nein, bei Allah! eßt nur und seid zufrieden; ich wäre nicht imstande, ein ganzes Brot und ein Ei aufzuessen. Nehmt nur jeder euer Brot und euer Ei; mir gebt dann, wenn es euch beliebt, jeder die Hälfte von seinem Brot und seinem Ei: mehr verträgt mein Magen nicht, der ziemlich schwach ist.«

380.

E In andermal, an einem sehr heißen Tage, hatte sich Dschoha in der ärgsten Sonnenglut auf den Weg gelegt und hielt seinen Freudenstifter entblößt in der Hand. Da kam einer vorbei, und der sagte zu ihm: »Schande über dich, Dschoha! was machst du da?«

Und Dschoha antwortete: »Schweige, Mann, und geh mir aus meinem Winde! siehst du nicht, daß ich meinen Kleinen Luft schöpfen lasse zu seiner Erfrischung?«

3. Volkserzählungen aus Tripolis und Tunis

381.

E Inmal kam ein Mann zu Dschuha und sprach zu ihm: »Ich habe eine Kuh und möchte sie verkaufen, aber niemand will sie mir abkaufen.« Dschuha antwortete: »Ich werde den Verkauf besorgen. Bring sie morgen auf den Markt; da will ich sie an den Mann bringen.« Dschuha ging zu seiner Mutter und erzählte es ihr, und sie sagte zu ihm: »Weißt du auch, mein Sohn, wie du die Kuh teuer verkaufen kannst?« »Sag mirs.« »Sag: ›Das ist eine sehr schöne Kuh; sie ist noch jung, ist aber schon im sechsten Monate trächtig.‹« »Schön,« antwortete Dschuha.

Am nächsten Morgen brachte ihm der Mann die Kuh;

Dschuha trieb sie auf den Markt und begann sie auszurufen. Man fragte ihn: »Dschuha, ist das eine gute Kuh?« Er antwortete: »Eine sehr gute; ich weiß, daß sie sehr gut ist.« »Wieso weißt du das?« »Sie ist noch jung und ist schon trächtig im sechsten Monate.« »Ja dann ist sie gut.« Dschuha verkaufte sie in der Tat sehr teuer. Dann ging er nach Hause.

Nun hatte er eine junge Tochter, und um die warben eben Leute, als er nach Hause kam. Und ihre Mutter sagte zu den Leuten: »Da kommt ihr Vater. Bittet ihn um sie; er wird sie euch schon geben.« »Was wollt ihr?« fragte Dschuha. »Wir wollen deine Tochter haben.« Er sagte: »Ja die ist gut: ihr Verstand ist gut entwickelt, ihre Augen sind hübsch, ihre Augenbrauen sind zierlich, ihr Haar ist schön genug, und überdies ist sie im sechsten Monate schwanger.« Die Leute begannen zu lachen, wandten sich zur Tür und gingen weg.

Nun sagte die Frau zu Dschuha: »Schämst du dich nicht?« »Warum denn?« »Wie kannst du zu Leuten, die um deine Tochter werben kommen, sagen, sie sei im sechsten Monate schwanger?« »Nun, bei der Kuh war es doch heute gut, die gar nichts wert war. Niemand hat sie mir abnehmen wollen, bis ich den Leuten gesagt habe, sie sei im sechsten Monate trächtig; da haben sie sie sofort genommen. Na, und wenn einer etwas kaufen will, ists da besser, er erhält ein Ding oder gleich zwei?«

Dschuha ging nun weg von seiner Frau. Auf der Straße kam er wieder mit den Leuten zusammen, die bei ihm um seine Tochter geworben hatten, und die sagten zu ihm: »Wie hast du uns nur sagen können, deine Tochter sei eine Jungfrau, und dann behaupten, sie sei im sechsten Monate schwanger?« Dschuha antwortete: »Das will ich euch erklären. Wenn du zum Beispiel reisest und irgendwohin willst, ist es da besser, wenn du in neun Stunden hinkommst oder in drei?« »Natürlich ist es in drei Stunden besser.« »Nun, das trifft auch bei meiner Tochter zu; ist es besser, wenn sie ihrem Gatten in drei Monaten ein Kind schenken kann, oder wenn das erst in neun Monaten möglich ist?« Da lachten die Leute und gingen weg.

382.

D Schuha kam einst zu König Jachja; der mochte ihn gut leiden und sagte zu ihm: »Verlange, was du willst.« Dschuha antwortete: »Wer Jachja heißt, soll mir einen Piaster geben, wer am frühen Morgen ausgeht, desgleichen, wer auf seine Frau hört, desgleichen, ebenso wer einen langen Bart hat, und schließlich wer grindig ist.« Der König befahl: »Fertigt ihm die Gewährung seiner Bitte schriftlich aus.« Dschuha nahm den Bescheid und ging.

Eines Tages ging er früh ums Morgengrauen zu einem Stadttore und setzte sich dort nieder. Da kam ein Beduine vorbei, der Brennreisig in die Stadt bringen wollte. Dschuha hielt ihn an und sagte zu ihm: »Gib mir einen Piaster.« Der Beduine fragte: »Warum?« Dschuha antwortete: »Weil du am frühen Morgen ausgehst.« Der Beduine blickte auf und sagte: »Hätte ich nicht auf meine Frau gehört, wäre ich nicht früh aufgestanden.« Da sagte Dschuha: »Jetzt mußt du mir zwei Piaster geben.« Der Beduine wurde zornig und sagte: »Weg! laß mich in Ruh; sonst kannst du den Stock da von der Hand Hadsch Jachjas zu kosten bekommen!« Da sagte Dschuha: »Jetzt machts drei Piaster.« Sie begannen zu streiten: der eine sagte: »Gib her,« und der andere: »Ich gebe dir nichts,« bis sie sich zu prügeln anfingen. Da wurde der Bart des Beduinen sichtbar, und Dschuha sah, daß er lang war; da sagte er: »Vier Piaster.« Sie prügelten sich weiter, und da wurde auch der Kopf des Beduinen bloß; Dschuha sah, daß er grindig war, und so sagte er sofort: »Fünf Piaster.« Der Streit wurde immer heftiger und schließlich wurden sie vor den Sultan geführt.

Der Sultan antwortete: »Was soll das heißen, Dschuha?« Dschuha antwortete: »Hier ist der treffliche Bescheid, den du mir gegeben hast. Bei diesem Manne habe ich die fünf Eigenschaften getroffen, die in dem Bescheide verzeichnet sind: er heißt Jachja, geht am frühen Morgen aus, hört auf den Rat seiner Frau, hat einen langen Bart und ist grindig.« Der Sultan sagte zu dem Beduinen: »Geh nur ruhig nach Hause; du bist ein armer Mann und bist hergekommen, um dir etwas zu verdienen, und Dschuha hat dich abgehalten.« Und er gab ihm ein Geschenk und sagte: »Geh jetzt.« Dschuha sah König Jachja an und sagte: »Es mangelt doch einem jeden, der Jachja heißt, am Verstande.« Darüber erboste sich König Jachja und ereiferte sich immer mehr; endlich rief er: »Bei Gott, wenn du mir niemand ausfindig machst, der Jachja heißt und dem es am Verstande mangelt, so lasse ich dir den Kopf abschlagen.« Dschuha antwortete: »Gib mir hundert Piaster und gewähre mir neun Tage Frist.« Der König ließ ihm das Geld geben und gewährte ihm die gewünschte Frist, erklärte aber nochmals: »Wenn du mir nicht binnen neun Tagen einen Menschen, wie beschrieben, bringst, so lasse ich dir den Kopf abschlagen.«

Dschuha verließ den Palast und ging auf den Schafmarkt; dort kaufte er einen hübschen Hammel. Den trieb er in den Basar der Gewürzkrämer. Er fragte einen Mann: »Ist vielleicht in dem Basar da ein Mann, der Jachja heißt?« Der Mann sagte: »Der in dem Laden dort heißt Jachja.« Dschuha ging zu dem ihm bezeichneten und sagte zu ihm: »Friede sei über dir!« Der Gewürzkrämer antwortete: »Über dir sei der Friede,« und bewillkommnete Dschuha. Der sagte: »Du heißt Jachja?« Der Krämer antwortete: »Jawohl.« Dschuha sagte: »Ich habe dir ein Geschenk gebracht.« Der Krämer fragte: »Von wem denn?« Dschuha antwortete: »Diesen Hammel hat dir der Erzengel Gabriel geschickt.« Der Alte freute sich und rief: »Lob sei

Gott, der sich meiner erinnert und mir durch den Engel Gabriel einen Hammel geschickt hat.[5]« Dschuha sagte ihm noch: »Ich warne dich aber vor einem: dieser Hammel erzählt alles weiter, was er zu hören und zu sehn bekommt; er ist ein Plauderer.« Der alte Jachja nahm den Hammel mit nach Hause und band ihn in der Küche an.

Nun hatte der Alte einen Sohn, der eben geheiratet hatte. Die junge Frau mußte auf einmal auf den Abtritt gehn, und dort ließ sie einen fahren; ach, da sah sie, daß der Hammel herguckte. Sie schämte sich heftig und sprach bei sich: »Der sagt es jetzt meinem Manne und stellt mich vor ihm bloß.« Drum sagte sie zu dem Hammel: »Bitte, sag nichts.« »Bäh, bäh.« »Versprich mir, daß du nichts sagen wirst.« »Määh.« Da zog sie ihr Leibchen aus und bat den Hammel: »Nimm es, aber sage meinem Manne nichts.« Und so zog sie sich ein Kleidungsstück nach dem andern aus, um es dem Hammel hinzugeben, bis sie splitternackt auf dem Abtritte dasaß. Ihre Mutter vermißte sie und fand sie endlich auf dem Abtritte; da sie sah, daß sie nackt und bloß war, fragte sie sie: »Dir fehlt doch nichts?« »Ach, Mütterchen, ich habe einen streichen lassen, und der Hammel hat es gehört, und ich ängstige mich, daß ers weitererzählt; und er will mir nichts versprechen.« Da zog sich die Alte auch aus und saß schließlich auch nackt auf dem Abtritte. Die Mutter des jungen Gatten vermißte die beiden und ging ihnen nach; und sie sagte zu ihnen: »Warum sitzt ihr denn nackt und bloß da?« Die Mutter der jungen Frau begann: »Mein Töchterchen hat einen streichen lassen, und wir haben Angst, der Hammel erzählts ihrem Manne.« Da zog sich die Mutter des jungen Gatten auch aus und gab auch alle ihre Kleider dem Hammel und sagte zu ihm: »Mein Söhnchen, bitte, sags nicht weiter.«

So standen die Dinge, als der alte Jachja sein Haus betrat. Er rief hinein: »Chaddidscha! Fatima!«, aber niemand antwortete ihm. Da suchte er das ganze Haus ab, bis er auf den Abtritt kam und die drei Frauen sah; er fragte sie: »Was ists mit euch?« Sie schwiegen; denn sie schämten sich. Er sagte: »Sagt es mir nur.« Nun sagten sie: »Die junge Frau hat früher einen streichen lassen, und wir haben uns geängstigt, daß es der Hammel ihrem Manne erzählen werde.« Da begann sich der alte Jachja auch zu entkleiden: er gab dem Hammel Turban, Rock und Kaftan und saß schließlich nackt wie die drei Frauen auf dem Abtritte.

Endlich kam der junge Ehemann, der Sohn des alten Jachja, heim; er fand das Haus öde und leer. Er rief: »Mutter! Frau!«, aber niemand antwortete ihm. Als er dann vom Abtritte her ein Geräusch hörte, ging er hin, und dort fand er die ganze Gesellschaft nackt: Vater, Mutter, Frau und Schwiegermutter. »Gottes Wunder!« sagte er; »was ist denn los mit euch?« Sie schwiegen und schlugen ihre Augen zu Boden; dann trat sein Vater vor und sagte zu ihm: »Deine junge Frau, mein Sohn, hat einen fahren lassen, und wir hatten Angst, der Hammel könnte es dir erzählen.«

Lassen wir jetzt diese Leute und ihre Sachen und wenden wir uns wieder zu Dschuha. Was tat also Dschuha? Dschuha hielt sich eine Woche lang fern vom alten Jachja; dann aber ging er wieder in seinen Laden. Der Alte bewillkommnete ihn freudig und sagte: »Sei gegrüßt!« Dschuha sagte: »Komm her! ich will dir etwas anvertrauen, was ein Geheimnis zwischen uns bleiben soll.« Jachja sagte: »Sag es.« Dschuha sagte: »Ich bin der Engel Asrael und heute Nacht wird mich Gott zu dir senden, um deinen Geist zu holen.« Jachja sagte: »Freund, was habe ich denn verbrochen?« Dschuha antwortete: »Du magst etwas verbrochen haben oder nicht: wer vor seinem Ende steht, muß den Fuß langstrecken. Geh hin und nimm von allen deinen Angehörigen, Verwandten und Bekannten Abschied.« Der alte Jachja erwiderte: »Ich will aber nicht sterben.« Dschuha sagte: »Was soll das heißen? Das

Geschenk ist dir recht, aber vom Sterben willst du nichts hören? Nimm nur dein Leichentuch und geh nach Hause. Ich werde gegen Abend zu dir kommen und zwar mit zwei andern Engeln, nämlich Michael und Gabriel.« Damit verließ er den alten Jachja. Der dachte nun: »Heute Nacht muß ich also sterben.« Dann nahm er sein Leichentuch und ging nach Hause. Er wusch sich und betete zwei Abschnitte; und zu den seinigen sagte er: »Niemand soll das Haus verlassen.« Hierauf ging er zu seinen Freunden und Verwandten und sagte zu ihnen: »Verzeiht mir alles schlechte.« Sie fragten ihn: »Was ists mit dir?« und er antwortete: »Heute Nacht muß ich sterben.« Der eine sagte: »Jachja ist verrückt geworden«, der andere: »Vielleicht hat er seinen Tod vorausgesehn.« Dann ging Jachja wieder nach Hause. Seine Frau und seine Schwiegertochter kamen ihm entgegen und sagten zu ihm: »Sei gegrüßt!«; er aber entgegnete: »Weder gegrüßt, noch sonst etwas. Verzeihet mir alles; denn heute Nacht muß ich sterben.«

Dschuha ging wieder zum Könige und sagte zu ihm: »Nun habe ich einen ausfindig gemacht, der Jachja heißt wie du und dem es am Verstande fehlt.« Er brachte zwei Kapuzenmäntel und der König und der Wesir zogen sie an; er tat das gleiche. Und um die Zeit des Abendgebetes ging er mit ihnen zu dem alten Jachja; sie fanden die Haustür offen. Als sie eintraten, flohen die weiblichen Familienmitglieder, indem sie riefen: »Das ist der König Tod; er will vielleicht auch uns töten.« Die drei traten ein und sagten zum alten Jachja: »Friede sei über dir.« Er antwortete ihnen mit matter Stimme: »Über euch sei der Friede.« Nun befahl ihm Dschuha: »Lege dich hin und strecke dich lang.« Jachja legte sich hin und streckte sich lang. Dschuha befahl ihm weiter: »Sag dein Glaubensbekenntnis.« Dann begann er den Alten von unten an zu quetschen und zu zwicken: mit dem Beine fing er an und zwar mit der großen Zehe; dann kam er ihm an den Bauch, an die Brust und schließlich an den Hals. Als er ihm tüchtig an den Hals griff, wurde Jachja ohnmächtig. Drauf deckte ihm Dschuha das Gesicht zu und sagte zum Sultan und zum Vesir: »Laßt uns wieder gehn.« Und als er das Haus verließ, sagte er zu den Angehörigen des alten Jachja: »Wer sich muckst oder gar schreit, dessen Geist hole ich.« Zum Sultan aber und zum Wesir sagte er: »Morgen sollt ihr mit mir dem Begräbnisse beiwohnen.«

Am nächsten Morgen ging der Sohn des alten Jachja aus und holte die Sänger und die Bahre. Man wusch den Alten und hüllte ihn in das Leichentuch, legte ihn, ohnmächtig, wie er noch immer war, auf die Bahre und zog zum Friedhofe. Unter den Leuten, die dem Begräbnisse beiwohnten, waren der Sultan und der Wesir und auch Dschuha. Dem begegnete ein altes Weib und er sagte zu ihr: »Komm her; da ist ein Goldstück. Geh an die Bahre, tritt zu den Trägern und sage zu ihnen, was ich dir sagen werde.« Und er sagte ihr, was sie zu sagen haben werde. Sie trat auf die Träger zu und sagte zu ihnen nach dem Wortlaute Dschuhas: »Wer ist der Tote?« Man antwortete ihr: »Der alte Jachja vom Basar der Gewürzkrämer.« Sie sagte: »Gott sei ihm nicht gnädig! Ich habe bei ihm, als ich meine Tochter verheiraten wollte, ein Pfündchen Ambra gekauft; da hat er mich um vier Unzen betrogen.« Als das der alte Jachja hörte, richtete er sich auf der Bahre auf und rief: »Ich bin ein Betrüger, du schlechtes Weib? Mich kennt man als einen Dieb?« Da warfen die Träger die Bahre zu Boden und entflohen; alle Leute aber begannen zu lachen und der Sultan und der Wesir stimmten mit ein. Nun wandte sich Dschuha an den Sultan und sagte zu ihm: »Habe ich dir nicht gesagt, daß es jedem, der Jachja heißt, am Verstande fehlt?« Der Sultan antwortete: »Ich verzeihe dir; verlange von mir, was du willst.«

383.

32

Schuha pflegte mit seiner Mutter unter einem Tuche zu
D schlafen, und allmorgendlich, wann der Muezzin auf
das Minaret stieg, um zum Gebete zu rufen, stand seine
Mutter auf und nahm das Tuch um, so daß Dschuha in
der Kälte bloß liegen mußte. Eines Tages sprach er bei sich:
»Dieser Muezzin ist doch ein nichtswürdiger Mensch; jede
Nacht stört er mich.« Er ging zu ihm hinauf aufs Minaret;
und während der Muezzin zum Gebete rief, erschlug er ihn.
Und er schnitt ihm den Kopf ab und warf ihn in den
Brunnen seines Hauses. Dann ging er zu seiner Mutter und
sagte zu ihr: »Jetzt habe ich dir glücklich Ruhe vor dem
Muezzin verschafft; ich habe ihn getötet und ihm den Kopf
abgeschnitten.« Die Mutter fragte ihn: »Wo ist denn der
Kopf?« Dschuha antwortete: »Ich habe ihn in unsern
Brunnen geworfen.« Nun sagte die Mutter: »Geh jetzt
hinein und leg dich schlafen; sonst wird man kommen und
dich festnehmen.« Dschuha ging ins Zimmer und legte sich
schlafen und die Mutter deckte ihn zu.

Sie schlachtete ein Hämmelchen, das sie hatte, und warf
den Kopf in den Brunnen; das Netz und den Magen nahm
sie her und machte Würste daraus. Die kochte sie, ging
damit zu Dschuha und warf sie auf den Boden; dann sagte
sie zu ihm: »Steh auf, Dschuha, es hat Würste geregnet.«
Dschuha erhob sich, las die Würste auf und aß sie. Hierauf
ging er aus; er fand die Moschee voller Menschen und die
fragten einander: »Was ist das? der Muezzin hat keinen
Kopf; wer hat ihn getötet?« Dschuha sagte zu ihnen: »Ich
habe ihn getötet.« Sie fragten ihn: »Wo ist sein Kopf?« Er
sagte: »Den habe ich in unsern Brunnen geworfen.« Nun
hieß es: »Wir müssen zu Dschuha gehn, damit wir sehn, ob
das wahr oder gelogen ist.« Man ließ Dschuha in den
Brunnen hinab, damit er den Kopf des Muezzins heraufhole.
Als er nun im Wasser herumtastete, kamen ihm die Hörner
des Hammels in die Hand; da sah er hinauf und rief denen
oben zu: »Hat euer Muezzin Hörner gehabt oder nicht?« Sie

sagten: »Was soll das heißen? Wann hast du ihn übrigens getötet?« Dschuha antwortete: »In der Nacht, wo es Würste geregnet hat.« Da sahen sich die Leute an und sagten: »Ach, das ist ja der verrückte Dschuha!«

DSchuha hatte einen Oheim von Vaters Seite, und in dessen Frau war er verliebt und sie gewährte ihm auch ihre Gunst; da verstieß sie der Oheim und nahm eine andere Frau und die warnte er mit den Worten: »Dschuha ist ein Taugenichts; hüte dich ja, daß er dir zu nahe kommt und du ihm irgendeine Gunst gewährst.« Dschuha war der Schafhirt seines Oheims; und wenn er abends heimkam und die Frau anzureden versuchte, so wies sie ihn allemal schnöde ab. Als er aber einmal die Schafe weidete, kam er zu einem unterirdischen Gewölbe; dahinein trieb er die Schafherde, und den Eingang verrammelte er. Er ging zu seinem Onkel und sagte zu ihm: »Die Schafe sind weg.« Sein Oheim, der Ärmste, machte sich auf und suchte mit seiner Frau die Schafe; die waren in dem Gewölbe. Als die Suchenden dort in die Nähe kamen, begann auf einmal Dschuha für sich zu sprechen. Sein Oheim sagte: »Was redest und sprichst du da?« Dschuha antwortete: »Die Vögel sprechen mit mir.« Der Oheim fragte weiter: »Was sagen sie dir denn?« Dschuha antwortete: »Was mir die Vögel sagen, kann ich dir nicht wiedersagen; es schickt sich nicht.« Der Oheim dachte eine Weile nach; dann sagte er: »Sag es mir; es tut weiter nichts.« Dschuha antwortete: »Die Vögel haben zu mir gesagt: ›Wenn du die Frau deines Oheims wirst küssen, wirst du die Schafe finden müssen.‹« Da sagte der Oheim: »Also, Dschuha, ich soll die Schafe finden, wenn ich dir meine Frau überlasse?« Dschuha antwortete: »Ja, bei Gott. Wahrhaftig.« Nun sagte der Oheim: »Wohlan denn, nimm sie dort ins Gebüsch und küsse dich satt an ihr.« Dschuha nahm sie ins Gebüsch und küßte sich satt an ihr. Dann kam er aus dem Gebüsche hervor und begann wieder ein Selbstgespräch. Der Oheim fragte ihn: »Was hat dir der Vogel jetzt gesagt?« »Er hat mir gesagt, wo die Schafherde

ist, nämlich dort in dem unterirdischen Gewölbe.« Der
Oheim fragte ihn wieder: »Wirklich? oder lügst du mir etwas
vor?« Bald waren sie bei dem Gewölbe und Dschuha öffnete
es und ließ die Schafe heraus; und er sagte: »Nun, Oheim,
da haben wir also die Schafe wiedergefunden.« Als sie dann
zu Hause waren, sagte Dschuhas Oheim zu seiner Frau:
»Dieser Dschuha ist ein Taugenichts; er verspottet uns und
macht sich über uns lustig.« Und damit jagte er Dschuha
weg.

385.

D Schuha hatte einen kleinen Esel. Den entdeckten etliche
lose Buben und nahmen ihn weg; und als sie ihn
gestohlen und verkauft hatten, kamen sie wieder zu
Dschuha und sagten zu ihm: »Dschuha, dein Esel ist Kadi
geworden.« Dschuha antwortete: »Wahrhaftig?« Sie
beteuerten es: »Wir haben ein Buch vor uns hingelegt und
zu lesen begonnen, und da hat er uns zugehört.« Dschuha
nahm einen Futtersack und ging damit zum Kadi. Der Kadi
sprach gerade Recht; da hielt ihm Dschuha den Futtersack
hin und sagte zu ihm: »Komm, friß Gerste; du bist doch ein
Esel.« Der Kadi blickte auf und sagte: »Was soll das heißen?
du machst mich zu einem Esel, verfluchter Junge? Greift ihn
und verabreicht ihm zweihundert Hiebe.« Dschuha erhielt
also von den Dienern die Hiebe; aber er schrie: »Ach, ich
werde dir keine Gerste und kein Stroh mehr geben; wann
ich aber wieder frei bin, werde ich dirs schon zeigen.« Der
Kadi blickte auf und sagte: »Der Mensch ist verrückt; was
war dein Esel wert, mein Junge?« Dschuha antwortete:
»Hundert Piaster.« Der Kadi befahl: »Gebt ihm hundert
Piaster und jagt ihn weg.« Aber Dschuha begann wieder:
»Wenn du nun nicht mein Esel bist, wo ist denn dann mein
Esel?« Der Kadi fragte ihn: »Was war es mit deinem Esel?«
Dschuha sagte: »Ich suchte ihn, konnte ihn aber nicht

finden. Da sind mir etliche Leute begegnet und die haben zu mir gesagt: ›Dein Esel ist Kadi geworden.‹ Da bin ich zu dir gekommen und du hast mir zu dem nötigen verholfen. Drum bist du wirklich ein Kadi und kein Esel.« Der Kadi ließ die Leute holen, die diese Geschichte angestiftet hatten; man brachte sie und der Kadi befahl: »Gebt jedem zweihundert Hiebe.« Und dann sagte er zu ihnen: »Ihr müßt Dschuha seinen Esel wieder verschaffen.«

386.

DSchuhas Familie hatte als Nachbarn in der Gasse sehr angesehne Leute, und in dem Nachbarhause war eine Frau, die einen Einäugigen zum Liebhaber hatte; den sah Dschuha täglich das Haus betreten. Was tat nun Dschuha? Er kaufte sich eine ganz magere Ziege und die schlachtete er; dann versammelte er die Hunde des Stadtviertels um sich und schnitt ihnen das Fleisch der Ziege zurecht und gab es ihnen zu fressen. So kam auch ein einäugiger Hund dazu. Die andern Hunde hatte er schon alle satt gemacht und sie waren wieder weggelaufen; nun nahm er den einäugigen Hund her, der darauf wartete, daß er ihm zu fressen gebe: er jagte ihn in die enge Gasse hinein und schlug auf ihn los, bis schließlich der Hund in das Haus floh, wo die Frau mit ihrem einäugigen Liebhaber war. Der Hund lief also in die Tür und verkroch sich im Hausflur. Dschuha trat nun auch ins Haus, ging in den Hausflur und rief: »Hinaus mit dir, Einäugiger! Du frißt die Sachen der Leute und nimmst Reißaus und versteckst dich bei Fremden im Hausflur.« Die Frau hörte das, die Ärmste, kam von innen heraus und fragte: »Was gibts mit dem Einäugigen?« Dschuha antwortete: »Ich habe ihn mit eigenem Auge hineingehn sehn; er ist ein Hund und Hundesohn.« Da sagte die Frau bittend: »Da sind hundert Piaster; geh aber weg: du verursachst mir einen Lärm vor der Haustür.« Dschuha handelte mit ihr um den Betrag, bis sie ihm schließlich fünfhundert gab. Als er dann das Geld in der Hand hatte, sagte er zu ihr: »Dort im Hausflur steckt der Hund; jag mir ihn heraus.« Da blickte sie hin und sah den Hund, und sie sah, daß er einäugig war wie ihr Geliebter; und sie rief: »Ach, dieser nichtsnutzige Dschuha hat mich angeführt!« Damit jagte sie den Hund hinaus und Dschuha ging mit ihm weg.

387.

D Schuha pflegte die Kühe seiner Verwandten von Mutterseite auf die Weide zu treiben; ihm selber gehörte von der Herde nur ein Kalb. Die Kühe waren alle mager, Dschuhas Kalb hingegen fett; als er nun einmal auf das Kalb nicht achtgab, ersahen seine Verwandten die Gelegenheit und schlachteten es. Sie waren gerade dabei, es zu verzehren, als Dschuha heimkam; da sagten sie einfach zu ihm: »Dein Kalb hat uns so gefallen, daß wir es geschlachtet haben; jetzt essen wir es.« Dschuha bat sie und sagte: »Gebt mir wenigstens die Haut.« Sie gaben sie ihm. Er ging damit weg und bot sie im Basar zum Verkaufe aus. Den ganzen Tag bot er sie aus; schließlich verkaufte er sie um einen Heller. Er überlegte und sagte sich: »Was tu ich mit dem Heller?« Dann machte er ein Loch in den Heller, zog einen Faden durch und wickelte sich den Faden um den Finger und machte sich auf den Weg nach Hause. Da sah er vor sich zwei Männer auf der Straße; die hatten einen Kasten voll Goldstücke gefunden und waren eben dabei, sie mit einem Maße zu messen und sie zu teilen. Dschuha schlich sich von hinten an sie heran und warf seinen Heller mitten unter die Goldstücke; und er sagte zu ihnen: »Seid gegrüßt!« Sie fragten ihn: »Was ists mit dir?« Er antwortete: »Und was ists mit euch? Teilt ihr das Geld anderer Leute?« Sie antworteten: »Diesen Schatz hat uns Gott geschenkt;

38

wir haben ihn regelrecht durch Zauberei gehoben.« Dschuha aber sagte: »Der Schatz gehört mir.« Sie fragten: »Wieso denn?« Dschuha antwortete: »Ich habe ihn gekennzeichnet, und zwar mit einem Heller, durch den ein roter Faden gezogen ist.« Sie suchten nach und fanden den Heller wirklich; nun sagten sie zu Dschuha: »Du hast recht; da müssen wir ihn unter uns drei teilen.« Dschuha aber erwiderte: »Nein; nehmt ihr eine Hälfte, und ich will die andere nehmen.« Und er nahm die Hälfte von den Goldstücken, und die andern nahmen die Hälfte. Er steckte sein Geld in den Bausch seines Burnus und ging heim.

388.

D Schuha ging zu seinen Verwandten und öffnete seinen Burnus; da erstaunten sie und fragten ihn: »Woher hast du das viele Geld?« Er antwortete: »Wißt ihr das nicht? das ist ja das Geld für die Kalbshaut.« Sie sagten: »Da wollen wir doch auch unsere Kühe schlachten und die Häute verkaufen.« Dschuha sagte: »Schlachtet sie nur; ihr werdet reich daran werden.« Sie schlachteten also ihre Kühe und zogen ihnen die Häute ab. Dschuha hatte ihnen aber noch geraten: »Laßt die Häute stinkend werden; salzt sie nicht ein.« Als nun diese Bauern ihre Kühe geschlachtet, das Fleisch verzehrt und auch die Hunde damit gefüttert hatten, ließen sie die Häute liegen, bis sie zu stinken begannen. Nach drei oder vier Tagen sah Dschuha nach, und da fand er, daß aus den stinkenden Häuten Würmer herauskrochen; er ging wieder zu seinen Verwandten und sagte zu ihnen: »Nehmt jetzt die Häute und verkauft sie.« Sie gingen in den Basar und boten die Häute aus. Es kamen die Schuster und sahen sich die Häute an, und sie sahen, daß Würmer herauskrochen und daß sie entsetzlich stanken. Da sagten sie untereinander: »Sie wollen uns zum besten haben!« Damit nahmen sie die unglückseligen Verkäufer her und versetzten ihnen Faustschläge; und sie schrien: »Nehmt euer Aas wieder und werft es weg!« Die Verwandten Dschuhas zogen ab und entwichen; und sie sagten: »Wenn wir Dschuha nicht heute Nacht töten, so macht er uns noch ganz arm.«

389.

Sie gingen zu Dschuha, nahmen ihn fest und banden ihn und sagten zu ihm: »Du hast uns also arm gemacht.«

Dschuha sah sie an und sagte zu ihnen: »Ihr habt es also geglaubt, daß man stinkende Kuhhäute kauft? Ich habe euch ja nur zum besten gehabt.« Sie nahmen ihn also fest, fesselten ihn und steckten ihn in einen Sack; den banden sie zu und wollten also Dschuha ins Meer werfen. Als sie ans Ufer kamen, sahen sie einen Schafhirten auf der Weide; nun sagten sie untereinander: »Wir wollen den Sack einstweilen niederlegen und bei dem Hirten Milch trinken.« Sie gingen zu dem Hirten und fragten ihn: »Hast du einen Trunk Milch?« Er gab ihnen Milch in einem Schlauche und sie tranken sie. Dann setzten sie sich zu dem Hirten, den Kopf auf die Ellbogen gestützt; sie begannen schläfrig zu werden und schließlich übermannte sie der Schlaf. Der Hirt ließ sie ruhig schlafen und ging seine Schafe zurücktreiben; dabei sah er den zugebundenen Sack und er stieß mit seinem Stabe daran. Dschuha sagte im Sacke: »Laß mich in Frieden.« Der Hirt erschrak und sagte: »Ist das ein Mensch oder ein Geist? Was ists mit dir in dem Sacke da?« Dschuha antwortete: »Man will mich zu meinem Meister bringen, der mich unterrichten soll; und wen mein Meister unterrichtet, der sieht das Schicksalsbuch, das Gott verwahrt.« Da sagte der Hirt: »Ach, ich möchte gern an deiner statt hingehn.« Dschuha sagte: »Nein, damit bin ich nicht einverstanden.« Er stellte sich abgeneigt, obwohl er es gar zu gern gehabt hätte, wenn der andere seine Stelle eingenommen hätte.

40

Aber der Hirt ließ nicht ab, Dschuha um diese Gunst zu bitten, bis Dschuha endlich nachgab und sagte: »Gut denn; binde den Sack auf, damit ich heraus kann.« Der Hirt machte den Sack auf und Dschuha kroch heraus; dann befahl er dem Hirten: »Zieh deine Kleider aus.« Er zog die Kleider des Hirten an und gab ihm die seinigen und die zog der Hirt alsbald an; dann steckte er ihn in den Sack und band den zu. Dann trieb er die Schafe vor sich her, und kehrte so ins Dorf zurück; vorher hatte er aber noch dem Hirten eingeschärft: »Wenn man dich fortträgt, so verhalte dich still; denn wenn du sprichst, wird man dich in die Tiefe des Meeres werfen.« Dschuhas Verwandte standen nach einiger Zeit, als Dschuha schon mit seiner Herde weit weg war, vom Schlafe auf, nahmen den Sack und warfen ihn ins Meer; dann sagten sie untereinander: »Jetzt sind wir ihn los.« Nun gingen sie heim, aber auf einem kürzern Wege als Dschuha, der erst in der Nacht ins Dorf kam. Alle Frauen im Dorfe waren frohen Muts und riefen: »Dschuha ist tot! wir sind ihn los!« Aber nach Sonnenuntergang, da kommt auf einmal Dschuha mit einer Schafherde ins Dorf! und die Frauen riefen: »Da ist ja Dschuha wieder! er lebt ja noch und ist gar noch nicht tot! und ihr habt gesagt: ›Wir haben Dschuha ins Meer geworfen, wir sind ihn los!‹«

390.

Nun wurde Dschuha gefragt: »Woher hast du denn die Schafherde?« Und Dschuha antwortete: »Die habe ich aus dem Meere heraufgebracht: das Meer hängt am Himmel, und unterm Meere weiden die Schafe.« Sie sagten: »Rate uns, Dschuha, wie wir es anstellen sollen.« Dschuha sagte: »Bindet euere Kinder, fesselt sie, wie ihr mich gefesselt habt, steckt sie in Säcke und werft sie ins Meer; dann werden auch sie gegen Sonnenuntergang Schafe bringen wie ich.« Da nahm ein jeder sein Kind und steckte es in einen Sack; und sie trugen die Kinder zum Meere und warfen sie hinein. Nun war in dem Dorfe auch eine Witwe; die wandte sich an Dschuha und sagte zu ihm: »Ich habe keine Kinder.« Dschuha sagte: »Nimm deinen Hund und wirf ihn den Kindern nach; er wird dir schon gegen Sonnenuntergang Schafe bringen.« Die Witwe warf den Hund ins Meer; aber er schwamm natürlich wieder heraus. Dschuha saß versteckt auf der Spitze eines Hügels, besah sich die Sache und lachte für sich und rief dem Hunde zu: »Bring nur deiner Herrin schöne Hammel und Lämmer!« Der Hund schwamm aber immer wieder zurück ans Ufer zu seiner Herrin, ohne Schafe oder sonst etwas mitzubringen. Da rief die Frau Dschuha herbei und sagte: »Mein Hund da hat mir keine Schafe gebracht.« Dschuha antwortete: »Weil er nicht untergetaucht ist; hätte er getaucht, so hätte er dir welche gebracht. Die andern werden, weil sie untergetaucht sind, gegen Abend Schafe bringen; binde ihm doch einen Stein an den Hals, damit er ordentlich untertaucht.« Als die Sonne unterging und die Kinder noch nicht kamen, sahen sich die Leute an und sagten zu ihm: »Dschuha, die Kinder sind nicht gekommen.« Dschuha antwortete: »Bis die Dunkelheit einbricht.« Es wurde dunkel, aber die Kinder kamen nicht wieder. Die Leute wurden unruhig und sagten zu Dschuha: »Die Kinder sind noch immer nicht gekommen.« Dschuha sagte: »Ja, habt ihr denn wirklich geglaubt, daß es in der See Schafe gibt? an euern Kindern haben sich heute die Fische gütlich getan.« Da begannen sie über ihre Kinder zu wehklagen und zu weinen; dann aber nahmen sie Dschuha fest, fesselten ihn und sagten: »Für den gibt es nur das eine, daß wir ihn in die gefährliche Einöde bringen und an eine Olive binden, damit ein Löwe kommt und ihn frißt.«

391.

Ie nahmen Dschuha und brachten ihn in die Einöde; sie banden ihn nahe der Straße an eine Olive und verließen ihn. So an den Baum gefesselt, sah er einen Reiter kommen, einen Kaid, der beim Bei in Tunis gewesen war. Der Reiter kam heran und sagte: »Friede sei über dir.« Dschuha antwortete, als wäre er gar nicht geneigt gewesen, zu sprechen: »Über dir sei der Friede.« Der Reiter fragte ihn: »Warum bist du gefesselt?« Dschuha antwortete: »Geh, laß mich in Ruh! was fragst du mich?« Der Greis sagte: »Ist denn Fragen ein Verbrechen oder etwas unrechtes?« Dschuha antwortete: »Du wirst mich sicher wieder zu dem machen, was ich früher war.« Der Greis fragte ihn: »Was warst du denn früher?« Dschuha antwortete: »Ich war früher hundert Jahre alt: da man mich aber gefesselt und an den Baum Sidi Abd Elkaders gebunden hat, bin ich zu einem Dreißigjährigen geworden; denn jeder alte Mann, den man an diesen Baum fesselt und der sich still und stumm verhält, wird wieder jung.« Da sagte der Greis: »Freund, bei Gott, ist das so?« Dschuha antwortete: »Bei Gott.« Nun bat ihn der Greis: »Laß mich an deinen Platz«, und schließlich sagte Dschuha: »So binde mich denn los.« Der Greis band Dschuha los und der befahl ihm: »Leg deine Kleider ab; denn ich kann dir nur das Hemd auf dem Leibe lassen.« Der Greis zog seine Sachen aus und legte die Burnusse ab, die Seidenschale und das Turbantuch; und Dschuha zog, nachdem er ihn an seiner statt an die Olive gebunden hatte, seine Kleider an und bestieg seine Stute und ritt hinein ins Dorf. Nichts ahnend saßen die Leute da, als auf einmal Dschuha herangesprengt kam auf einer schönen Stute und in kostbaren Kleidern; sie fragten ihn: »Dschuha, woher hast du die Stute?« Er antwortete: »In der Schlucht dort laufen überall Pferde umher.« Sie sagten zu ihm: »Bei Gott, du lügst, du Taugenichts! wen hast du wieder zum besten gehabt?«

III.

Berberische Überlieferungen

D Schuha hatte einen Esel; den fütterte er, bis er hübsch
dick wurde. Seine Stadtviertelsgenossen sagten zu ihm:
»Verkauf uns den Esel.« »Der ist zu teuer für euch,«
antwortete Dschuha. Sie sagten: »Sage uns du, wie hoch
sein Preis sein soll; wir werden ihn dir schon bezahlen.«
Dschuha antwortete: »Ich werde es nicht sagen; aber wir
wollen ihn auf den Eselsmarkt bringen, und für das, was er
dort gilt, verkaufe ich ihn euch.« »Gut,« sagten sie. Am
nächsten Morgen ging er mit dem Esel früh auf den Markt,
stopfte ihm den Hintern mit Goldstücken voll und übergab
ihn dem Ausrufer.

Die, die den Esel kaufen wollten, kamen herbei und
musterten ihn, ob er ihnen wohl gefalle und sie auf ihn
bieten sollten. Der Ausrufer bestieg ihn und ließ ihn lustig
galoppieren, und der Esel lief hurtig dahin und blies seinen
Wind, während ihm die Goldstücke aus dem Hintern fielen.
Die Leute, die zusahen, hoben die Goldstücke auf und
begannen einander zuzuraunen: »Der Esel Dschuhas mistet
Gold.« So kam es, daß auch die, die ihn eigentlich nicht
hatten kaufen wollen, darauf loszubieten begannen. Man
überbot sich gegenseitig, bis der Esel auf zehntausend
Franken kam. Da verkaufte ihn Dschuha und nahm das
Geld in Empfang. Er trat zu dem, der den Esel gekauft hatte,
und sagte zu ihm: »Ich habe dir etwas verkauft, das der
verkörperte Reichtum ist.« Der Käufer antwortete: »Sage
mir, worin sein Futter besteht.« Dschuha antwortete: »Du

mußt ihm genügend Gerste und Gras geben und ihn auch täglich zweimal tränken; und wenn du ihn in den Stall schließt, so laß ihn dort nicht so ohne weiteres: wenn du vielmehr willst, daß er gehörig viele Goldstücke zur Welt befördert, so bring ihn auf deinem eigenen Lager unter, decke ein Moskitonetz über ihn und feßle ihm die Füße, damit ihm bis Tagesanbruch nichts vom Lager heruntergleitet. Mit Tagesanbruch aber geh zu seinem Lager; da wirst du zwei Körbe voll Goldstücke finden.«

Der Käufer des Esels wachte die ganze Nacht in froher Hoffnung, daß es Tag werde. Früh ging er zum Zimmer und öffnete es; und freudig sprach er bei sich: »Heute werde ich durch Dschuhas Esel ein reicher Mann.« Er hob das Netz auf, und nun fand er, daß der Esel zwei ganze Körbe Mist ins Bett gemacht hatte, während sein Urin auf dem Boden unter dem Bette eine lustige Pfütze bildete. Er warf den Esel vom Bette herunter und begann den Mist zu durchwühlen, fand aber auch nicht ein Goldstück. Nun ging er mit dem Esel zu Dschuha und sagte zu ihm: »Ich habe mit dem Esel alles so gemacht, wie du mir gesagt hast, habe aber nicht entdeckt, daß er mir etwas andres verschafft hätte als zwei Körbe Mist; und das Bett hat er mir in einen netten Zustand versetzt. Und nicht ein einziges Goldstück habe ich gefunden.« Dschuha antwortete: »Wie? Habe ich dir denn gesagt, du solltest ihn in dein Bett legen?« Der Käufer antwortete: »In mein Bett habe ich ihn genommen, weil ich Angst hatte, die Nachbarn könnten mir die Goldstücke stehlen, die er misten werde; deshalb habe ich ihn in das Bett gelegt.« Dschuha antwortete: »Darum hat er dir auch keine Goldstücke gemistet. Deine Gesinnung gegen die Nachbarn war nicht edel; darum hat dir Gott nichts schenken wollen.« Nun sagte der Mann: »Gib mir mein Geld zurück und nimm deinen Esel.« Dschuha antwortete: »Nein, ich gebe dir nichts zurück; du hast den Esel auf dem Basar gekauft, wo Recht und Gesetz gilt.«

Darauf sagte der Käufer: »Wohlan, wir wollen zum Richter gehn.« Dschuha antwortete: »Ich gehe nicht mit dir; verklage nur erst den Esel, und ich werde dann schon kommen.« Der Mann ging hin und verklagte Dschuha; dann nahm er einen Schergen mit zu Dschuha. Sie kamen zu ihm und der Scherge sagte: »Steh auf, der Richter läßt dich rufen.« »Gut,« antwortete Dschuha und ging mit ihm. Als er und sein Gegner vor den Richter traten, gebot ihnen der, zu sprechen. Der Käufer begann: »Ich habe von Dschuha einen Esel gekauft, der Goldstücke misten sollte. Als ich ihn kaufte, fragte ich Dschuha: ›Was gibst du ihm zu fressen?‹ Er antwortete mir: ›Gib ihm genügend Gerste und Gras und tränke ihn zweimal des Tages. Laß ihn auch in dein Bett steigen und feßle ihm die Füße, damit du am Morgen neben ihm findest, was er setzen soll.‹ Ich tat so, wie er mich geheißen hatte. Am Morgen ging ich zum Esel, fand aber dort nichts als einen Haufen Mistbatzen.« Da sagte der Richter zu ihm: »Du bist verrückt; gibt es denn auf der Welt einen Esel, der Goldstücke mistet? Dschuha ist ganz in seinem Rechte; dir jedoch fehlt es am Verstande.«

Nun wurde der Mann sehr zornig. Er ging mit seinem Esel heim und prügelte ihn zu Tode.

393.

EInst sagten Männer zu Schaha, daß er heiraten solle; er antwortete ihnen, er werde nicht heiraten, bis der Fluß eine Frau bringe. Sie sagten: »Wie wäre es möglich, daß der Fluß eine Frau brächte?« Schaha antwortet kurz: »So sage ich euch.«

Als dann eine Zeit verstrichen war, sah Schaha eines Tages am Stadttore eine Frau aus der Fremde; er fragte sie: »Wer bist du?« Sie antwortete ihm: »Ich bin aus dem und dem Lande.« »Wohin gehst du?« »In diese Stadt.« »Was willst du da tun?« »Ich will dableiben.« Er fragte weiter:

»Hast du Kinder?« Sie antwortete: »Ich habe eines geboren, aber es ist gestorben, als es noch ganz klein war.« Er sagte: »Ich fürchte, daß mir seine Krankheit Schaden bringen wird.« Sie antwortete: »Aber wie sollte dir denn die Krankheit, woran der Knabe gestorben ist, als er noch klein war, Schaden bringen können?« Er sagte zu ihr: »Liebst du mich? willst du, daß ich dich heirate?« Sie antwortete: »Ich liebe dich.«

Darauf gingen sie in die Stadt, um sich von einem Priester trauen zu lassen, und nachdem sie geheiratet hatten, blieb er daheim bis zur Regenzeit. Als dann alle Leute hinausgingen, um das Feld zu bestellen, ging auch er zur Arbeit; dabei fand er einen Schatz, einen Topf voll Gold. Diesen Topf grub er aus; für einen Teil des Goldes kaufte er Weizen, Datteln und Butter, und den Rest versteckte er in einem alten Wasserschlauche.

Darauf lebte er mit seiner Frau bis zu der Zeit, wo die Pilger kamen. Von diesen kam ein armer zu seiner Frau und bat sie um einen alten Schlauch, um darin Wasser aufzubewahren. Sie sagte, sie habe keinen, aber eine Nachbarin machte sie darauf aufmerksam, daß im obern Teile des Hauses ein alter Schlauch sei. Nun stieg sie hinauf, holte ihn und gab ihn dem Armen. Der sagte: »Gott möge dich noch in deinen Kindern segnen.« Sie antwortete: »Ich habe keine; ich habe nur eines geboren, und das ist gestorben, als es noch klein war.« Er sagte: »Möge Gott mit ihm Erbarmen haben.«

Eines Tages stieg Schaha, der in der Stadt geblieben war, in den obern Teil des Hauses, um den alten Schlauch mit dem Golde zu suchen; der war aber nicht da. Er fragte seine Frau, wo der Schlauch sei, der oben gewesen sei, und sie sagte: »Ein armer Mann ist zu mir gekommen und hat ihn verlangt. Er hat Gott um Barmherzigkeit für mein Kind angefleht, und ich bin hinaufgestiegen, habe ihn geholt und habe ihn ihm gegeben.« Schaha sagte: »Habe ich es dir nicht gesagt gehabt, daß mir die Krankheit deines Kindes, obwohl es tot ist, Schaden bringen werde? Und du hast mir erwidert: ›Wie soll dir die Krankheit des verstorbenen Kindes Schaden bringen können?‹«

Schaha ging weg und kaufte einen großen schönen Schlauch; damit ging er in den Straßen umher und fragte: »Wer tauscht einen neuen Schlauch gegen einen alten um?« Da sagte ein Armer zu ihm: »Nimm meinen alten Schlauch und gib mir den neuen.« Und er gab ihm den, der das Gold enthielt. Schaha nahm den Schlauch, wo das Gold war, von dem der Arme nichts wußte.

Dann ging Schaha nach Hause und schied sich von seiner Frau.

394.

Eines Tages ging Si Dscheha auf den Markt, um einen Esel zu kaufen. Ihm begegnete einer und der sagte zu ihm: »Wohin, Si Dscheha?« »Auf den Markt, einen Esel kaufen.« Der Mann erwiderte: »Sag: ›So Gott will‹, Si Dscheha.« Dscheha antwortete: »Warum sollte ich sagen: ›So Gott will‹? ich habe Geld bei mir und auf dem Markte sind Esel.« Damit ging er weiter.

Als er auf dem Markte angelangt war, kam ein Mann daher; der benützte einen Augenblick der Unaufmerksamkeit Dschehas und stahl ihm sein Geld. Si Dscheha machte sich auf den Heimweg, ohne einen Esel gekauft zu haben. Der besagte Freund begegnete ihm wieder und sagte zu ihm: »Was hast du gekauft, Si Dscheha?« Dscheha antwortete: »Mein Geld ist mir gestohlen worden, so Gott will; dein Vater sei verflucht, so Gott will.«

395.

Eines Tages ging Si Dscheha zu einem andern essen, und der

E setzte ihm ein gebratenes Zicklein vor. Dscheha packte das Zicklein und begann es zu verschlingen wie ein Wolf. Da sagte sein Wirt: »Weshalb hast du denn eine solche Wut auf das Zicklein? seine Mutter hat dich wohl einmal mit den Hörnern gestoßen?«

»Und du,« versetzte Dscheha, »du bist so mitleidig mit ihm, als ob seine Mutter deine Amme gewesen wäre.«

396.

S Eine Freunde hatten gehört, daß er krank sei, und kamen ihn besuchen. Er lag im Bette. Sie schwatzten alles mögliche und ließen ihn nicht schlafen. Da stand er auf, nahm sein Kissen und sagte zu ihnen: »Ihr könnt jetzt gehn; ich bin gesund: Gott selber ists, der mich gesund gemacht hat.«

397.

E Ines Tages kam er bei etlichen Leuten vorbei, die gerade beim Essen waren. Er sagte zu ihnen: »Das Heil sei mit euch, ihr Geizigen!«

Sie antworteten: »Bei Gott, wir sind nicht geizig.«

»Ach Herrgott,« schrie Dscheha, »gib, daß sie nicht lügen; gib, daß ich es bin, der gelogen hat.«

398.

S I Dscheha kochte Fleisch und es kamen zwei Freunde zu ihm. Der eine nahm ein Stück Fleisch und sagte: »Dieses Fleisch braucht Salz.«

Der andere nahm auch ein Stück und sagte: »Dieses Fleisch braucht Essig.«

Si Dscheha packte alles, was noch übrig war, und sagte: »Der Topf da braucht Fleisch.«

399.

Inmal trieben Dscheha und zwei Freunde von ihm zwei Schafe und einen Hammel heim, die sie auf dem Markte gekauft hatten. Als sie zu Hause angelangt waren, sagten seine Freunde zu ihm: »Si Dscheha, wie teilen wir sie?«

»Ihr zwei«, antwortete Dscheha, »nehmt das eine Schaf; ich und der Hammel nehmen das andere.«

400.

Ines Tages verkaufte Dscheha sein Haus, und er sagte zu dem Käufer: »Freund, das Haus habe ich dir verkauft; den Nagel aber, der in der Wand steckt, habe ich dir nicht verkauft. Daß du mir nicht morgen sagst: ›Du hast mir auch den Nagel verkauft.‹ Ich habe ihn dir nicht verkauft; ich habe dir nichts verkauft als das Haus.«

»Es ist gut,« antwortete der Käufer. »Ich habe dir das Haus abgekauft; den Nagel, der in der Mauer steckt, habe ich dir nicht abgekauft.«

Der Käufer dachte: Der Nagel ist mir gleichgültig. Ich habe das Haus gekauft; an dem Nagel liegt wenig.

Si Dscheha suchte seine Mutter auf und sagte zu ihr: »Mutter, wie lange leiden wir schon Hunger! Heute habe ich das Haus verkauft.«

»Was?« sagte sie, »du hast das Haus verkauft? wo wollen wir wohnen? Außer Hunger zu leiden, werden wir jetzt auch noch unter freiem Himmel schlafen müssen.«

»Hab keine Angst, Mutter,« antwortete Dscheha. »Ich habe ihm das Haus verkauft, habe mir aber einen Nagel vorbehalten, den ich in die Wand geschlagen habe; den habe ich ihm nicht verkauft. Und mit diesem Nagel will ich ihm das Haus wieder abnehmen. Wir sterben vor Hunger;

darum habe ich mir diese List ausgedacht, damit uns der Käufer Geld gibt und wir essen können. Was das Haus betrifft, so wird er bald draußen sein.«

»Was?« sagte sie; »du hast ihm das Haus verkauft und sagst, daß er wieder herausgehn wird? Wie sollte er denn wieder herausgehn, wo er dir doch sicherlich das Geld vor Zeugen gegeben hat?«

»Sei nur ruhig,« antwortete Dscheha. »Ich werde schon einen Plan aushecken, damit er herausgehn muß.«

Und sie sagte: »Tu, was du willst.«

Si Dscheha ging Tierhäute kaufen; die trug er hin und hing sie an den Nagel. Auch Därme hängte er hin. Und da die Häute und Därme dort blieben, begannen sie nach einem oder zwei Tagen zu stinken. Dscheha kam hin, ließ sie aber, wie sie waren.

Der, der das Haus gekauft hatte, kam zu ihm und sagte: »Was ist das für ein Handel, Si Dscheha? Du hast Häute und Därme gebracht und sie im Hause aufgehängt! Sie stinken. Wie kann ich denn da wohnen?«

»Freund,« antwortete Dscheha, »ich habe dir nur das Haus verkauft, nicht wahr? Den Nagel habe ich mir behalten, und ich habe dir gesagt, daß ich ihn dir nicht verkaufe. Du hast jetzt nichts mehr zu sagen.«

Nun sagte der Käufer zu ihm: »Geh in dein Haus. Ich verlasse es. Ich lasse dir das Geld und das Haus. Ich kann nicht länger drinnen wohnen. Es ist ein fürchterlicher Gestank, und das Haus selber ist vergiftet.«

»Gut,« sagte Dscheha; »wenn du ausziehen willst, so zieh. Das Geld, das habe ich ausgegeben, und du bekommst keinen Heller zurück.«

»Ich schenke dir das Haus und das Geld,« sagte der Käufer.

Si Dscheha verließ ihn und zog wieder in sein Haus; und

der andere machte sich auf die Suche nach einer neuen Wohnung.

401.

SI Dscheha ging im Felde und hatte Hunger. Da sah er einen Araber, der aß. In der Meinung, daß ihn der einladen werde, mitzuessen, ging er hin; aber er wurde keineswegs eingeladen, sondern der Araber fragte ihn nur: »Woher bist du, Bruder?«

»Aus deinem Dorfe,« antwortete Dscheha.

»Dann bringst du uns gute Nachrichten.«

»Ich bringe dir alle guten Nachrichten, die du willst.«

»Hast du Nachrichten von unserm Dorfe?«

»Ja.«

»Hast du Nachrichten von Omm Othman?« — Das war die Frau des Arabers. —

»Oh,« sagte Dscheha, »sie wiegt sich wie ein Pfau.«

»Und wie geht's meinem Sohne Othman?«

»Gewöhnlich spielt er Ball mit seinen Kameraden.«

»Wie geht es dem Kamel?«

»Das wird bald zerplatzen, so feist ist es.«

»Und was ists mit unserm Hunde Titu?«

»Er ist sehr scharf, und das will etwas heißen. Die Diebe fürchten ihn, so daß der Pferch vor ihnen sicher ist.«

»Und unser Haus, wie steht es damit?«

»Es ist wie eine Festung.«

Nun schwieg der Araber. Er aß, ohne Si Dscheha einzuladen, und der stand auf, um wegzugehn. Der Araber fragte ihn: »Wohin, Bruder?«

»Ins Dorf,« antwortete Dscheha. »Seid Titus Tod wimmelts dort von Dieben.«

»Titu ist tot?«

»Ja.«

»Woran ist er gestorben?«

»Er hat von dem Fleische des Kamels zu viel gefressen, und daran ist er gestorben.«

»Das Kamel ist also auch tot?«

»Ja.«

»Woran ist es gestorben?«

»Es ist über das Grab Omm Othmans gestolpert.«

»Omm Othman ist gestorben?«

»Ja.«

»Woran?«

»An dem Kummer über den Tod Othmans.«

»Othman ist gestorben?«

»Ja.«

»Wieso?«

»Das Haus hat ihn erschlagen, als es einstürzte.«

Bei diesen Worten sprang der Araber wie ein Narr auf und lief in der Richtung seines Dorfes davon, sein Essen im Stiche lassend. Si Dscheha aß alles, was noch da war.

402.

DEr Kaid von Dschehas Stamm liebte die Frauen leidenschaftlich, und Dscheha, der ihn oft besuchte, machte ihm Vorstellungen. »Wie kannst du denn,« sagte er zu ihm, »du, ein Kaid, gar so in die Frauen vernarrt sein? Nimm doch ein wenig Vernunft an. Fürchte den Herrn. Es ist eine Schande für dich.« Diese Worte drangen dem Kaid bis auf den Grund seines Herzens.

Nun hatte der Kaid eine Magd, die eine Frau von großer Schönheit war, und die sagte zu ihm, als sie seine Niedergeschlagenheit bemerkte: »Was drückt dich, Herr?«

Der Kaid antwortete: »Dscheha hat mir dasunddas

gesagt.«

»Sonst nichts?« sagte sie. »Nun, gib mir die Erlaubnis zu ihm zu gehn. Du bleibst noch eine Weile hier, und kommst dann unversehens zu Dscheha nach. Du wirst schauen, was ich tun werde, und wirst dich wundern, in was für einer Verfassung du ihn finden wirst.«

»Geh,« sagte der Kaid zu ihr, und sie ging. Sie kam zu Dscheha und setzte sich mit ihm in seinem Hause nieder. Als Dscheha sie sah, wurde er sterblich verliebt in sie. Er rückte näher zu ihr, aber sie schlug ihn zurück; er verfolgte sie, und wohin immer sie sich setzte, er kam zu ihr. »Bleib auf deinem Platze, Si Dscheha,« sagte sie zu ihm, »und komm mir nicht zu nahe. Wenn du aber herankommen willst, so laß mich auf dir reiten; du wirst mit mir auf dem Rücken auf allen vieren gehn.«

»Komm,« sagte Dscheha, und sie legte ihm einen Sattel auf und einen Zaum an und setzte sich rittlings auf ihn; er begann auf allen vieren zu kriechen.

Unversehens kam der Kaid, und der sagte zu ihm: »Si Dscheha, mir hast du verboten, die Frauen zu lieben, und du, sieh nur, in was für einer Verfassung du bist!«

»Herr,« antwortete Si Dscheha, »ich hatte Angst, dich zu einem solchen Esel werden zu sehn, wie ich einer bin.«

Der Kaid begann zu lachen und machte ihm ein Geschenk.

403.

ES war ein Jude, der täglich also zum Herrgott betete: »O mein Gott, zeige dich mir«; und er betete unter einem Baume. Eines Tages hörte ihn Dscheha, als er lustwandelte. Am nächsten Tage ging er hin und war noch vor dem Juden dort; er stieg auf den Baum und verbarg sich im Laube. Der Jude kam und betete wie gewöhnlich. Si Dscheha rief ihn an und sagte: »O mein Anbeter, nimm hundert Dinar und gib sie der Frau Dschehas. Dann komm sofort hieher zurück, und du wirst mich sehn.«

Als der Jude diese Worte hörte, war er auf dem Gipfel der Freude. Er ging nach Hause, holte hundert Goldstücke und gab sie der Frau Dschehas. Dann kam er zum Baume zurück und sagte: »O mein Gott, ich habe getan, was du mir gesagt hast.« Si Dscheha warf ihm einen Strick zu, indem er sagte: »Fasse diesen Strick und du wirst zu mir emporsteigen.« Der Jude ergriff den Strick und Si Dscheha zog ihn herauf; als er ihn aber einigermaßen in der Höhe hatte, ließ er den Strick los. Der Jude fiel herunter und schlug sich ein Loch in den Kopf. »O mein Gott,« sagte er, »du bist unersättlich! Du nimmst mein Geld und schlägst mir überdies ein Loch in den Kopf!«

404.

MAn wußte sich keinen Rat mehr, um Dscheha sein Schmarotzerhandwerk zu legen. Als nun eines Tages die vornehmen Leute zu einem Manne essen gingen, der einen Festschmaus vorbereitet hatte, schloß sich ihnen Dscheha an; da sagten sie untereinander: »Was machen wir nur mit Si Dscheha?« Und einige sagten: »Wann die Schüsseln aufgetragen werden, wollen wir zu ihm sagen: ›Si Dscheha, in deinem Dorfe brennt es‹, damit er nichts ißt. Unsere Worte werden ihn so beschäftigen, daß er nichts ißt.«

Als die Speise kam, sagten sie zu ihm: »Si Dscheha, in deinem Dorfe brennt es.«

»Unser Haus ist davor bewahrt geblieben?« fragte Dscheha.

Während sie sich darauf beschränkten, zu sprechen, aß Dscheha. Sie sagten: »Das Feuer ist schon bei deinem Hause.«

»Nun, mich hat es noch nicht erreicht.«

»Jetzt hat es deine Kleider erfaßt.«

»Mein Kopf brennt noch nicht, nicht wahr?« antwortete Dscheha. »Meine Füße mag es verschlingen, wenn es mir nur den Kopf in Ruhe läßt.«

Und er aß immerzu. Als dann die andern desgleichen tun wollten, stellte es sich heraus, daß Dscheha alles aufgegessen hatte; und sie sagten untereinander: »Si Dscheha hat uns zum besten gehabt.«

405.

SI Dscheha kaufte auf dem Markte eine Ziege um zehn Duro. Er trieb sie heim, schlachtete sie und häutete sie.

»Diese Ziege kostet uns viel Geld,« sagte er zu seiner Mutter, und sie erwiderte: »Was willst du tun, mein Sohn?«

»Für den Augenblick das Fleisch kochen; späterhin werden wir sehn, was zu tun ist. Am nächsten Markttage werde ich die Haut auf den Markt bringen; du wirst hingehn und sie in der Hand halten. Ich werde immer um dich herum sein, und du wirst tun, als ob du mich nicht kenntest; ebenso werde ich tun, als ob ich dich nicht kennte. Ich werde um die Haut handeln, und welchen Preis immer ich dir biete, weigerst du dich, sie mir zu verkaufen. Ich werde sie spannenweise messen. Du sagst zu mir: ›Ich verkaufe sie nicht.‹ Ich werde dir zwanzig, dreißig, vierzig, fünfzig Duro bis zu hundert Duro bieten. Unter den Fremden, die dazukommen werden, wird einer sein, der dir mehr bieten wird, und dem verkaufst du sie. Gib acht jetzt! Merk dir wohl, wie ich dich empfehlen will!«

Sie machten sich auf den Weg und kamen auf den Markt. Si Dscheha ging abseits, und seine Mutter hielt die Ziegenhaut. Si Dscheha kam und sagte zu ihr: »Wie viel hat man dir für die Haut da geboten?« Und auf ihre Antwort: »Zehn Duro« begann er sie spannenweise zu messen. Alle Welt sammelte sich um sie. »Die Haut, die du da mißt,« sagte einer zu ihm, »wozu kann sie dir dienen?«

»Sie wird gut zu verwenden sein,« antwortete Dscheha; »sie gibt eine große Trommel oder eine kleine.«

Er zog sich zurück, kam aber einen Augenblick später wieder, ging wieder zu seiner Mutter und sagte zu ihr: »Nun, altes Frauchen, was ists mit der Haut?«

»Mein Sohn,« antwortete die Alte, »man hat mir zwanzig Duro gegeben.«

»Verkaufst du sie um fünfzig?«

»Nein.«

Si Dscheha maß die Haut noch einmal und ging weg. Die Leute liefen zusammen und sagten einander: »Si Dscheha ist verrückt. Wie geht es zu, daß er, der sonst so durchtrieben ist, sich so täuschen läßt?«

Dscheha kam zurück und sagte zu seiner Mutter: »Mutter, wie viel hat man dir für die Haut geboten?«

»Sie ist noch auf fünfzig Duro, mein Sohn.«

»Ich will sie messen, ob sie zu meinem Zwecke taugt oder nicht.« Er maß sie, und als er damit fertig war, sagte er zu seiner Mutter: »Wenn du sie verkaufen willst, so gebe ich dir hundert Duro.«

»Ich verkaufe sie nicht,« antwortete sie, und Dscheha entfernte sich und beobachtete sie von weitem.

Ein Mann, der auf den Markt gekommen war, kam und sagte zu der Mutter Dschehas: »Altes Frauchen, verkaufe sie mir. Ich gebe dir um zehn Duro mehr als der Mann.«

»Gib das Geld her, bevor er kommt; er könnte mir sonst Vorwürfe machen, daß ich einem andern den Vorzug gegeben habe.«

Er gab der Alten das Geld, und die machte sich auf den Heimweg und Si Dscheha gesellte sich zu ihr; sie gingen, bis sie dorthin kamen, wo sie wohnten, und dort blieben sie.

Die Alte hatte aber dem Käufer der Haut gesagt: »Diese

Haut ist gar kostbar; lege sie in die Sonne: sie wird trocknen, und du wirst sehn, was für einen Nutzen du finden wirst.«

Er breitete also die Haut an der Sonne aus. Zwei oder drei Tage darauf ging er nachsehn und fand sie vollständig ausgetrocknet. Er nahm sie zwischen die Hände und rieb sie; da zerfiel sie. Nun ging er die Frau suchen, die sie ihm verkauft hatte. Er traf die Mutter Dschehas und sagte zu ihr: »Altes Frauchen, bist du nicht die, die mir die Haut verkauft hat?«

»Sag so etwas nicht noch einmal,« sagte die Alte. »Ich, Häute verkaufen! ich bin die Mutter Si Dschehas.«

»Schon recht,« sagte der Mann; »sieh nur selber, wer mich betrogen haben kann, wenn du es nicht bist.«

»Mein Sohn,« erwiderte die Alte, »das habe ich nie getan.«

Der Mann ging heim, ohne sie erkannt zu haben. Die Ziegenhaut verblieb ihm und er warf sie den Hunden hin.

406.

EInes Tages sagte die Mutter zu Si Dscheha: »Ich gehe Holz machen.« Er bildete sich ein, das sei wahr; sie ging aber irgendwohin, setzte sich nieder und legte einen Fuß über den andern. Dscheha kam und sah, daß sie die Füße übereinander geschlagen hatte.

Am nächsten Tage sagte sie zu ihm: »Sohn, das Barfußgehn bringt mich um; kaufe mir doch Schuhe.«

Dscheha holte Baumwolle und machte ihr daraus Schuhe; »da, Mutter,« sagte er, »da sind deine Schuhe.«

»Aber,« sagte sie, »wie lange werden die denn halten?«

»Mutter,« antwortete Dscheha, »wenn du immer so viel gehst wie gestern, werden sie halten, bis du stirbst.«

ALs Si Dscheha noch klein war, war er ein wenig dumm und unwissend; erst als er ein wenig größer war, erwachte sein Geist.

Eines Tages, es war der Tag, wo sein Vater starb, war er allein auf der Welt; er hatte niemand mehr als seine Mutter. Nun nahm er einmal einen Ochsen, um ihn zu verkaufen. Auf dem Wege traf er eine Eule, und er sagte zu ihr: »Kaufst du meinen Ochsen?«

Die Eule schrie: »Imiaruf.«

»Gibst du mir fünfzehn Realen?« fuhr Dscheha fort.

»Imiaruf,« wiederholte die Eule.

»Du gibst mir zwanzig?«

»Imiaruf.«

»Du gibst mir fünfundzwanzig?«

»Imiaruf.«

»Da hast du deinen Ochsen.« Und er fügte bei: »Und das Geld?«

»Imiaruf.«

»Beim nächsten Markte?«

»Imiaruf,« sang die Eule.

»Gut; da ist der Ochse. Das Geld werde ich am nächsten Markttage holen.«

»Imiaruf.«

Dscheha ließ den Ochsen dort und ging. Als er daheim angelangt war, sagte seine Mutter zu ihm: »Und der Ochse, mein Sohn?«

»Den habe ich verkauft,« antwortete er; »um fünfundzwanzig Realen. Was das Geld betrifft, so warte ich darauf bis zum nächsten Markte.«

Als der nächste Markttag gekommen war, ging er an den

Ort, wo er den Ochsen gelassen hatte; dort traf er die Eule und die sang wie am ersten Tage. »Und das Geld?« sagte er.

»Imiaruf.«

»Heute will ich mein Geld haben.«

»Imiaruf.«

Dscheha ging auf sie zu, indem er sagte: »Ich muß heute mein Geld haben.« Die Eule flog gegen ein altes Gemäuer hin; Dscheha folgte ihr und sagte: »Du mußt mir mein Geld geben.«

»Imiaruf,« schrie die Eule.

Dscheha verfolgte sie immer weiter, bis er sie in dem Gemäuer vor sich hatte. Sie entwischte ihm wieder; aber Dscheha fand in dem Gemäuer einen Schatz.

»Du glaubst,« sagte er nun zu der Eule, »daß ich ein Dieb bin wie du? ich, ich stehle nicht; ich werde nur nehmen, was mir gebührt.« Und er zählte seine fünfundzwanzig Realen ab und steckte sie zu sich; dann ging er heim.

Als er zu Hause angelangt war, sagte er zu seiner Mutter: »Mutter, das ist das Geld von dem, dem ich den Ochsen verkauft habe.« Und er fügte bei: »Ich selber habe mit meinen eigenen Händen die fünfundzwanzig Realen aus dem Schatze genommen.«

»Mein Sohn,« sagte die Mutter, »gehn wir zu ihm.«

»Mutter, wenn du willst, so gehn wir hin; ich fürchte aber, daß du ihn bestehlen wirst.«

»Pfui, mein Sohn! Deinem Freunde, zu dem wir als Gäste kommen, dem werde ich etwas stehlen!«

»Also gut; komm, gehn wir.«

In aller Eile kochte sie nun Bohnen und Eier und buk Kuchen. Als sie dann das Dörfchen verließen, warf sie die Bohnen über Dscheha; er las sie auf und sagte: »Mutter, es regnet Bohnen.«

»Lies sie auf, mein Sohn.« Dscheha las sie auf und aß sie. Seine Mutter ging immer weiter; und als sie an dem bewußten Orte angekommen waren, sagte sie zu ihm: »Nun, mein Sohn, wo ist das Haus deines Freundes?«

»Da,« antwortete Dscheha.

»Zeig es mir doch.«

»Nun hier.«

»Das da?«

»Komm, ich werde es dir zeigen.«

Als er sie hingeführt hatte und sie den Schatz sah, warf sie Kuchen in die Höhe, so daß sie auf Dscheha niederfielen; und er sagte: »Ach, Mutter, es regnet Kuchen.« Er begann sie aufzulesen und sie zu essen. Seine Mutter bemächtigte sich des Schatzes und er sagte zu ihr: »Hüte dich, Mutter, etwas zu nehmen.«

»Ich nehme nichts, mein Sohn.« Aber sie hob den Schatz und wickelte ihn in ein großes Baumwolltuch, um ihn wegzutragen; und zu Dscheha sagte sie: »Komm, mein Kind, gehn wir.«

Sie gingen. Als sie ins Dörfchen kamen, warf sie die Eier über ihn. »Mutter,« sagte er, »es regnet Eier.« Er las sie auf und aß sie, und sie kamen nach Hause.

An diesem Abende ging Dscheha dorthin, wo die Leute zusammenkamen, und sagte zu ihnen: »Heute haben meine Mutter und ich einen Schatz heimgetragen.«

Sie fragten ihn: »Wann?«

»Wir sind weggegangen,« antwortete Dscheha, »als es Bohnen regnete. Als dann der Kuchenregen gekommen ist, sind wir bei dem Schatze eingetroffen, den meine Mutter weggetragen hat. Ins Dorf sind wir zurückgekommen in dem Augenblicke, wo es Eier regnete.«

»Bah,« sagten sie untereinander, »der Junge ist ein Tölpel; nehmt seine Worte doch nicht ernst.«

Warum hatte nun die Mutter Dschehas die Bohnen und die Eier gesotten und die Kuchen gebacken? Weil sie nicht zweifelte, daß der Dummkopf von ihrem Sohne alles ausplaudern werde; darum hat sie ihm die Bohnen und die Eier gesotten und die Kuchen gebacken. Sie hatte es sich an den Fingern abgezählt, daß Dscheha, wenn er den andern sagen werde: »Wir haben einen Schatz heimgebracht«, beifügen werde: »als es Bohnen und dann Kuchen und dann Eier regnete«; und sie wußte, daß also niemand seine Worte ernst nehmen werde.

408.

SI Dscheha konnte kein Pferd besteigen, aber ein guter Fußgänger war er. Eines Tages ließ ihn nun der Kaid des Dorfes rufen und sagte zu ihm: »Si Dscheha, du mußt mir diesen Brief zum Bei von Algier bringen; steig auf mein Pferd und spute dich.«

Das Pferd des Kaids war aber ein hitziges Tier, das niemand besteigen konnte außer seinem Herrn. Si Dscheha, der das wußte, zog sich mit einem einzigen Worte aus dem Handel; er fragte: »Ist es eilig, Herr Kaid?«

»Sehr eilig,« antwortete der Kaid.

»Dann«, sagte Dscheha, »geh ich zu Fuß; ich werde so viel schneller dort sein, als wenn ich zu Pferde stiege.«

Alle schüttelten sich vor Lachen, als sie ihn so reden hörten. Der Kaid, der Si Dscheha nur einen Streich hatte spielen wollen, sagte: »Bleib da; du wirst mit mir essen.«

409.

SI Dscheha hatte einen Feind, der ein Eierhändler war. Den traf er eines Tages, als er auf den Markt ging; er trat auf ihn zu und sagte: »Du hast da wirklich schöne Eier.«

»Laß den Spott,« sagte der Händler. »Willst du welche

kaufen, so kauf; wenn nicht, so geh deines Weges.«

Dscheha kaufte zwei Eier und steckte geschickt in jedes ein Goldstück. Dann sagte er zu seinem Feinde: »Höre; ich will jetzt Frieden machen mit dir, und darum will ich dir einen guten Rat geben.«

»Wir werden sehn,« sagte der Händler; »sprich.«

Nun sagte ihm Dscheha ins Ohr: »Verkaufe diese Eier nicht; alle enthalten sie Goldstücke!«

»Pack dich,« schrie der Händler; »du lügst.«

»Ich lüge?« sagte Dscheha; »also gut: sieh her.« Und er schlug vor ihm die zwei Eier auf, die er gekauft hatte. Der Händler stand ganz verdutzt da, als er die zwei Goldstücke sah, die zum Vorscheine kamen. Dscheha las sie auf, schob sie in seine Tasche und ging heim.

Alsbald nahm der Händler seine Eier und schlug sie alle ohne Ausnahme auf. Goldstücke aber fand er nicht ein einziges, und er schrie: »Gott verderbe die Augen Si Dschehas, so wie ich alle meine Eier verdorben habe!«

410.

SI Dscheha hatte in einem Hause, das auch der Eigentümer bewohnte, eine Kammer gemietet. Er bezahlte nie die Miete und lärmte die ganze Nacht in seiner Kammer. Der Eigentümer, der dieses Lärms halber nicht schlafen konnte, sagte eines Tages zu ihm: »Warum verübst du allnächtlich einen solchen Lärm in deiner Kammer?«

»Mein Sohn,« antwortete Dscheha, »ich richte Schlangen ab, um sie den Aissawa[6] zu verkaufen.«

»Du züchtest Schlangen in meinem Hause?« schrie der Eigentümer. »Gut also; du kannst jetzt ziehen. Die Miete schenke ich dir, aber räume das Haus noch heute.«

»Das ists ja, was ich wollte,« dachte Dscheha. »Auf diese

Weise brauche ich keine Miete zu zahlen.«

411.

Eines Tages war Si Dscheha bei seiner Mutter zu Hause geblieben. Da sie nichts zu essen hatten, sagte er zu ihr: »Warte, ich hole etwas zu essen.«

Er ging zu den Schülern, die er alle beisammen fand, und sagte zu ihnen: »Kommt, ihr sollt heute bei mir essen.« Er war nämlich ihr Mitschüler, war aber an diesem Morgen nicht zur Schule gegangen. Als er ihnen nun sagte: »Kommt heute zu mir essen«, antworteten sie: »Si Dscheha, du bist arm.«

Er antwortete: »Das ist Brauch bei uns: wenn ein Schüler den ganzen Koran auswendig kann, muß er seinen Mitschülern zu essen geben.«

»Gut ists,« sagten sie. »Geh und richte das Mahl her; wir werden kommen.«

»Steht auf und kommt mit,« sagte Dscheha; »das Mahl ist schon kalt.«

Sie standen auf und gingen mit ihm. Als sie in seinem Hause angelangt waren, ließ er sie in eine Kammer treten. Dann nahm er ihre Schuhe, die sie an der Tür gelassen hatten, und steckte sie in einen Sack; hierauf ging er zu den Schülern zurück und sagte zu ihnen: »Wartet ein bißchen; ich komme sofort wieder.« Er ging aber weg und nahm den Sack mit ihren Schuhen mit; er kam zu einem Garkoch.

»Gib mir etwas um zwei Franken,« sagte er zu ihm, »und nimm dafür dies Paar Schuhe.«

Dann ging er zu einem Fleischer und hielt ihm dieselbe Rede, dann zu dem Kuskussuverkäufer; und als er so alle Schuhe der Schüler verteilt hatte, ging er, mit köstlichen Mundvorräten beladen, nach Hause. Sofort nach seiner Heimkehr setzte er alles den Schülern vor, und sie ließen es

65

sich trefflich schmecken. Dann erhoben sie sich, um in ihre Schule zu gehn. Als sie ihre Schuhe suchten, sagte Dscheha zu ihnen: »Kommt mit mir; ich habe sie versteckt.«

Sie gingen mit ihm. Einen führte er zum Garkoch und sagte zu ihm: »Gib ihm zwei Franken; er wird dir deine Schuhe geben.« So zeigte er schließlich allen, wo er ihre Schuhe verpfändet hatte, und die armen Schüler gaben Geld her, um sie wiederzubekommen. Er blieb bei seiner Mutter; und von den Speisen hatten sie noch zwei Tage zu essen.

412.

ALs sein Vater starb, trug ihn Dscheha auf den Markt und beerdigte ihn dort; aber einen Fuß des Toten ließ er außerhalb der Erde. Die Leute sagten zu ihm: »Was, Si Dscheha? du läßt den Fuß deines Vaters außerhalb der Erde? was ist das für ein Begräbnis?«

»Nun,« antwortete er, »jedermann weiß, wie er seinen Vater zu begraben hat. Dieser Platz ist das Grab meines Vaters, nicht wahr? Wenn ich also auf den Markt komme, werde ich meinen Esel an den Fuß meines Vaters binden, und niemand wird mir etwas sagen dürfen.«

Eines Tages ging Dscheha auf den Markt; er band seinen Esel an den Fuß seines Vaters und ging dann einen Fleischhandel anfangen. Er kaufte einen magern Ochsen, tötete ihn, deckte ihn ab, zerstückelte ihn und legte die Fleischstücke auf einen großen Stein. Alle andern Fleischer töteten fette Tiere. Sie verkauften und gingen weg; Dscheha blieb zurück. Alle, die bei ihm vorbeikamen, spien aus und setzten ihren Weg fort.

Als es Abend wurde, war er allein noch da. Die Hunde umgaben ihn und er sagte zu ihnen: »Wollt ihr es kaufen?«

Sie begannen alle zu knurren. Dscheha wandte sich zu dem größten im Rudel: »Wenn du für sie bürgst, so verkaufe ich ihnen meinen Ochsen.« Der Hund knurrte. »Ich weiß,«

sagte Dscheha, »daß du mir für mein Geld gut bist«, und überließ den Hunden das Feld. Sie fraßen das Fleisch des Ochsen und Dscheha ging.

Am nächsten Markttage kam er wieder und ging sofort zum Grabe seines Vaters. Er sah, daß dort einer sein Maultier angebunden hatte; er fragte: »Wer ist das, der sein Maultier hier angebunden hat?«

Der Herr des Maultiers erhob sich und antwortete: »Ich bins.«

»Was?« sagte Dscheha. »Das ist das Grab meines Vaters. Ich habe seinen Fuß heraußen gelassen, damit alle Welt weiß, daß der Platz mein ist; denn man sieht sehr wohl, daß das das Grab meines Vaters ist, und alle, die herkommen, sollten sich sagen: ›Der Platz gehört Si Dscheha.‹ Hier hat niemand etwas zu suchen.«

Der Eigentümer des Maultiers sagte zu ihm: »Ich habe nicht gewußt, Freund, daß das der Fuß deines Vaters ist; ich habe ihn für ein Stück Holz gehalten.«

Dscheha antwortete: »Von heute an gib acht, nicht wieder hieher zu kommen.«

Von diesem Tage an wurde der Platz Eigentum Dschehas.

413.

ALs der Eigentümer des Maultiers und Dscheha auseinander gegangen waren, begann Dscheha den Hund zu suchen, der die Bürgschaft für die andern Hunde übernommen hatte. Als er ihn gefunden hatte, sagte er zu ihm: »Jetzt will ich mein Geld von dir haben.« Der Hund riß aus, aber Dscheha verfolgte ihn, indem er sagte: »Die Flucht wird dir nichts nützen.«

Er hatte die Absicht, mit diesen Hunden eine gewisse List ins Werk zu setzen; er hatte nämlich sagen hören, die Tochter des Sultans habe seit dem Tage ihrer Geburt weder gelacht, noch gesprochen, und hatte sagen hören, der Sultan habe gesagt: »Ich werde meine Tochter dem geben, der sie zum sprechen bringt.«

Dscheha ging einen Strick kaufen, und den knüpfte er an einen Baum. Dann lief er, um die Hunde zusammenzufangen. Alle, deren er habhaft werden konnte, band er an diesen Strick; und als er sie alle angebunden hatte, ging er mit einem Stocke auf sie los, wobei er in einem fort sagte: »Gebt mir mein Geld.«

Das Haus des Sultans war gegenüber von dem Baume, woran er die Hunde gebunden hatte, und die Tochter des Sultans betrachtete das Schauspiel von ihrem Fenster aus. Dscheha verfolgte die Hunde ununterbrochen; wenn er von der einen Seite her auf sie eindrang, retteten sie sich auf die andere, und wenn er sie verfolgte, liefen sie in einer andern Richtung.

Darob begann die Tochter des Sultans zu lachen. Das hörte die Negerin und ging zum Sultan und sagte: »Herr, meine Gebieterin lacht.« Hastig lief der Sultan hin, und als er bei seiner Tochter war, fragte er sie: »Tochter, warum lachst du? Zeit deines Lebens hast du noch nicht gelacht. Heute hat Gott dein Herz erschlossen.«

»Vater,« antwortete sie, »du siehst, was der Mann dort mit den Hunden treibt; das ist der einzige Grund, daß ich lache.«

Der Sultan sagte zu seinem Sklaven: »Geh zu dem Manne dort, der die Hunde gefangen hat, und sag ihm: ›Wohlan, schenke den Hunden die Freiheit; der Sultan sagt dir: komm.‹« Der Neger ging. Als er bei Dscheha war, wiederholte er ihm die Worte des Sultans.

»Ich werde sie nicht freilassen,« erklärte Dscheha; »ich habe ihnen auf dem letzten Markt einen Ochsen verkauft, und heute haben sie sich geweigert, mich zu bezahlen.«

»Komm doch zum Sultan, Narr, der du bist,« sagte wieder der Neger. »Er wird dich, so Gott will, reich machen. Er selber hat mir gesagt: ›Sag ihm, er soll kommen und die Hunde laufen lassen; ich will ihn bezahlen.‹«

Dscheha ließ die Hunde laufen, sagte aber zu dem Neger: »Vielleicht hast du mich zum besten, und dann habe ichs.«

Dscheha ging also mit ihm, und als er vor dem Sultan stand, sagte dieser zu ihm: »Was hast du mit den Hunden gehabt?«

»Am letzten Markte«, antwortete Dscheha, »habe ich ihnen einen ganzen Ochsen verkauft, und sie haben ihn gefressen. Heute habe ich zu ihnen gesagt: ›Gebt mir mein Geld.‹ Sie haben sich geweigert. Dann habe ich sie gefangen.«

»Wie viel forderst du?«

»Zwanzig Duro.«

»Komm,« sagte der Sultan und ließ Dscheha in ein Zimmer treten. Dscheha sah, daß es voll Gold war.

»Also,« sagte der Herrscher, »nimm dir, was du willst.«

»Das ist es nicht, was ich will,« sagte Dscheha. »Laß mich nur gehn und meine Schuldner wieder fangen.«

Die Tochter des Sultans war dabei; da sie zu lachen begann, sagte Dscheha zu ihr: »Du hast recht, dich über mich lustig zu machen; denn nachdem ich alle beisammen gehabt habe, die mir Geld schuldig sind, bin ich von euch zum Narren gehalten worden. Dein Vater hat den Schwur vergessen, den er deinetwegen geschworen hat. Laß mich jetzt wenigstens gehn, um meine Widersacher zu verfolgen.«

Da der Sultan gesehn hatte, daß Dscheha ein sehr schmutziger Mensch war, hatte er nicht vom Anfang an zu ihm sagen wollen: »Ich gebe dir meine Tochter«; indem aber Dscheha das Wort Schwur aussprach, rief er dem Sultan die Sache ins Gedächtnis, und nun sagte dieser: »Wohlan, so heirate meine Tochter.«

»Ich werde sie nicht heiraten,« antwortete Dscheha, und das zu dem Zwecke, für einen gewichtigen Mann angesehn zu werden.

»Warum willst du sie nicht heiraten?«

»Weil ich, wenn ihr mich auch jetzt sehr schmutzig seht, immerhin der Sohn eines Sultans bin; gebt acht, daß ihr euch nicht in mir täuscht.«

»Das ist gerade das,« sagte der Sultan, »was auch mein Wunsch war; es war mir darum zu tun, daß meine Tochter einen Sultanssohn und nicht irgendeinen schmutzigen Bauer heirate.«

Er gab ihm seine Tochter und Dscheha heiratete sie. Und der Sultan sagte zu ihm: »Nun, mein Schwiegersohn, wirst du bei mir wohnen oder in deinem Hause?«

»Bei dir will ich nicht wohnen,« antwortete Dscheha; »ich habe ein Haus.«

»Also, da ist deine Frau, nimm sie; nimm auch alles Geld, alle Kamele, alle Pferde und alle Maultiere, die du willst.«

Dscheha führte seine Frau weg und nahm überdies diese unendlichen Reichtümer mit.

414.

D Scheha führte also seine Frau heim; aber als sie ankam, gefiel ihr das Haus gar nicht, weil sie es voller Schmutz fand. »Was?« sagte sie sich; »dieser Mensch hat mich zum besten gehabt. Er hat mir gesagt: ›Ich bin ein Sultanssohn, ich bin aus einem großen Hause‹; jetzt sieht man, wie schlecht es mit seinem Hause bestellt ist.« Aber sie verschloß diese Gedanken in ihrem Herzen und wollte sie niemand kundtun.

Es kam das Fest heran, und sie sah Dscheha zur Arbeit gehn, obwohl alle Welt dem Feste zu Ehren feierte. »Si

Dscheha,« sagte sie zu ihm, »was tust du? alle Welt feiert des Festes halber, und du gehst arbeiten! Hast du mir nicht seinerzeit gesagt: ›Mein Vater ist Sultan‹, und wieder: ›Ich habe ein schönes Haus, ich bin aus einem großen Hause‹?«

»Meine Liebe,« antwortete Dscheha, »es ist wahr, ich habe das gesagt, und ich habe nicht gelogen; ich will jetzt nur eine kleine Arbeit verrichten.«

»Kein Mensch verrichtet in der Festzeit eine Arbeit, weder eine kleine, noch eine große; man arbeitet an den andern Tagen genug.«

»Das ist wahr, meine Liebe. Aber wenn mich die Dorfleute feiern sehn, feiern sie; sehn sie mich zur Arbeit gehn, gehn auch sie. Ich, ich bin wohl in der Lage, nichts zu tun; mir wird es an nichts mangeln. Daß ich öffentlich so tue, geschieht nur, damit nicht die Kinder des Volkes unaufhörlich im Hunger leben.«

Ein andermal sagte sie zu ihm: »Si Dscheha, wie ist nur das Kleid, das du trägst, zugeschnitten? warum kleidest du dich nicht wie die Sultanssöhne?«

»Meine Liebe,« antwortete er, »auf schöne Kleider gebe ich nichts der Leute halber; sie machen alles, was ich mache: gehe ich ihnen im Müßiggang voran, so arbeiten sie auch nichts mehr; gebe ich ihnen ein Beispiel mit schönen Kleidern, so werden auch sie sich, wenn sie ein paar Groschen haben, solche kaufen, und die ganze Familie wird Hunger leiden.«

»Wieso ist es möglich gewesen, Si Dscheha, daß du mir gesagt hast: ›Ich bin Sultan‹? Ich sehe dich doch niemals das Herrscheramt ausüben. Niemand im Volke nennt dich Sultan oder Sultanssohn. Du hast mich belogen; du bist sicherlich nichts sonst als ein Bettler und legst dir die Eigenschaft eines Sultans fälschlich bei.«

»Ich frage dich,« antwortete Dscheha, »was deine Absicht ist. Hast du die Absicht, hier zu bleiben, so mach nicht die Närrin und bleib in deinem Hause. Wenn du merkst, daß du den Verstand verloren hast und meiner vielleicht überdrüssig bist, so geh wieder heim zu deinem Vater. Ich liebe keine Leute, die sich, obwohl von geringem Stande, doch besser dünken als die andern. Ich für meine Person bin der Sultan meiner Brüder, und es ist mir unmöglich, jemand unrecht zu tun, wer immer es sei.«

»Ich glaube es nicht eher, daß du Sultan bist, als bis du den Muezzin getötet hast, der mich jeden Morgen so zeitlich früh weckt.«

»Morgen werde ich ihn töten,« sagte Dscheha. »Ich werde dir seinen Kopf bringen, und du wirst so erkennen, ob ich ein Sultan bin oder ein Betrüger.«

415.

AM nächsten Morgen ließ Dscheha den Muezzin bis auf die Spitze des Minarets steigen; dann ging er ihm nach und schlug ihm den Kopf ab. Den gab er seiner Frau mit den Worten: »Da hast du den Kopf des Menschen, der dich alle Morgen früh geweckt hat.«

Und sie sagte: »Nun sehe ich, daß du Sultan bist.«

Dscheha ging einen Hammel kaufen, und den kehlte er ab. Den Kopf des Muezzins warf er in den Brunnen; den Kopf des Hammels, den er getötet hatte, versteckte er und legte ihn unter eine große Holzschüssel.

Gegen Mittag begannen die Leute den Muezzin zu suchen, konnten ihn aber nicht finden. Endlich stiegen sie aufs Minaret, und dort fanden sie ihn tot mit abgeschlagenem Kopfe. Und sie sagten: »Wer hat unsern Muezzin getötet?« Einer nahm das Wort und sagte: »Si Dscheha habe ich heute zeitlich früh hier heraufsteigen sehn; der hat ihn vielleicht getötet.«

Sie gingen zu Si Dscheha und sagten zu ihm: »Si Dscheha, hast du den Muezzin getötet?«

»Nein,« antwortete er. »Was hat er mir getan, daß ich ihn hätte töten sollen? Seht nach, wer mit ihm auf schlechtem Fuße gestanden ist; der hat ihn auch getötet. Ich war es nicht.«

»Der Mann, der dich hat aufs Minaret steigen sehn, hat gesagt, du hast ihn getötet. Du belügst uns. Wir wollen dein Haus durchsuchen, ob wir nicht seinen Kopf finden.«

»Kommt und sucht,« sagte Dscheha.

Sie traten ein und begannen zu suchen; sie stöberten das ganze Haus durch, fanden aber nichts. Da fiel einem die große Holzschüssel auf, die verkehrt dalag, und er ging hin, und hob sie auf; und er fand darunter den Hammelkopf. Nun sagte er zu seinen Gesellen: »An dieser Stelle, die uns verdächtig war, finde ich einen Hammelkopf. Es ist also wahrscheinlich, daß es nicht Dscheha war, der den Muezzin getötet hat.«

Darauf gingen sie alle nach Hause, und Dscheha war gerettet.

416.

DScheha traf im Walde einen Schakal und zu dem sagte er: »Du Schakal, wie bist du denn eigentlich geartet?

Du tust Tag und Nacht nichts andres, als im Walde herumzulaufen. Komm, geh mit mir nach Hause, und wir werden miteinander wohnen; was ich esse, wirst du essen, und wenn ich nichts tue, wirst du nicht mehr tun.«

»Gott hat mich erschaffen,« antwortete der Schakal, »damit ich im Busche herumlaufe, und es ist mir unmöglich, in einem Hause zu verweilen.«

»Meine Absicht ist,« erwiderte Dscheha, »dir gutes zu tun.«

»Du bist listig,« sagte der Schakal; »aber wenn du eine List hast, so habe ich ihrer zehn. Darum wird es dir nie gelingen, mich zu foppen.«

»Mein lieber Freund, ich habe auch nicht eine einzige List; du bist eben mißtrauisch. Ich will nur, daß du mit mir nach Hause essen und trinken kommst. Das ist besser, als so durch den Wald zu schweifen, ausgesetzt den Dörnern, der Kälte und dem Hunger.«

»Ich wiederhole dir,« sagte der Schakal, »daß du ein großer Schurke bist; ich bin es auch. Wir werden also niemals zusammenkommen.«

»Und warum nicht?« sagte Dscheha; »sind wir nicht Brüder? Ich bin von Mitleid für dich bewegt gewesen; sonst hätte ich nicht so mit dir gesprochen.«

»Ich habe es dir gesagt und ich wiederhole es dir, daß ich nicht mitgehn werde; sobald du aber darauf bestehst, gut, so gehe ich mit.«

Der Schakal begleitete also Dscheha. Und als sie dann zu Hause angelangt waren, sagte er: »Ins Haus gehe ich nicht; ich werde vor der Tür schlafen.«

»Warum willst du nicht im Hause schlafen?« fragte ihn Dscheha; »da heraußen ist es ja kalt.«

»Ich will hier bleiben; ich bin an die Kälte gewöhnt. Ins Haus gehe ich nicht.«

»Meinetwegen,« sagte Dscheha; »bleib also da.«

Der Schakal hielt sich nun gewöhnlich draußen auf und Dscheha im Hause. Zu Mittag brachte ihm Dscheha das Mittagessen, am Abende das Nachtmahl. Schließlich mußte aber Dscheha einmal weggehn, und da gab er seiner Frau folgende Aufträge und sagte zu ihr: »Gib acht; laß deinen Sohn nicht heraus.« Er wußte, daß man vor dem Schakal auf der Hut sein mußte. Dann entfernte er sich, und seine Frau ging ihren gewöhnlichen Beschäftigungen nach. Der kleine Knabe trat vor die Tür. Als ihn der Schakal sah, stürzte er sich auf ihn und fraß ihn. Dann leckte er alles Blut auf und ließ nichts übrig, was ihn hätte verraten können.

Die Mutter des Knaben kam heraus, um ihn zu suchen. Als sie ihn nicht fand, ging sie zum Schakal und sagte zu ihm: »Hast du vielleicht mein Kind gefressen?«

»Das ist sehr gut,« sagte der Schakal; »so also steht es? Warum hat mich denn dein Mann hergebracht? Vielleicht deswegen, damit ich mich heute über dein Gezeter ärgern soll?«

Dscheha, der in diesem Augenblicke zurückkam, blieb auf der Straße stehn; als er seine Frau weinen hörte, lief er herbei und sagte: »Was hast du?«

»Der Schakal, den du hergebracht hast, hat deinen Sohn gefressen.«

Der Schakal tat, als ob er zornig wäre, und sagte zu Dscheha: »Ich habe es dir am ersten Tage gesagt: laß mich, ich gehe nicht her. Dann hast du mich aber gezwungen zu kommen. Jetzt segne dich Gott! So also handeln Freunde an ihren Freunden? Laß mich augenblicklich gehn.«

»Bleib nur,« sagte Dscheha, »und mache dir nichts aus den Reden einer Frau.«

Er ging zu seiner Frau und sagte zu ihr: »Schweig, sage ich dir, damit er bleibt und nicht geht. Daß er meinen Sohn gefressen hat, bezweifle ich nicht; vorderhand aber wollen wir ihn dabehalten, damit ich ihn töte, ihn, der mein Kind gefressen hat.«

Der Schakal erriet alles. Si Dscheha dachte bei sich, daß er auf den Schakal, nachdem er ihn habe einschlafen lassen, losgehn und ihn abkehlen werde; aber der Schakal, der voraussah, was ihm geschehn sollte, ließ seine Wirte einschlafen, sprang über die Mauer und suchte das Weite.

Si Dscheha und seine Frau standen auf und er ging an den Ort des Schakals; aber er fand, daß der Schakal nicht mehr da war. Er kehrte zu seiner Frau zurück und sagte zu ihr: »Du bist schuld daran, daß er gegangen ist. Hättest du nicht mit ihm gesprochen, so hätte er sich nicht geflüchtet und wir hätten ihn getötet; nach dem Auftritte aber, den du ihm gemacht hast, hat er fortgehn müssen.«

417.

Ls Dscheha alt wurde, ließ sein Gesicht nach, und er sah nicht mehr so gut wie in seinen jungen Jahren: einst hatte er ein Rebhuhn oder einen Hasen auf fünfhundert Schritt gesehn und mit jedem Pfeil, den er abschoß, sein Ziel getroffen; jetzt aber zitterten seine Hände und er sah nicht mehr so gut. Als seine Freunde diese Zeichen des Greisenalters bemerkten, machten sie sich lustig über ihn. Um ihnen nun den Mund zu stopfen, dachte er sich eine List aus, die wir erzählen wollen.

Er kaufte einen jungen Hund, den er Packan nannte, und richtete ihn auf jede Jagd ab; und er lehrte ihn alles bringen, was er ihm angab. Oft versteckte er am Morgen einen toten Hasen im Gebirge; er zeigte dem Hunde den Ort, wo er ihn hinlegte, und ging mit ihm zurück nach Hause. Gegen Mittag sagte er dann dem Hunde: »Such.« Packan lief ins Gebirge und kam im Nu mit dem Hasen im Maule zurück. Schließlich war der Hund ausgezeichnet abgerichtet. Dscheha wartete den Tag des großen Festes ab, um die Dorfleute zu verblüffen.

An diesem Tage legte er am Morgen einen toten Hasen neben einen Baum, der mehr als fünfhundert Schritt vom Dorfe entfernt war, und zeigte ihn seinem Hunde. Zu Mittag lud er seine Nachbarn ein, den Kaffee vor seiner Tür zu nehmen. Es kamen Leute von allen Seiten, und es war eine große Menge da, als sich Si Dscheha plötzlich erhob und schrie: »He, Freunde! seht ihr dort unten den Hasen neben dem Baume?« Alle machte große Augen und blickten angestrengt hin; da sie nichts sahen, sagten sie zu Dscheha: »Du bist ein Narr; wieso könntest du denn einen Hasen auf

77

diese Entfernung sehn?«

»Ich begreife,« antwortete Dscheha, »daß ihr ihn mit euerm schwachen Gesichte nicht bemerken könnt; aber ich sehe ihn.« Dann wandte er sich an seine Frau: »Bring mir meinen Bogen und meine Pfeile. Ich will einmal diesen jungen Leuten zeigen, daß weder mein Auge, noch mein Arm schwach geworden ist.« Er nahm einen Pfeil und schoß ihn ins Blaue ab. »Ich habe ihn getroffen!« schrie er. Und zu seinem Hunde: »Lauf, Packan, und bring den Hasen; heute Abend wollen wir ihn essen.« Der Hund sprang auf und lief davon. Einen Augenblick später kam er zurück, im Maule einen bluttriefenden Hasen.

Alle Welt war verdutzt. Von nun an machte man sich nicht mehr über Si Dscheha lustig, der das Stückchen noch drei- oder viermal aufführte. Ausnahmslos waren alle überzeugt, daß Dschehas Schießfertigkeit und Sehschärfe verblüffend waren. Und von diesem Tage an ehrte ihn das Volk noch mehr als früher.

418.

D Scheha hatte einen Freund, und das war der einzige Mensch auf der Welt, zu dem er ein volles Vertrauen hatte; er aß und trank sehr häufig bei ihm. Allen andern Menschen mißtraute er.

Eines Tages kam nun sein Freund und sagte zu ihm: »Komm mit mir spazieren gehn.«

»Mein Freund,« antwortete Dscheha, »ich bin nicht frei. Da du jedoch selber gekommen bist, so lasse ich meine Geschäfte und begleite dich. Wäre ein anderer zu mir gekommen, und hätte er mir alle Güter der Erde gegeben, ich hätte ihn nicht begleitet. Da aber du es bist, so kann ich dich nicht also verabschieden.«

Er ging und begleitete seinen Freund, und der sagte, als sie bei seinem Hause waren: »Komm mit hinein, Si

Dscheha.«

»Mein Freund,« sagte Dscheha, »das sind die Gemächer der Frauen; zu den Frauen uns zu setzen, schickt sich nicht. Gehn wir lieber in ein Zimmer, wo wir allein sind.«

Nun hatte dieser Freund für Si Dscheha in den Frauengemächern eine Grube gegraben; Dscheha wußte davon nichts. Als Dscheha geantwortet hatte: »Gehn wir zwei ganz allein ins Zimmer,« sagte der andere zu ihm: »Warum sollen wir uns nicht im Hause einrichten? es ist leer. Das Zimmer ist klein, und nicht einmal ein einzelner Mann hätte genug Platz, sich zu setzen.«

»Gut,« sagte Dscheha, »gehn wir, wohin du willst.«

Dieser Freund, auf den Dscheha so viel Vertrauen setzte, hatte ihn verraten und Geld von Leuten genommen, denen Dscheha geschadet hatte.

Er führte also Dscheha ins Haus. Dscheha versah sich keineswegs von diesem Manne, daß er ihn töten würde, da er sein vertrauter Freund war; darum eben kam ihm der Gedanke nicht, als er ins Haus trat. Der Freund hatte über die Grube eine Matte gespannt und darüber noch einen Teppich gebreitet.

Als Dscheha beim Eintritte den Teppich sah, dachte er, das sei eine Aufmerksamkeit, die ihm sein Freund erweise; er ging vorwärts, um auf dem Teppich Platz zu nehmen, und fiel in die Grube.

Augenblicklich lief der Verräter zu denen, die ihm Geld gegeben und zu ihm gesagt hatten: »Du wirst Si Dscheha töten; denn er hat uns viel geschädigt.« An diesem Tage kam er nun ihnen sagen: »Ich habe Si Dscheha getötet.«

»Wir gehn mit dir,« sagten sie, »um zu sehn, wie du ihn getötet hast.« Und sie gingen mit ihm.

Im Hause angelangt, beugten sie sich über die Grube und sahen auf ihrem Grunde Si Dscheha. »Si Dscheha,« sagten sie zu ihm, »hast du es nun satt, alles nur nach deinem Kopfe machen zu wollen? Jetzt, nicht wahr, wirst du uns keinen Schaden mehr zufügen.«

»Wahrhaftig,« sagte Dscheha, »ihr seid es nicht, die meinen Untergang herbeigeführt haben; mein Freund ist es, mit dem ich oft Brot und Salz gegessen habe; sooft er mit mir aß, sooft aß ich mit ihm. Bis jetzt habe ich ihm nie etwas böses getan; er hat es mir zuerst getan, Gott Lob!«

Die Männer kehrten sich zu dem, der ihn also in die Grube gestürzt hatte, und sagten zu ihm: »Er ist nicht tot. Es ist möglich, daß er wieder herauskommt. Ist er nicht der schlaueste von allen Menschen? Er wird die Wände untergraben, bis so viel Erde herunterfällt, daß er heraufkommen kann; dann wird er uns alle töten, dich so wie uns.«

»Da ist eine Flinte,« sagte der Mann; »einer von euch soll auf ihn schießen.« Er gab ihnen die Flinte.

Der eine trat vor, um zu schießen, aber Si Dscheha stieß einen mächtigen Schrei wider ihn aus. Von Schrecken gepackt, fiel der Mann zu Dscheha in die Grube und fiel sich zu Tode. Die Flinte ging von selber los und die Kugel durchbohrte Si Dscheha.

Der Freund dessen, der, als er auf Dscheha feuern wollte, in die Grube gefallen war, sagte nun zu dem Manne, der Dscheha hinuntergestürzt hatte: »Dscheha, ists nicht wahr, hat einen Streich geführt und den einen von uns getroffen.«[7]

Der Verräter blieb daheim und der andere ging nach Hause; Si Dscheha und sein Gesell lagen beide tot auf dem Grunde der Grube.

———————

IV.

Maltesische Überlieferungen

419.

Als die Mutter Dschahans eines Tages krank war, befahl ihm der Arzt, etwas Urin von ihr aufzuheben; am nächsten Tage werde er kommen und den Urin untersuchen. Der Arzt kam auch, und Dschahan beeilte sich, ihm das Gefäß zu zeigen. Der Arzt wunderte sich, es bis zum Rande voll zu finden, aber Dschahan erklärte ihm die Sache, indem er sagte: »Meiner ist auch dabei; der meinige ist oben.«

420.

Dschahan war einmal mit einer Henne in der Hand auf dem Wege zu seinem Herrn, um sie ihm zu schenken; aber etliche Räuber rissen sie ihm aus der Hand und entflohen. Dschahan nahm sich vor, sich zu rächen. Nachdem er den Ort, wo sie wohnten, ausfindig gemacht hatte, ging er, als Mädchen verkleidet, hin, und es gelang ihm, in ihrem Hause als Magd Aufnahme zu finden.

Als nun die Räuber eines Tages ausgegangen waren, stieg er auf das flache Dach, stellte dort eine Strohpuppe auf, die ihm ähnlich war, bestrich die Stufen der Stiege, die zum Dache führte, bis hinunter mit Seife, belud sich mit einer Menge kostbarer Dinge, die die Räuber besaßen, verließ das Haus, schloß die Tür ab und lief heim.

Nachdem die Räuber bei ihrer Rückkehr vergebens gerufen hatten, daß ihnen geöffnet werden solle, traten sie die Tür ein und stürzten blindlings die Stiege hinauf, entschlossen, sich an der frechen Dirne zu rächen, die noch immer auf dem Dache stand, als ob sie sich über sie lustig machen wollte; aber sie glitten allesamt aus und fielen einer auf den andern, und so war die Rache Dschahans erfüllt.[8]

421.

ES war einmal ein Junge, der Dschahan hieß, und der sagte zu seiner Mutter: »Gib mir einen Centime.« Sie antwortete: »Wozu?« »Damit ich mir Bohnen kaufe.« »Bohnen haben Schalen.« »Dann werde ich mir Nüsse kaufen.« »Die haben auch Schalen.« »Dann werde ich mir Erbsen kaufen.« »Gut,« sagte die Mutter und gab ihrem Dschahan drei Centimes; und er ging hin und kaufte sich Erbsen.

Nun aß er darauf los, bis er nur noch eine Erbse hatte. Diese gab er, da er noch keine Messe gehört hatte, einer Frau und bat sie: »Heb sie mir auf; ich will zur Messe gehn.« Die Frau antwortete: »Leg sie nur auf den Sims.« Aber ein Huhn fraß die Erbse, und als Dschahan zurückkam und sagte: »Ich komme um die Erbse«, antwortete die Frau: »Deine Erbse hat die Henne gefressen.« Da begann Dschahan zu schreien: »Entweder die Erbse oder die Henne!« Und die Frau sagte: »Nimm die Henne«, und gab sie ihm.

Wieder hörte Dschahan zur Messe läuten; er sah eine alte Großmutter, die spann, und zu der sagte er: »Großmutter, erlaube, daß ich die Henne dalasse; ich werde sie bald wieder abholen.« Als dann die Messe zu Ende war, wollte er sie abholen, aber die Frau sagte zu ihm: »Geh dorthin zu den Truthühnern; dort ist sie.« Dschahan schrie: »Aber sie ist ja tot! Die Truthenne hat sie getötet!« Und weiter schrie er: »Entweder die Henne oder die Truthenne!« Da gab ihm die alte Frau die Truthenne.

Wieder hörte Dschahan zur Messe läuten; er sah unter einer Haustür eine Frau, und zu der sagte er: »Darf ich die Truthenne dalassen?« Die Frau antwortete: »Geh und laß sie bei den Schweinen.« Als er dann von der Messe zurückkam, wollte er die Truthenne wieder haben, aber die Frau sagte zu ihm: »Die Sau hat sie dir getötet.« Da begann er zu schreien: »Mir ist alles einerlei! entweder die Truthenne oder die Sau!« Und die Frau gab ihm die Sau.

Wieder hörte Dschahan zur Messe läuten, und als er eine Frau unter ihrer Haustür sah, sagte er zu ihr: »Darf ich die Sau für einen Augenblick dalassen?« Die Frau sagte: »Steck sie zur Stute.« Als er dann von der Messe zurückkam und zu der Frau sagte: »Gib mir meine Sau«, antwortete sie ihm: »Die hat die Stute getötet.« Da sagte Dschahan: »Das ist mir einerlei! entweder die Sau oder die Stute!« Und die Frau sagte zu ihm: »Nimm dir die Stute.«

Dschahan ging zu einer andern Frau und bat sie: »Laß mich die Stute dalassen.« Die Frau sagte: »Ja; laß sie da.« Nun mistete die Stute auf den Boden; die Frau hatte aber eine junge Tochter und die sagte zu ihr: »Was hast du denn da hereingebracht?«, und begann mit ihr zu zanken, weil sie den Boden eben gewaschen hatte. Und da sie ihn so beschmutzt sah, nahm sie eine Stange und begann die Stute zu prügeln, bis sie tot war. Da kam Dschahan um seine Stute und fragte: »Wo ist sie?« Die Frau antwortete: »Das Mädchen hat sie getötet.« Und die Frau schenkte ihm die Tochter und Dschahan steckte sie in einen Sack und ging damit weg.

Wieder hörte er zur Messe läuten; er sah eine alte Großmutter und zu der sagte er: »Erlaube mir, daß ich den Sack für ein wenig dalasse.« Die Alte antwortete: »Leg ihn auf den Sims da«, und Dschahan legte ihn hin. Da aber die Alte sah, daß sich der Sack bewegte, öffnete sie ihn; und sie fand das Mädchen darinnen. Sie nahm es und versteckte es, und den Sack füllte sie mit Scherben. Und damit ist die Geschichte aus.

422.

D Schahan wollte einmal Matrose werden; darum ging er auf ein Schiff. Der Kapitän sprach zu ihm: »Dschahan, was kannst du leisten?« »Herr Kapitän, ich kann von unten nach oben steigen und von oben nach unten.« Da sagte der Kapitän: »Gut; klettere den Mastbaum hinauf.« »Nein, Herr Kapitän; der ist mir zu hoch. Ich kann nicht hinaufsteigen; aber ich werde dir zeigen, wie man etwas im Hinuntersteigen leistet. Laß mir einen Kessel Suppe holen.« Man brachte den Kessel, und Dschahan, der ein Vielfraß war, aß alles auf. Als der Boden des Kessels sichtbar wurde, rief er: »Seht ihrs nun? Auch das Hinuntersteigen — mit dem Löffel — ist eine Leistung.«

423.

D Schahan hatte schon öfters darüber nachgedacht, wo wohl die Schweine wüchsen, und auf welchen Bäumen.

Und gar zu gern hätte er so einen mit kleinen Schweinchen behangenen Baum gesehn: vielleicht könnte er dann auch ein kleines Zweiglein erhaschen, das, in die Erde gesteckt, mit der Zeit zu einem großen Schweinchenbaum wachsen würde. Aber nie gelang es ihm, einen solchen Baum zu sehn, und darum ersann er ein andres Mittel. Er fragte einen alten Mann: »Großvater, was tut ihr mit dem geschlachteten Schweine?« »Junge, wir salzen es ein und tun das Fleisch in einen Kübel.« »Ach, dann macht ihr es also wie mit den Oleanderbäumen?« »Du Lamm, sei so gut und laß mich in Ruhe; ich muß arbeiten.« Dschahan entfernte sich und dachte: »Also, wie mit den Oleanderbäumen muß es gemacht werden, um die Schweine fortzupflanzen; ich werde mir einen solchen

Schweinebaumsetzling verschaffen.«

Hierauf lief er heim, und da seine Mutter auf dem Felde arbeitete, so war er ganz ungestört: er ging in den Stall, nahm das alte fette Schwein heraus, schlachtete es, rieb es mit Salz ein, steckte es in einen alten Kübel, tat Erde darüber und stellte ihn in den Hof. Dschahans Mutter kam alsbald nach Hause; da sie das Tier vermißte, so fragte sie Dschahan nach seinem Verbleibe. Er erwiderte: »Mutter, hab keine Sorge; diesmal habe ich sicher nichts unrechtes getan. Für das eine Schwein wirst du eine Unmenge von kleinen Schweinchen erhalten. Die kannst du dann verkaufen; und einen Teil von ihnen ziehst du auf, und wir werden fürderhin keinen Mangel an Schweinefleisch haben.« Da gab sich die Mutter zufrieden und forschte nicht weiter nach.

Aber es vergingen Tage, Wochen, Monate, und das Schwein im Kübel wollte keine Schößlinge treiben. Es zeigten sich noch immer keine grünen Spitzen. Der arme Dschahan wurde immer betrübter, umsomehr als die Mutter täglich nach dem alten Schwein und den versprochenen Ferkelchen fragte. Als sie endlich die volle Wahrheit darüber wissen wollte, was mit dem alten Schweine geschehn sei, da rief Dschahan verzweifelt aus: »Das dumme Schwein will keine Schößlinge treiben.« »Was? Schößlinge treiben?« »Es will nicht keimen und keinen Schweinebaum sprossen lassen, von dem wir Ferkelchen pflücken könnten! Mein Gott, schon seit vier Monaten liegt das dumme Tier im Oleanderkübel; vielleicht war es nicht genug eingesalzen.« Da begriff die Mutter. Tobend und fluchend zerrte sie den armen Dschahan hin, wo der Kübel stand, und hieß ihn die Erde herausnehmen. Aber kaum entfernte Dschahan die oberen Erdschollen, als sich ein unausstehlicher Geruch bemerkbar machte: das Schwein war in Fäulnis übergegangen und stank wie Pestilenz. Daß der arme Dschahan diesmal mehr Prügel erhielt als gewöhnlich, brauchen wir nicht erst zu sagen.

Die Mutter Dschahans hatte ein mageres Schweinchen; Dschahan aber hatte großen Appetit auf Schweinfleisch und fragte beständig: »Mutter, wann schlachten wir denn eigentlich das Tier, das Borsten hat und grunzt?« Da antwortete die Mutter immer: »Sobald ihm das Fett vom Hintern tropft.« Da aber Dschahan dies nie sah, ärgerte er sich über das faule Tier; er ging hin, kaufte Fett und bestrich das Schwein in einer Weise, daß das Fett hinten abtropfen mußte. Als er diese Arbeit verrichtet hatte, lief er hin zur Mutter und teilte ihr mit, daß das Fett anfange, hinten am Schweinchen abzutropfen. Die Mutter überzeugte sich davon und schlachtete das Tier. Dschahan fragte jetzt: »Mutter, wie wird das Fleisch nun zubereitet?« Die Mutter antwortete: »Im Acker stehen Kohlköpfe: auf jeden Kohlkopf eine Schnitte Fleisch.« Als nun Dschahan einmal allein im Hause war, nahm er den Steintopf, in dem das Fleisch eingesalzen lag, und trug ihn hinaus auf den Krautacker. Dort steckte er in jeden Kohlkopf eine Schnitte Fleisch und sah zu, wie die Hunde, Katzen und Feldmäuse davon fraßen. Den nächsten Tag wollte die Mutter von dem Schweinefleische kochen, konnte aber den Topf nicht finden. Als sie nun Dschahan befragte, antwortete dieser: »Ach, du hättest nur sehen sollen, wie sich die Hunde, die Katzen und die Mäuse satt gefressen haben! kein Schnittchen ist übrig geblieben; und jeder Krautkopf hat seine Fleischschnitte gehabt! Wie sie herumrasten, diese Fresser, wenn sie einander herumbissen!« Da rief die Mutter: »Also bist du wirklich ein Dschahan! Und darum müssen alle Leute sagen: ›Dumm ist Dschahan, ein Esel ist er, Verstand hat er keinen, ein Tropf ist er!‹«

Schahan fuhr einst mit seinem Gemüsekarren zur Stadt. Auf
D dem Wege sah er vor sich einen Herrn, der keine
Anstalten machte, ihm auszuweichen. Dschahan rief
etliche Male laut: »Geh aus dem Wege!«; aber der Herr
rührte sich nicht, und Dschahan konnte nicht mit seinem
Gefährte ausweichen, da der Weg abschüssig und schmal
war. Drum warf Dschahans Karren den Herrn um, und so
kam es, daß Dschahan eines Tages zum Gerichte vorgeladen
wurde. Dort antwortete er nun auf keine Frage der Richter,
und diese sagten zu dem Kläger: »Der Angeklagte ist ja
stumm; gegen einen Stummen gehn wir nicht vor.« Doch
der Ankläger entgegnete: »Das ist doch wohl eine Finte
dieses boshaften Menschen, da ich ganz genau weiß, daß er
sprechen kann. Er rief mir ja damals, bevor er mich
überfuhr, zu: ›Geh aus dem Wege!‹ und nicht nur einmal,
sondern mehrere Male.« Aber da stand der Richter auf und
schrie den Kläger an: »Was suchst du uns dann auf? wir
haben andere Sachen zu tun, als Leuten wie dir zu helfen!
Warum bist du nicht ausgewichen, als er dich angerufen
hat? Jetzt mußt du die Gerichtskosten bezahlen.« Dschahan
aber ging straflos heim.

═══════

V.

Sizilianische Überlieferungen

426.

ES wird erzählt, daß einmal eine Mutter war, die einen Sohn hatte, Giufà mit Namen, und sie war sehr arm; dieser Giufà war ein Tölpel und ein fauler Lümmel und ein Schelm. Seine Mutter hatte etwas Leinwand und da sagte sie zu Giufà: »Wir nehmen etwas Leinwand, und du gehst sie in einem weit entfernten Dorfe verkaufen; sie darf aber nur an Leute verkauft werden, die wenig reden.« Giufà warf sich die Leinwand über die Schulter und ging sie verkaufen.

In einem Dorfe angelangt, begann er zu schreien: »Wer will die Leinwand?« Die Leute riefen ihn und fingen viel zu reden an; der eine meinte, sie sei zu grob, der andere, zu teuer. Giufà meinte, sie redeten zu viel, und wollte sie ihnen nicht geben. Wie er nun dahin und dorthin ging, kam er in einen Hof; dort war kein Mensch, aber eine gipserne Statue sah er, und zu der sagte er: »Wollt Ihr die Leinwand kaufen?« Die Statue sagte kein Wort, und so sah er, daß sie wenig redete. »Da muß ich die Leinwand also Euch verkaufen, weil Ihr wenig redet.« Er nahm die Leinwand und hängte ihr sie um: »Morgen komme ich dann um das Geld.« Und damit ging er.

Als es tagte, ging er um das Geld; die Leinwand war nicht mehr da, und er sagte: »Gib mir das Geld für die Leinwand.« Die Statue antwortete nichts. »Da du mir das Geld nicht geben willst, werde ich dir zeigen, wer ich bin.« Er holte sich ein Beil und schlug auf die Statue los, bis sie zusammenstürzte; und in ihrem Bauche fand er einen Krug voll Geld. Er steckte das Geld in den Sack und ging heim zu seiner Mutter; angekommen, sagte er zu ihr: »Ich habe die Leinwand einem verkauft, der nichts redete, und am Abende hat er mir kein Geld gegeben; da bin ich am Morgen mit einem Beile hingegangen und habe ihn erschlagen und zur Erde geworfen, und da hat er mir dieses Geld gegeben.« Die Mutter, die eine kluge Frau war, sagte zu ihm: »Sag niemand etwas; das Geld wollen wir langsam verzehren.«

427.

E In andermal sagte die Mutter zu ihm: »Giufà, ich habe da ein Stück Leinwand, das muß ich färben lassen; geh damit zum Färber und laß es ihm dort, er soll es dunkelgrün färben.« Giufà warf die Leinwand über die Schulter und ging. Unterwegs sah er eine schöne, große Eidechse; da er sah, daß sie grün war, sagte er: »Meine Mutter schickt mich und sie will diese Leinwand gefärbt haben.« Und dabei legte er sie nieder. »Morgen komme ich sie holen.«

Als er heimkam und seine Mutter die Geschichte hörte, begann sie sich die Haare auszuraufen und zu jammern: »Du elender Kerl! was für einen Schaden machst du mir! Lauf, und schau, ob sie noch dort ist!« Giufà ging zurück, aber die Leinwand war verschwunden.

428.

M An erzählt, daß Giufà eines Morgens Kräuter sammeln gegangen ist, und dabei hat ihn die Nacht im Freien überrascht; wie er so dahinschritt, war da der Mond, und der war umwölkt und kam zum Vorschein und verschwand wieder. Giufà setzte sich auf einen Felsen und schaute zu, wie der Mond kam und ging; und wann er kam, sagte er: »Komm! komm!« und wann er ging: »Geh! geh!« Und er hörte nicht auf, zu sagen: »Komm! komm! Geh!

geh!«

Nun waren unten am Wege zwei Diebe, die ein Kalb
häuteten, das sie gestohlen hatten. Da die sagen hörten:
»Komm! Geh!«, befiel sie die Angst, daß die Häscher kämen;
sie nahmen Reißaus und ließen das Fleisch liegen. Als Giufà
die zwei Diebe laufen sah, ging er nachsehn, was es gebe,
und da fand er das gehäutete Kalb; er nahm das Messer,
schnitt tüchtig Fleisch herunter, füllte damit seinen Sack
und ging. Zu Hause angekommen, sagte er: »Mutter, macht
auf!« Seine Mutter sagte zu ihm: »Warum kommst du so
spät in der Nacht?« »Ich bin in der Nacht gekommen, weil
ich Fleisch gebracht habe, und das müßt Ihr morgen alles
verkaufen; das Geld wird mir trefflich zustatten kommen.«
Seine Mutter sagte zu ihm: »Morgen gehst du wieder
hinaus, und ich verkaufe das Fleisch.« Als es Tag geworden
war, ging Giufà hinaus, und seine Mutter verkaufte das
ganze Fleisch.

Am Abende kam Giufà und sagte zu ihr: »Mutter, habt
Ihr das Fleisch verkauft?« »Ja, ich habe es den Fliegen auf
Kredit verkauft.« »Und wann sollen sie Euch das Geld
geben?« »Wann sie es haben.« Es vergingen acht Tage und
die Fliegen brachten kein Geld; da machte sich Giufà auf
und ging zum Richter und sagte zu ihm: »Herr Richter, ich
will Gerechtigkeit haben; ich habe das Fleisch den Fliegen
auf Kredit verkauft, und sie sind mich nicht bezahlen
gekommen.« Der Richter sagte zu ihm: »Ich gebe dir den
Spruch, daß du jede, die du nur siehst, töten darfst.« Just in
diesem Augenblicke setzte sich eine Fliege auf des Richters
Kopf; Giufà schlug mit der Faust auf sie los und
zertrümmerte dem Richter den Schädel.

429.

VOn der Arbeit wollte Giufà nichts wissen, aber essen,
trinken und nichtstun gefiel ihm. Er aß, und dann ging

er weg und trieb sich hier und dort herum. Seine Mutter war darüber ärgerlich, und immer sagte sie zu ihm: »Giufà, was für ein Lebenswandel ist das? Du machst ja keine Anstalt, ein Handwerk zu ergreifen: du ißt, du lebst, und was aus dir wird, das ist die Frage.... Jetzt dulde ich das aber nicht mehr: entweder du gehst dir dein Brot verdienen, oder ich werfe dich auf die Straße.«

Nun ging Giufà einmal in die Cassarustraße[9], um sich Kleider zu verschaffen. Bei dem einen Händler nahm er das eine, das andere bei dem andern, bis er ganz neu gekleidet war, sogar auch mit einer schönen roten Mütze — damals gingen alle mit Mützen; jetzt geht der schäbigste Handwerker mit einem Seidenhut oder wenigstens mit einem Filzhut. Aber Giufà bezahlte die Sachen nicht, weil er kein Geld hatte; er sagte: »Borg mir; dieser Tage komme ich zahlen.« Und so sagte er allen Händlern.

Als er sich ordentlich herausstaffiert hatte, sagte er: »Nun also, jetzt wären wir so weit; jetzt kann meine Mutter nicht mehr sagen, ich sei ein Taugenichts! Aber wie soll ich es mit der Bezahlung der Händler machen?.... Ich werde mich tot stellen, und wir werden sehn, wie es ausgeht ...« Er warf sich aufs Bett: »Ich sterbe! ich sterbe! .... Ich bin gestorben!« Und er kreuzte die Hände und streckte die Beine. »Sohn, Sohn! was für ein Unglück!« Seine Mutter raufte sich vor Schmerz die Haare aus. »Wie ist denn das Unglück geschehn? O mein Sohn!« Als die Leute diesen Lärm hörten, liefen sie herbei, und alle bemitleideten die arme Mutter. Die Kunde verbreitete sich, und die Kaufleute kamen nachsehn, und die sagten, als sie ihn tot sahen: »Armer Giufà! Er war mir — sagen wir — sechs Tari schuldig, weil ich ihm ein Paar Schuhe verkauft habe .... Aber ich schenke sie ihm!« Und alle gingen und schenkten ihm ihre Guthaben, so daß Giufà aller seiner Schulden ledig war. Der von der roten Mütze jedoch hatte, ich weiß nicht, was für einen Ärger; er sagte: »Ich aber lasse ihm die Mütze nicht.« Er ging hin und fand die Mütze nagelneu auf seinem Kopfe. Und was hat er getan? Am Abende, als die Leichenknechte Giufà nahmen und ihn in die Kirche trugen, um ihn dann zu begraben, ging er hinterdrein und ging, ohne von jemand bemerkt zu werden, in die Kirche. Nach einer Weile, es mochte so gegen Mitternacht gewesen sein, schlichen etliche Diebe in die Kirche; sie kamen, um einen Sack Geld zu teilen, den sie gestohlen hatten. Giufà rührte sich nicht von seiner Bahre, und der von der Mütze verbarg sich hinter einer Tür und wagte kaum zu atmen. Die Diebe leerten das Geld auf einen Tisch, so daß er ganz voll wurde von Gold und Silber — denn zu jener Zeit lief das Silber wie das Wasser — und machten so viel Häufchen, wie sie Leute waren. Ein Dutzend Tari blieb über, und nun wußten sie nicht, wer es sich nehmen sollte. »Um einen Streit zu vermeiden,« sagte einer, »wollen wir es so machen: da ist ein Toter, und auf den wollen wir schießen, und wer ihn auf den Mund trifft, soll die zwölf Tari haben.« Alle billigten diesen Vorschlag: »Sehr gut! sehr gut!«; und schon hatten sie sich vorbereitet, um auf Giufà zu schießen. Als das Giufà sah, erhob er sich auf der Bahre und stieß ein Gebrüll aus: »Auf, ihr Toten, allesamt!« Was brauchte es bei den Dieben mehr? Sie ließen alles im Stich, und hilf mir, heiliger Reißaus, sie laufen noch immer. Als sich Giufà allein sah, stand er auf und eilte, um sich der Häufchen zu bemächtigen. Da kam aber auch schon der von der Mütze hervor, der sich, ohne sich zu mucksen, verkrochen gehabt hatte, und lief zu dem Tische hin, um das Geld zu packen. Genug: auf jeden kam die Hälfte und sie teilten das Geld. Ein Fünfgranistück blieb übrig; Giufà rief: »Das nehme ich mir!« »Nein, der Fünfer gehört mir.« »Mir gehört er.« »Pack dich, das ist nichts für dich; die fünf Grani sind mein.« Giufà erwischte eine Stange und stellte sich, um sie dem von der Mütze um den Schädel zu schlagen; er sagte: »Her mit den fünf Grani! die fünf Grani will ich!« In diesem Augenblicke kamen die Räuber zurück, um zu sehn, was die Toten machten; denn es däuchte sie allzu schmerzlich, das ganze Geld einzubüßen. Sie stellten sich hinter die Kirchentür, und da hörten sie diesen Wortwechsel und mächtigen Lärm wegen der fünf Grani. Sie sagten: »Dummköpfe! fünf Grani kommen auf einen, und dazu reicht das Geld nicht aus. Wer weiß, wie viel Tote aus dem Grabe gekommen sind!« Damit nahmen sie die Beine in die Hand und entflohen.

Giufà nahm die fünf Grani, lud sich seinen Geldsack auf und ging nach Hause.

430.

Giufà hörte einmal am Morgen, als es dämmerte und er im Bette lag, die Pfeife blasen, und da fragte er seine Mutter: »Mutter, wer ist denn der, der vorbeigeht?« Seine Mutter sagte zu ihm: »Das ist der Morgensänger.« Dieser Morgensänger kam allmorgendlich vorbei. Eines Morgens stand nun Giufà auf und ging und tötete den Morgensänger, der ein Mann war, der die Pfeife blies; dann ging er zu seiner Mutter und sagte zu ihr: »Mutter, den Morgensänger habe ich getötet.« Seine Mutter, die begriff, daß er den Mann getötet hatte, der die Pfeife geblasen hatte, nahm den Toten, trug ihn ins Haus und warf ihn in den Brunnen, der gerade ohne Wasser war.

Als Giufà den Mann tötete, war er von einem beobachtet worden, und der ging hin und erzählte es dessen Verwandten; alsbald machten sich die auf und führten bei Gericht Klage, daß Giufà den Morgensänger getötet habe.

Der Mutter Giufàs, die klug war, fiel es ein, daß sie einen Hammel hatte; den tötete sie und warf ihn in den Brunnen. Das Gericht kam zu Giufà, um den Totschlag zu bewähren, und die Verwandten des Toten kamen allesamt mit. Der Richter sagte zu Giufà: »Wohin hast du den Toten gebracht?« Giufà antwortete in seiner Dummheit: »In den Brunnen habe ich ihn geworfen.« Sie banden Giufà an einen Strick und ließen ihn in den Brunnen hinab; auf dem Boden angekommen, machte er sich ans Suchen. Er stieß und tappte auf Wolle, und da sagte er zu den Söhnen des Toten: »Hatte dein Vater Wolle?« »Mein Vater hatte keine Wolle.« »Der da hat Wolle; es ist dein Vater nicht.« Dann traf er auf den Schwanz: »Hatte dein Vater einen Schwanz?« »Mein Vater hatte keinen Schwanz.« »Dann ist das nicht dein Vater.« Dann fand er, daß der im Brunnen vier Füße hatte, und sagte: »Wie viel Füße hatte dein Vater?« »Mein Vater hatte zwei Füße.« Giufà antwortete: »Der da hat vier Füße; er ist dein Vater nicht.« Dann tastete er an den Kopf: »Hatte dein Vater Hörner?« Die Söhne antworteten: »Mein Vater hatte keine Hörner.« Giufà antwortete: »Der da hat Hörner; er ist dein Vater nicht.« Der Richter antwortete: »Giufà, ob mit den Hörnern, ob mit der Wolle, bring ihn herauf.« Sie zogen Giufà herauf und er hatte den Hammel auf der Schulter; das Gericht sah, daß es wirklich ein Hammel war, und sprach Giufà frei.

431.

Die Mutter Giufàs hatte ein kleines Mädchen, und das hütete sie wie ihren Augapfel. Als sie nun eines Tages zur Messe gehn mußte, sagte sie zu ihrem Sohne: »Giufà, schau, ich gehe zur Messe: die Kleine schläft; koch ihr den Griesbrei und gib ihn ihr zu essen.« Giufà kochte einen großen Topf Griesbrei, und als der gekocht war, nahm er einen großen Löffel voll und stopfte ihn der Kleinen in den Mund. Das Kind fing mächtig zu schreien an, weil es sich arg verbrannt hatte, und nach zwei Tagen starb es, da der Mund brandig wurde. Die Mutter wußte sich keinen Rat mehr mit diesem Sohne; sie nahm einen Stock und verprügelte ihn tüchtig.

432.

D A Giufà ein halber Tölpel war, tat ihm niemand etwas zuliebe, wie ihn einzuladen oder ihm einen Bissen zukommen zu lassen. Einmal kam er in ein Pächterhaus, wo er etwas zu erhalten hoffte. Aber als ihn die Pächtersleute so zerlumpt sahen, so fehlte wenig und sie hätten die Hunde auf ihn gehetzt; und sie behandelten ihn so, daß er mehr krumm als gerade von dannen ging. Seine Mutter begriff die Sache und besorgte ihm schöne Hosen, ein Paar Strümpfe und eine Samtweste. Nun ging Giufà als Bauer gekleidet in dasselbe Pächterhaus; da hättet ihr Ehrenbezeigungen sehn können! Sie luden ihn zu Tische und überhäuften ihn alle mit Aufmerksamkeiten. Obwohl aber Giufà sonst nicht bis fünf zählen konnte, war er doch schlau genug, sich mit einer Hand den Wanst zu füllen und mit der andern das, was übrig blieb, in die Taschen zu stecken; und sooft er etwas einsteckte, sagte er: »Eßt nur, meine lieben Kleider; ihr seid es ja, die eingeladen worden sind.«

433.

E S war einmal ein gewisser Giufà; zu dem sagte seine Mutter, als sie zur Messe ging: »Giufà, schau, ich gehe jetzt zur Messe: schau, da ist die Henne, die muß die Eier ausbrüten; nimm sie, füttere sie mit dem Mansch und setze sie dann wieder auf die Eier, damit sie nicht kalt werden.« Giufà bereitete also den Mansch aus Brot und Wein, nahm die Henne und fütterte sie, und fütterte sie auf die Weise, daß er ihr den Mansch mit dem Finger hineinstopfte; und dabei erstickte er sie und sie verendete. Als er sah, daß es mit ihr aus war, sagte er: »Wie soll ich es denn nun anstellen, daß die Eier nicht kalt werden? jetzt setze ich mich selber drauf.« Er zog sich Hosen und Hemd aus und setzte sich auf die

Eier. Als dann seine Mutter heimkam, rief sie: »Giufà! Giufà!« Giufà antwortete: »Gluck, gluck, ich kann nicht kommen; ich bin jetzt die Henne und sitze auf den Eiern.« Seine Mutter schrie: »Du Nichtsnutz, du Nichtsnutz! du hast mir ja alle Eier zerdrückt.« Giufà stand auf, und die Eier waren ein Brei.

434.

ES war einmal ein großer Herr, und der hatte einen seltsamen Einfall. Er sagte zur Winterszeit zu einem armen Teufel: »Wenn du dich getraust, es eine Nacht lang, so wie du aus dem Leibe deiner Mutter gekommen bist, am Ufer des Meeres auszuhalten, so gebe ich dir, wenn du am Morgen noch lebst, hundert Unzen; bist du am Morgen tot, so hast du die Wette verloren.« Dieserhalb wurden Wachen aufgestellt: »Gebt acht auf den da!«

In der Nacht fuhr nun ein Schiff vorüber. Der arme Wicht, der am Strande war, streckte die Hände aus, als ob er sich hätte an dem Lichte des Schiffes wärmen wollen. Der Morgen brach an, und die Wächter meldeten dem Herrn: »Herr, er hat die ganze Nacht nackt verbracht; um Mitternacht aber kam in einer Entfernung von hundert Meilen im Meere ein Schiff mit dem Lichte vorbei, und daran hat er sich gewärmt.« Da sagte der Herr zu dem, mit dem er gewettet hatte: »Ihr habt verloren; Ihr habt Euch gewärmt, und damit habt Ihr die Wette verloren.«

Der, der die Wette verloren hatte, ging zu Giucà. Giucà sagte: »Warum weinst du denn?« Er antwortete: »Heute Nacht bin ich demunddem auf seinen seltsamen Einfall eingegangen; und weil ich, als ein Schiff vorübergefahren ist, mit den Händen so gemacht habe, sagte er, ich hätte mich gewärmt. Wie wäre das möglich? ... Und jetzt habe ich die Wette verloren.« Giucà antwortete: »Hab keine Angst; bin ja ich da! Aber sag mir, teilen wir das Geld, wenn ich dir

den Sieg verschaffe?« »Ja.« Nun versah sich Giucà mit einem
Sack Kohlen und einem Hammel und zündete die Kohlen an
dem einen Ende von Trapani bei den Kapuzinern an; dann
nahm er einen Rost und stellte ihn in der Richtung über das
Kloster bei der Loggia auf. Er nahm den Hammel und legte
ihn auf den Rost, und das Feuer hatte er bei den
Kapuzinern; und also begann er den Hammel ohne Feuer zu
braten. Alle Leute, die dieses törichte Treiben sahen, den
Hammel bei der Loggia und das Feuer bei den Kapuzinern,
fragten ihn, was er tue; und Giucà sagte zu ihnen: »Ich
brate diesen Hammel.«

Da kam auf einmal auch der von der Wette vorbei, und
der sagte: »Was tust du, Giucà?« »Ich brate diesen Hammel.«
»Ja wo ist denn das Feuer?« »Bei den Kapuzinern.« »Was
soll das heißen? wie dumm!« »Verrückt freilich und dumm,«
sagte Giucà; »wie hat sich aber dann der da an dem Lichte
des Schiffes wärmen können, das doch hundert Meilen
entfernt war? Wie man den Hammel hier nicht braten kann,
so hat sich auch der da dort nicht wärmen können.«

Und nun erzählte Giucà den Leuten die ganze
Geschichte, und der Herr mußte die Wette bezahlen.

VI.

Kalabrische Überlieferungen

ES war also einmal ein gewisser Hiohà. Der Vater und die Mutter wollten ihm gut: sie hielten ihn für etwas ganz besonders; aber Hiohà war ein Dummkopf. Was hat er nicht alles getan, dieser Hiohà!

Einmal schickten ihn der Vater und die Mutter, die sehr arm waren, Kutteln waschen. »Gib acht,« sagte die Mutter, als er wegging, »gib acht, daß du sie dort wäschst, wo viel Wasser ist.«

Nun begann Hiohà zu wandern. Er wanderte und wanderte, sah einen Bach und machte nicht halt. Er wanderte und wanderte, sah einen Fluß und machte noch immer nicht halt. Erratet ihr, wo er halt gemacht hat? Er ist bis ans Meer gegangen. Dort begann er die Kutteln zu waschen und abzureiben. Nachdem er sie eine Stunde abgerieben und gewaschen hatte, wußte er nicht, ob sie gut gewaschen seien.

Wen hätte er fragen sollen? Wen hätte er nur fragen sollen? Er sah in der Ferne ein Schiff mit Seeleuten drinnen. Da begann er zu pfeifen und mit den Händen Zeichen zu machen. Als die Seeleute diese Bewegungen sahen, kamen sie, weil sie nicht wußten, was es gebe, mit dem Schiffe zum Ufer. »Was willst du?« sagten sie zu ihm, und Hiohà sagte zu ihnen: »Sind diese Kutteln gut gewaschen oder nicht?«

»Der Teufel soll dich holen!« begannen die Seeleute; »der und jener soll dich holen! Und wegen so etwas hast du uns

gerufen? Der Teufel soll dich holen!« Und damit gaben sie
ihm eine Tracht Prügel, wirklich eine ordentliche Tracht.

Nun begann Hiohà zu weinen und sagte: »Was habe ich
euch getan, daß ihr mich schlagt? Wie hätte ich denn sagen
sollen, als ich das Schiff gesehn habe?«

»Du hättest sagen sollen,« sagten die Seeleute zu ihm:
»Guten Wind! Guten Wind!«

Und so machte sich Hiohà davon.

436.

EInes Tages sagte Juvadi zur Mutter: »Geh du aufs Feld
arbeiten; ich bleibe zu Hause.« Und die Mutter
antwortete: »Verrichte du alles; ich gehe aufs Feld. Laß
die Katze nicht zu den Speisen, bring das Bett in Ordnung,
gib acht auf die Gluckhenne und geh zum Flusse und
besorge die Wäsche.« Juvadi antwortete: »Ja, ja, Mutter.«

Und so ging sie aufs Feld. Aber anstatt das Bett in
Ordnung zu bringen, riß es Juvadi auseinander, nahm
Polster und Strohsäcke und warf sie mitten ins Haus; und er
füllte eine Schwinge mit Mist und beutelte ihn im Hause
aus. Dann sagte er: »Ich bin hungrig.« Und er nahm und aß
alle Speisen; hierauf nahm er einen Kessel und sott die
Gluckhenne samt den Küchlein und aß sie. Dann tat er die
Wäsche in einen Tragkorb und ging damit zum Flusse; er
warf sie ins Wasser und ging.

Wie er so dahinging, traf er einen Esel, und den packte er
beim Schwanz; der Esel schlug aus und verletzte ihn am
Bein. Unter bitterlichen Tränen ging Juvadi nach Hause; er
verschloß die Tür und setzte sich auf den Herd.

Am Abende kam die Mutter heim und rief an der Tür:
»Juva', mach mir auf.« Er antwortete: »Nein.« »Ist dir etwas
geschehn?« »Ja.« »Und was ist dir denn geschehn?« »Die
Katze hat die Speisen gefressen.« »Das macht weiter nichts;
wir kaufen andere. Mach mir auf, Juva'.« »Nein.« »Warum

denn? ist dir noch etwas geschehn?« »Ja.« »Und was denn?« »Die Gluckhenne und die Küchlein sind weg.« »Das macht weiter nichts; mach mir nur auf.« »Nein.« »Und warum denn nicht? ist dir noch etwas geschehn?« »Ja.« »Und was ist dir denn geschehn?« »Ich bin zum Flusse waschen gegangen, und das Wasser hat die Wäsche weggeschwemmt.« »Ach das macht weiter nichts; öffne mir.« »Nein.« »Was ist dir denn geschehn?« »Ein Esel hat mich am Beine verletzt.«

Nun erbrach die Mutter die Tür, und da fand sie das ganze Haus verwüstet. Sie wäre bald vor Schreck gestorben; aber dann nahm sie einen Stock, prügelte Juvadi tüchtig durch und jagte ihn aus dem Hause.

437.

JUvadi sagte zur Mutter: »Ich gehe auf den Markt.« Die Mutter antwortete: »Kaufe einen Farren.« Sie gab ihm das Geld und Juvadi ging auf den Markt. Er kaufte einen schönen Farren und ging mit ihm nach Hause. Er kam bei den Mönchen vorbei und traf sie auf der Straße; kaum hatten sie ihn gesehn, so sagten sie: »Juva', wo bist du gewesen?« Und Juvadi antwortete: »Ich bin auf dem Markte gewesen und habe einen Farren gekauft.« Die Mönche antworteten einer nach dem andern: »Ist es ein Farre oder ein Bock?« »Es ist ein Farre.« Es kam ein anderer Mönch dazu: »Juva', was ist das?« »Es ist ein Farre.« »Ist es ein Farre oder ein Bock?« »Es ist ein Farre und kein Bock; ich habe ihn mit zwanzig Dukaten bezahlt.« Der Guardian sagte: »Willst du ihn mir verkaufen? ich gebe dir zehn Dukaten.« »Wenn es ein Bock ist, so nehmt ihn.« So gab ihm der Guardian zehn Dukaten und er ging nach Hause. Die Mutter sagte: »Was hast du gemacht?« »Ich habe das gemacht: Ich habe einen schönen Farren gekauft, bin bei den Mönchen vorbeigekommen und sie haben mir gesagt, es sei ein Bock; sie haben mir ihn abgekauft und mir zehn Dukaten gegeben.« Die Mutter nahm einen Stock, prügelte Juvadi durch und sagte: »Der Teufel soll dich holen! du hast dich also von den Mönchen beschwatzen lassen?«

Nun verkleidete sich Juvadi als Frau, mit einem Rosenkranze in der Hand, und ging in die Kapuzinerkirche und blieb dort. Als es Nacht geworden war, kam der Sakristan und sagte: »Geh jetzt; ich muß die Kirche schließen.« Er antwortete: »Laß mich aus Barmherzigkeit da schlafen.« »Ich gehe es dem Guardian sagen.« Er ging und der Guardian sagte: »Ja, ja, laß sie da schlafen.« Als es Mitternacht geworden war, ging er sachte, sachte in die Zelle des Guardians, stellte sich vor das Bett, zog einen Knüttel, den er unter dem Kleide verborgen hatte, hervor und begann den Guardian zu verprügeln, indem er sagte: »Ist es ein Farre oder ein Bock? ha? ist es ein Farre oder ein Bock? ha?« Und dabei schlug er tüchtig zu, bis der Guardian halbtot dalag; dann ging er. Am Morgen kamen die Mönche und da fanden sie den Guardian totelend. Alsbald liefen sie um Ärzte, um zu sehn, was es sei.

Juvadi ging nach Hause, kleidete sich als Arzt und ging weg, um vor den Kapuzinern herumzuschlendern. Ein Laienbruder kam heraus und sagte zu ihm: »Wer ist Euere Herrlichkeit?« Juvadi antwortete: »Ich bin ein fremder Arzt; ist hier jemand krank?« Der Mönch ging augenblicklich hinein, es seinen Brüdern sagen, und die ließen ihn hereinkommen. Als er drinnen war und seinen Kranken betrachtet hatte, sagte er: »Der hat Schläge bekommen.«

Nun schickte er alle Mönche, die dort waren, hinaus; der eine ging Kaffee machen, der andere Heilmittel holen. Als Juvadi ganz allein war, zog er den Knüttel unter dem Oberkleide hervor und begann den Guardian zu prügeln und sagte: »Ist es ein Farre oder ein Bock? ha? ist es ein Farre oder ein Bock? ha?« Und er ließ nicht eher von dem

Guardian ab, als bis der schier tot war. Dann entwich er. Als die Mönche zurückkehrten und den Guardian in diesem Zustande sahen, begannen sie zu jammern und fragten ihn: »Wer hat dich geschlagen?« Der Guardian antwortete: »Der, der hier war.« Die Mönche sagten: »Wir wollen ihn suchen gehn.«

Und so setzten sie den Guardian auf einen Sessel und machten sich an die Verfolgung Juvadis. Der sah sie von weitem; da sagte er zu einem Manne, der mit dem Karste arbeitete: »Guter Mann, schau wie viel Leute dich prügeln kommen.« Der erschrak, warf den Karst weg und entfloh; nun nahm Juvadi den Karst und begann zu ackern. Die Mönche holten den andern ein und prügelten ihn weidlich durch; und der arme Teufel schrie: »Warum schlagt ihr mich? ich habe euch doch nichts getan.« Juvadi lachte von weitem, warf den Karst weg und ging nach Hause und sagte: »Nun habe ich mich für meinen Farren bezahlt gemacht.«

438.

E S war Fastnacht. Juvadis Mutter schlachtete einen Hahn und kochte ihn mit Makkaroni; als Juvadi kam, aßen sie ihn. Nach dem Essen sagte Juvadi zur Mutter: »Mutter, wie heißt das, was wir gegessen haben?« Die Mutter antwortete: »Das war ein Morgensänger.«

Nun hörte Juvadi einen Mann, der auf der Straße sang; er ging hin, tötete ihn und brachte ihn der Mutter. Die Mutter begann zu schreien: »Du Tölpel, das war ein Mensch und kein Morgensänger.« Juvadi sagte: »Macht nichts, Mutter; ich stecke ihn in einen Sack und gehe ihn in eine Schlucht werfen.«

Auf dem Wege begegnete er einem Manne, der auch einen Sack trug, und zu dem sagte er: »Freund, was trägst du da in dem Sacke?« Der antwortete: »Ein Schwein.« Juvadi sagte: »Wollen wir tauschen?« Der Unglückselige sagte: »Ja«, und sie tauschten. Juvadi ging zu seiner Mutter nach Hause und sagte zu ihr: »Mutter, bring einen Kessel, damit wir das Schwein abbrühen. Schließ die Tür; ich muß einen Botengang machen.« Und er ging zu dem, dem er den Sack mit dem Toten gegeben hatte, und sagte zu ihm: »Was hast du getan? jetzt gehe ich zum Richter und zeige dich an.« Der andere sagte unter Tränen: »Sag nichts; ich gebe dir fünfzig Dukaten.« So nahm Juvadi den Toten und die fünfzig Dukaten. Dann ging er zu der Tür der Mönche, stellte den Toten auf die Füße und läutete an; der Sakristan öffnete die Tür von innen und der Tote fiel nieder. Der Sakristan sagte: »Steh auf! steh auf! was ist dir geschehn?« Juvadi kam hervor und sagte: »So also werden die Leute umgebracht?« Der Sakristan sagte: »Sag nichts; ich gebe dir fünfzig Dukaten.« Und Juvadi: »Wenn du willst, daß ich nichts sage, mußt du mir fünfzig Dukaten, eine Mönchskutte und den Toten geben.« Juvadi nahm den Toten, zog ihm die Kutte an, steckte ihm eine Pfeife in den Mund, setzte ihn auf den Abtritt der Mönche und kauerte sich nieder. Es kam der Guardian, um ein Bedürfnis zu verrichten; da fand er den, der dort saß, und er sagte: »Steh auf; ich muß ein Bedürfnis verrichten.« Dann packte er ihn und stieß ihn, und der fiel nieder. Der arme Guardian sagte: »Auf! auf! was habe ich dir denn getan?« Juvadi kam hervor und sagte: »So also werden die Leute umgebracht? jetzt gehe ich zum Richter und sag ihms.« Erschrocken sagte der Guardian: »Sei barmherzig und sag nichts; ich gebe dir hundert Dukaten, und wir begraben ihn.« Juvadi nahm die hundert Dukaten und sie legten den Toten ins Grab. Dann ging Juvadi voll Fröhlichkeit mit den zweihundert Dukaten nach Hause und sagte zur Mutter: »Mutter, wie viel hat mir der Morgensänger eingebracht! Jetzt bin ich reich geworden!«

439.

E Ines Tages ging Juvadi um Reisig, und da fand er einen Eichenast mit Eicheln dran; den nahm er auf die Arme und trug ihn mit viel Achtsamkeit weg. Als er nahe beim Orte war, setzte er sich darauf wie auf ein Pferd und zog ihn so weiter. An einem Fenster des Königs stand die kleine Prinzessin, und die begann aus vollem Halse zu lachen. Juvadi sah sie an und sagte: »Du sollst schwanger sein von mir.« Alsbald wurde sie schwanger, und nach neun Monaten gebar sie ein Mädchen. Der König war darüber so aufgebracht, daß er den Rat zusammenrief und sagte: »Ratet mir, was ich mit der machen soll, von der diese Schande kommt; ich kann es gar nicht glauben, was sie sagen.« Der Rat antwortete: »Lassen wir alle Männer des Reiches kommen, und da werden wir sehn, wen es Babba ruft.« Da befahl der König, daß sich alle Männer in seinem Hause einfänden. So kamen seine Barone, Fürsten, Ritter, Bürger und Bauern; aber das Kind rief niemand Babba. Nur Juvadi, der nicht kommen wollte, war übrig geblieben; aber der König zwang ihn, zu kommen. Kaum hatte ihn das Kind gesehn, als es sich auch schon in seine Arme warf und ihn Babba nannte. Nun rief der König den Rat von neuem zusammen und sagte: »Was für eine Strafe soll die erhalten, von der diese Schande kommt?« Sie antworteten: »Schließen wir sie in ein Faß und rollen wir es einen Abhang hinunter.« So ließen sie ein Faß machen und die Königin legte einen Sack mit Feigen und Rosinen hinein; und sie schlossen die Prinzessin, ihre Tochter und Juvadi hinein und gingen es von einem Abhange hinunterstürzen. Als es rollte, sagte Juvadi: »Laß mich heraus, laß mich heraus; ich gebe dir Feigen und Rosinen.« Und er warf Händevoll Feigen und Rosinen aus dem Fasse. Das blieb in einer Ebene stehn; Juvadi zerbrach es und sie gingen heraus.

In der Nähe war eine Hexe, die lachte so heftig, daß ihr eine Halsgeschwulst, die sie hatte, verging. Darüber ganz glücklich, sagte sie zu Juvadi: »Was willst du? ich kann alles und tue dir gutes.« Juvadi antwortete: »Schaff mir ein Haus; denn wir haben keine Wohnung.« Die Hexe nahm eine Gerte, machte einen Kreis rundum und sagte: »Hier soll ein Palast werden mit aller Bequemlichkeit der Welt.« So wurde dort ein schöner Palast und Juvadi ging ganz vergnügt mit der Prinzessin und der Tochter hinein. Und die Prinzessin sagte zu Juvadi: »Du mußt noch behext werden, damit dir deine Dummheit ausgetrieben wird.«

440.

EInes Morgens hatte die Prinzessin Juvadi verloren; sie schrie in allen Gemächern und fand ihn endlich an einem Fenster. Dort pustete er mit dem Munde und machte Bu, bu ... bu, bu ... bu. Sie schrie: »Was machst du da?« Juvadi antwortete: »Ich puste auf die Fliegen und Wespen da, damit sie nicht hereinkommen; sie könnten uns beißen und wir müßten sterben.«

441.

JUvadi war wieder einmal verloren und die Prinzessin konnte ihn nicht finden. Am Tage darauf fand sie ihn, wie er mit einem Kuhschwanze in der Hand in die Luft starrte und Bu, bu ... bu, bu ... bu, bu pustete. Sie sagte: »Juva', was machst du da?« Und Juvadi lachte aus vollem Halse: »Ich habe ein Wildschwein getötet, und dann ist ein Wind gekommen und hat mich in die Höhe gehoben; ich habe mich aber so kräftig gewehrt, daß mir beim Hinundherreißen der Schwanz in der Hand geblieben ist.«

442.

In andermal sagte Juvadi: »Ich gehe in den Hühnerstall, Eier

E holen.« Er ging, nahm ein Messer, tötete alle Hühner und hängte sie ringsum an die Wände. Sie gingen ihn suchen, fanden den Schaden und schrien: »Warum hast du das getan?« Und Juvadi: »Ich bin ein Metzger geworden. Was wollt ihr?«

Die Prinzessin nahm einen Stock und prügelte Juvadi weidlich durch; dann jagte sie ihn wegen all dieser dummen Streiche aus dem Hause.

443.

J Uvadi hatte ein Gärtchen, und dort war ein einzelner Kirschbaum. Er pflegte ihn mit aller Sorgfalt, aber der Baum trug nicht eine einzige Kirsche. Eines Tages verlor Juvadi die Geduld und sagte: »Jetzt will ich diesen vermaledeiten Baum fällen, der nichts trägt.« Er fällte den Kirschbaum und machte ein Kreuz daraus; das pflanzte er in das Gärtchen. Er glaubte, wenn er zu Jesus Christus beten werde, werde ihm der alle Gnaden erweisen; aber er mochte heute beten oder morgen oder übermorgen, eine Gnade sah er niemals. Da packte er erbost das Kreuz, warf es zur Erde, daß es in tausend Stücke zersprang, und sagte: »Dich kenne ich schon, wie du noch ein Kirschbaum warst.«

444.

M An erzählt, daß Juvadi eines schönen Tages einen Gevatter besuchen gegangen ist. Der Gevatter, dessen Weib gerade Brot bereitete, sagte zu ihm: »Willkommen, Juva'; bleib bei uns und hilf uns das Brot bereiten.« Während die Frau in der Küche war, um das Essen zu kochen, ging Juvadi nachsehn, ob der Teig aufgegangen sei; er kam in eine Kammer, deren Wände überall Ritzen hatten, durch die der Wind einundausging, und sagte: »Da machen sie Brot und das Haus ist voller Löcher; aber ich will das in Ordnung bringen.« Er nahm den Teig und besserte alle Wände aus, indem er alle Löcher verschmierte. Als die Gevatterin diesen Schaden sah, begann sie zu schreien: »Um Gotteswillen, um Gotteswillen! was tust du? wenn mein Mann kommt, bringt er mich um.« Juvadi sagte ganz entrüstet: »Statt mir zu danken, weil das Haus löchrig war, gibst du mir böse Worte.« Und er entwich.

445.

Einmal ging Juvadi eine Gevatterin besuchen. Als sie ihn sah, sagte sie vergnügt: »Willkommen, Gevatter; es wird mir eine Freude sein, wenn du heute Morgen bei mir bleibst. Gib mir acht auf das Kindchen, das ich niedergelegt habe, und ich verrichte indessen die häusliche Arbeit.« Juvadi nahm das Kind; da er sah, daß sein Kopf ganz weich war, nahm er eine Nadel und stach hinein, so daß das Gehirn heraustrat. Und er sagte: »Madonna mia! da hat das Kind ein Geschwür und niemand denkt daran.« Als die Mutter das Kind tot sah, war sie ganz weg vor Schmerz und schrie: »Mein ... Kind ... mein ... Kind, ich habe dich einem Tölpel anvertraut.« Juvadi sagte: »Für mein gutes Werk erhalte ich einen schlechten Lohn.« Und er ging.

446.

Eines Tages ging Juvadi hinaus, stieg auf einen Felsen, begann zu pissen und sagte zu den einzelnen Bächlein: »Du gehst dorthin, du dahin, du gehst rechts und du gehst links.« Eine Bande von Räubern, die unter dem Felsen waren und viel Silbergeld teilten, hörten ihn so reden; sie glaubten, die Häscher seien da, und entflohen. Juvadi stieg hinab, nahm alles Silber und kehrte, mit Geld beladen, heim.

447.

Ines Tages ging Juvadi mit seinem Esel um Holz. Er saß auf

Eeiner Eiche und schnitt gerade an einem Aste, als ein Mann vorbeikam und zu ihm sagte: »Juva', paß auf, du fällst herunter, wenn der Ast bricht.« Juvadi antwortete: »Kümmere dich nicht darum; ich sterbe noch nicht.« Aber als er das sagte, fiel er auch schon herunter, und es fehlte wenig, so wäre er tot gewesen. Nun sagte er zu dem Manne: »Guter Mann, wann werde ich denn sterben?« »Wann dein Esel drei Fürze tut.« Juvadi glaubte es und vergaß es keineswegs. Er mußte eine Anhöhe ersteigen, und der Esel, der zu schwer beladen war, ließ einen Furz. »Oh, jetzt geht es böse,« sagte Juvadi, »nun muß ich bald sterben.« Er ging weiter und hörte wieder, wie der Esel einen Furz ließ, und er zitterte noch mehr vor Angst. Als er dann den letzten hörte, wurde er ohnmächtig und fiel wie ein Toter zu Boden; und er blieb auf dem Wege liegen. Der Esel, der den Weg, wer weiß, wie oft gemacht hatte, ging mit dem Holze, aber ohne Juvadi, nach Hause. Als die Mutter den Esel ohne den Sohn kommen sah, erschrak sie und ging weg, um zu sehn, was ihm geschehn sei; sie fand Juvadi mit dem Gesichte nach oben auf dem Wege liegen. Und sie holte den Geistlichen, einen Bruder mit dem Kreuze, den Sakristan mit dem Weihwasser und vier Männer mit der Bahre. Sie luden ihn auf; aber sie klagten, weil er sehr schwer war, und setzten ihn alle zehn Schritte nieder. Als sie an eine Stelle des Weges gekommen waren, hob Juvadi den Kopf und schrie: »Dorthin geht.« Die, die ihn trugen, warfen ihn vor Angst, weil sie ihn tot glaubten, zu Boden, und der arme Juvadi zerschlug sich den Kopf und starb nun wirklich.

VII.

Kroatische Überlieferungen

Einmal war Nasreddin schwer krank und lag still und hilflos da. Seine Frau, die bei ihm saß, weinte, und das machte ihn unruhig. Da kam ihm ein Einfall, und er sagte zu ihr mit schwacher Stimme: »O weh, o weh! Hör auf zu weinen; zieh dich schön an, nimm deine besten Sachen und deinen ganzen Schmuck und mach dich so hübsch, wie du kannst.«

»Ach Effendi,« sagte sie und begann noch mehr zu weinen, »wie könnte ich das, wo du so krank bist?«

»Wenn du mich liebst,« bat der Hodscha, »dann tust du, was ich dir gesagt habe.«

Nun wurde in ihr die weibliche Neugier rege. »Nein,« sagte sie entschieden; »ich werde es nicht früher tun, als bis du mir gesagt hast, warum du es von mir verlangst.«

»Ich möchte es dir ja sagen, aber ich fürchte, du wirst dich dann über mich ärgern.«

»Nein, wahrhaftig nein.« Und zum Beweise schwor sie ihm, daß sie alles machen werde, wann sie den Grund gehört haben werde.

Und der Hodscha sagte: »Denkst du denn nicht auch, liebes Weib, daß Asrael, wenn er um meine Seele kommen und dich so schön gekleidet und geschmückt sehn wird, lieber dich mitnehmen wird als mich?«

In diesem Augenblicke hörte die Frau zu weinen auf.

449.

DEr Hodscha saß vor seinem Hause und rauchte. Da kam sein nächster Nachbar und sagte nach dem gewöhnlichen Gruße: »Aber Hodscha, warum brällt denn dein Esel schon seit dem frühen Morgen?«

»Warum fragst du mich? frag ihn.«

450.

EInmal ging der Hodscha Nasreddin spazieren; ein junger Zigeuner lief ihm nach und bettelte, er solle ihm etwas schenken. Dem Hodscha, der die Zigeuner haßte, fiels nicht ein, sich umzudrehn, geschweige denn ihm etwas zu geben. Plötzlich schrie der Zigeuner aus vollem Halse: »Schenk mir etwas, Herr, sonst werde ich etwas tun, was ich noch nie getan habe!«

Nasreddin drehte sich um, warf ihm einen Para zu und fragte ihn, was er zu tun beabsichtigt hätte. Darauf antwortete der Zigeuner: »Ja, Herr, hättest du mir nichts geschenkt, so hätte ich arbeiten müssen, und das habe ich noch nie getan.«

451.

EInmal kam wieder sein nächster Nachbar zum Hodscha und fragte ihn, warum er seinen Hund habe die ganze Nacht bellen lassen, so daß er und die Seinigen im Schlafe gestört worden seien.

Nasreddin, der wohl zugehört hatte, lachte und antwortete: »Ich glaube, du wirst doch nicht von mir verlangen wollen, daß ich bellen soll.«

452.

Ls Nasreddin einmal besonders gut aufgelegt war, erzählte

Aer in einer Gesellschaft, daß er, als er in Stambul gewesen sei und in dem Garten des Sultans, dort Bienen gesehn habe, so groß wie Schafe.

Da fragte ihn einer von den Zuhörern: »Wie groß waren denn dann die Bienenstöcke?«

Nasreddin antwortete: »Gerade so groß wie bei uns.«

»Wie konnten denn da die Bienen hinein und heraus?«

»Ich bin gerade dazu gekommen, als sie hinein wollten; als sie mich aber bemerkt haben, sind sie erschrocken und weggeflogen. Deshalb kann ich euch nicht recht sagen, wie sie es anstellen, um hineinzukommen.«

453.

NAsreddin ging einmal in den Garten, legte sich unter einen alten Birnbaum und schlief ein. Unterdessen kam ein Freund von ihm mit der Nachricht, daß seine Mutter gestorben sei. Nasreddins Sohn führte den Freund in den Garten, weckte den Vater und sagte zu ihm: »Vater, steh auf; Mujkan[10] Djehaić ist gekommen und hat die Nachricht gebracht, daß deine Mutter gestorben ist.«

»O, o,« sagte der Hodscha, »das ist ein bitterer Schmerz; und wie bitter wird er erst morgen sein, wenn ich aufwache!«

Damit drehte er sich auf die andere Seite und schlief weiter.

454.

AUf einem Spaziergange erzählten einander zwei Schüler Nasreddins merkwürdige Geschichten und suchten sich gegenseitig durch Lügen zu übertrumpfen. Unter anderm sagte der eine: »Als ich einmal in Stambul war, habe ich einen Kohlkopf gesehn, unter dem sich dreihundert Leute verstecken konnten.«

Darauf antwortete ihm der andere: »Aber Bruder, das ist gar nichts gegen das, was ich in Athen gesehn habe, als ich dort war. Dort habe ich nämlich einen großen Kessel gesehn, an dem schmiedeten dreihundert Leute, und die standen so weit von einander, daß einer den andern nicht hören konnte.«

Nun sagte der erste: »Wozu soll denn so ein großer Kessel dienen?«

»Aber Bruderherz, wie kannst du nur so dumm fragen? um den großen Kohlkopf zu kochen, den du gesehn hast.«

455.

E Ines Abends zankten sich Nasreddin und seine Frau, und er sagte zu ihr: »Ich war wahrhaftig blind, als ich dich mit deiner Häßlichkeit genommen habe.« Deswegen schimpfte sie ihn zusammen, was sie nur konnte, und sagte schließlich zu ihm: »Die Eule hat auch an der Lerche etwas auszusetzen gehabt! Wie kannst du mir sagen, daß ich häßlich sei, wo du doch weit und breit der häßlichste Kerl bist!«

Das war für den stolzen Nasreddin zu viel, und er beschloß, ein Mittel zu suchen, um schöner zu werden. Nachdem er überall herumgefragt hatte, wandte er auch einige Salben und Pulver an, aber sein Ziel konnte er nicht erreichen.

Nun kamen eines Tages etliche Zigeunerinnen zu ihm, und die sagten ihm, sie würden ihn in ein paar Stunden so jung und schön machen, daß ihn jedermann bewundern werde. Voller Freude machte er die Sache mit ihnen ab.

Am nächsten Morgen stand er früh auf und schickte sein ganzes Gesinde aufs Feld und seine Frau zu ihrer Mutter; dann setzte er sich vors Haus, um die Zigeunerinnen zu erwarten. Um neun Uhr kamen sie. Sie gingen um ihn herum und besprachen ihn und redeten ihm ein, er werde noch an diesem Tage schön wie die Sonne werden, nur müsse er ihre Anordnungen befolgen. Er ließ sich täuschen und holte ein Faß, das sie ihm gezeigt hatten, und stellte es mitten ins Zimmer; sie befahlen ihm, unter dieses Faß zu kriechen, worauf sie ihn damit bedecken und dann herumgehn und ihn besprechen würden.

Als er ihnen gehorcht hatte und unter dem Fasse war, legten sie noch einige schwere Steine darauf; dann begannen sie, herumzugehn und dabei zu murmeln. Während aber einige um das Faß herumgingen und ihre Besprechungen vornahmen, machten die andern die Kisten und Kasten auf und nahmen alles, was sie wollten, im Zimmer sowohl, als auch in der Küche; und dann schlichen sie alle leise hinaus und liefen davon.

Als es nun völlig still geworden war, rief Nasreddin, sie sollten das Faß aufheben und ihn herauslassen; aber vergebens: es meldete sich niemand. Und seine ganze Stärke nutzte ihm nichts; er mußte warten, bis jemand nach Hause kommen werde. Erst in der Dämmerung kamen die Frau und die andern heim, und sie hatten eine schwere Mühe, daß sie die Steine vom Fasse herunterbekamen; und sie erstaunten, wie gründlich das Haus durchstöbert und ausgeplündert worden war. Nasreddin war, als er aus seinem Kerker befreit wurde, schier ohnmächtig, weil er nicht Luft genug gehabt und den ganzen Tag nichts gegessen hatte.

Im Gesichte war er, wie er gewesen war, und die schönsten Sachen waren gestohlen und weggetragen, und von den Zigeunerinnen war keine Spur und kein Laut. Jetzt sah er ein, daß er samt seiner Schlauheit der Gefoppte war.

VIII.

Serbische Überlieferungen

456.

Die Frau Nasreddins bekam einmal einen Anfall von Schüttelfrost, und da bat sie ihn, einen Arzt zu holen; er sprang sofort auf und ging. Als er aber schon im Flur war, rief ihm die Frau aus dem Fenster zu: »Es ist nicht mehr notwendig, den Arzt zu rufen; ich bin nicht mehr krank.«

Der Hodscha ging jedoch trotzdem zu dem Arzte und sagte zu ihm: »Meine Frau ist krank geworden und hat mich gebeten, einen Arzt zu holen. Als ich dann schon im Flur war, hat sie mir zugerufen, daß sie keines Arztes mehr bedarf. Ich bin aber trotzdem gekommen, um dir zu sagen, daß du nicht mehr zu kommen brauchst.«

457.

Als die Frau des Hodschas Nasreddin gestorben war, konnte man ihm keine Trauer anmerken. Nach einiger Zeit verendete ihm aber ein Pferd, und das machte ihn so traurig, daß er längere Zeit nicht aus dem Hause ging.

Da kamen die Leute zu ihm und fragten ihn, warum ihm um das Pferd mehr leid sei, als um die Frau, und er antwortete ihnen: »Als mir die Frau gestorben ist, sind die Nachbarn gekommen und haben mir Trost zugesprochen: ›Freund, mach dir nichts daraus, daß deine Frau tot ist; wir werden dir eine bessere und schönere finden‹, und was weiß ich noch. Seit mir aber mein Pferd fehlt, ist noch niemand gekommen, der mir gesagt hätte, er werde mir ein bessers Pferd verschaffen. Drum ist mir um mein Pferd mehr leid als um meine Frau.«

458.

EInes Tages wurde der Hodscha Nasreddin auf dem Wege von Räubern angefallen; sie nahmen ihm sein Pferd, seine Kleider und sein Geld und dann begannen sie ihn zu schlagen.

»Warum schlagt ihr mich?« fragte sie Nasreddin; »ich habe wohl zu wenig Geld bei mir, oder ihr habt etwa zu lange auf mich warten müssen?«

459.

EInmal fiel Nasreddin in eine Kotlache und bemühte sich vergebens herauszukommen. Schließlich sprach er bei sich: »Ich werde da nie herauskommen können, wenn ich mich nicht bei den Haaren packe und mich herausziehe.«

460.

EInes Nachts wurde Nasreddin von seiner Frau aus dem tiefsten Schlafe geweckt, und sie sagte zu ihm: »Das Kind weint schon seit einer Stunde. Wiege es ein wenig; eine Hälfte des Kindes gehört doch dir.«

»Meine Hälfte soll weiter weinen,« antwortete Nasreddin; »wiege du nur deine Hälfte.« Damit kehrte er sich zur Wand und schlief ein.

461.

NAsreddin begegnete einmal einem Freunde, den er schon lange nicht gesehn hatte, und der fragte ihn im Gespräche: »Wie gehts dir denn jetzt.«

Nasreddin antwortete: »Nun, ganz gut; mein ganzes Geld steckt in Getreide, was ich an Getreide habe, steckt in Mehl, was ich an Mehl habe, steckt in Brot, und was ich an Brot habe, ist alles in meinem Bauche.«

462.

ALs der Hodscha Nasreddin eines Tages in der Moschee auf die Kanzel stieg, richtete einer, in der Meinung, der Hodscha werde antworten können, eine Frage an ihn; aber Nasreddin antwortete ihm, daß er es nicht wisse. Darauf sagte der Fragesteller: »Wenn du das nicht weißt, warum bist du dann so hoch hinaufgestiegen?«

Und Nasreddin gab ihm zur Antwort: »Ich bin so hoch hinaufgestiegen nach dem Maße dessen, was ich weiß; sollte ich aber nach dem hinaufsteigen, was ich nicht weiß, dann, Bruder, würde ich bis in den Himmel kommen.«

463.

EInes Nachts hatte der Hodscha einen wunderbaren Traum, und am Morgen ging er sofort zum Kadi. Auf dessen Frage, warum er gekommen sei, antwortete er: »Ich habe heute Nacht einen wunderbaren Traum gehabt.«

»Ists möglich? ists möglich?« staunte der Kadi; »was hast du denn geträumt?«

»Mir hat geträumt, daß du und ich unsere Häuser getauscht haben, und ich habe dir hundert Asper aufgezahlt. Da nun heute alles verkehrt zu verstehn ist, so bleibt mir mein Haus und dir das deine, und ich bitte dich, daß du mir die hundert Asper gibst.«

464.

EInmal pflanzte der Hodscha Zwiebeln, und da bespuckte er jede Knolle, bevor er sie in die Erde steckte. Als man ihn fragte, warum er das mache, antwortete er: »Nun, ich begieße sie, und das bekommen sie von mir mit; das übrige sollen sie vom Herrgott verlangen.«

465.

DEr Hodscha ging einmal ins Dorf zu einem Freunde und saß bei ihm von Mittag bis Mitternacht; niemand kümmerte sich dort um ihn, und nicht das geringste wurde ihm angeboten. Da fing er zu gähnen an und setzte das so lange fort, bis ihn sein Freund fragte: »Hodscha, woher kommt das Gähnen?«

»Es sind da zwei Ursachen,« antwortete Nasreddin: »die eine ist der Hunger, die andere ist die Schläfrigkeit; aber schläfrig bin ich nicht.«

466.

DEr Hodscha wurde gefragt: »Was wünschst du deiner Frau?«

»Wenn sie krank werden sollte, so gebe Gott, daß ich statt ihrer erkrankte; aber wenn die Zeit kommt, daß ich sterben soll, so gebe Gott, daß sie statt meiner sterbe.«

467.

NAsreddin hatte eine Tür inmitten des Feldes gebaut, so daß er sie von seinem Hause sehn konnte; den Schlüssel verwahrte er zu Hause. Seine Frau fragte ihn, was das für ein Schlüssel sei, und er sagte, was er gemacht hatte, und fuhr fort: »Ich habe diese Tür gebaut, um die ehrlichen Leute von den unehrlichen unterscheiden zu können; die guten werden von weitem herumgehn, die schlechten aber werden geradewegs auf die Tür zugehn.«

Einige Tage später sah Nasreddin, daß neun Leute feldein auf die Tür zuschritten. Er ging sofort zu ihnen und fragte sie: »Wohin, Leute?«

»Wir haben Geschäfte,« antworteten sie; »was gehts dich übrigens an, daß du es wissen mußt?«

»Ihr seid Diebe und geht stehlen,« antwortete ihnen Nasreddin. »Nehmt mich auf in euere Gesellschaft; sonst werde ich euch als Diebe angeben.«

Nun waren die Leute wirklich Diebe, und sie waren sehr erstaunt, daß der Hodscha die Wahrheit erraten hatte; sie sagten zu ihm: »Es ist so; wir sehn, du weißt, was die Leute denken und womit sie sich beschäftigen. Komm also mit uns, wir wollen unser zehn sein.«

Als sie ins nächste Dorf kamen, sahen sie eine Hirtin mit ihrer Schafherde; sie schlichen sich näher heran und Nasreddin sagte zu seinen Gesellen: »Geht ihr ein bißchen in den Wald und ich will zu diesem Mädchen gehn und ihr einige hübsche Geschichten erzählen; und wenn ich ihr mit dem Finger die Sonne zeige, so kommt rasch hervor und treibt die Schafe weg.«

Gesagt, getan. Als Nasreddin sah, daß die Diebe zehn Schafe weggetrieben hatten, sagte er zu der Hirtin: »Gott befohlen, Kind; ich muß zu meinen Gesellen eilen.«

Er holte sie erst in der Nähe seines Hauses ein, und seine erste Frage war: »Wie werden wir jetzt diese zehn Schafe verteilen?«

»Herr,« sagten die Diebe, »du bist der älteste von uns und der gescheiteste und der gerechteste; und wie du sie verteilst, werden wir zufrieden sein.«

»Wenn es so ist,« sagte Nasreddin, »so mag Gott helfen. Wir sind unser zehn, und Schafe sind auch zehn; ihr seid euer neun. Nehmt ihr ein Schaf, so werdet ihr euer zehn sein; ich werde die andern neun nehmen, und so werden wir auch zehn sein.«

Da sagte einer von den Dieben: »Du Kerl von einem Hodscha, das ist nicht gerecht.« »Wenn es euch nicht recht ist,« antwortete Nasreddin, »so verklagt mich beim Kadi; ich werde ihm den ganzen Hergang erzählen, und er soll nach dem kaiserlichen Gesetze und dem göttlichen Rechte erkennen.«

468.

Einmal machte der Hodscha Nasreddin im Monat Ramasan in einem Dorfe den Vorbeter; als der Ramasan zu Ende war, zahlten ihn die Bauern gut und er kehrte nach Hause zurück. Unterwegs begegnete er einem Räuber zu Pferde und der sagte zu ihm: »Eh, Hodscha, du hast viel Geld zusammengebracht. Teil es mit mir; für dich ist es zu viel.«

Nasreddin begann ihn zu bitten, er möge ihn ruhig ziehen lassen, aber es half ihm nichts. Während nun der Räuber vom Pferde stieg, bückte sich der Hodscha rasch, nahm einen Stein und wickelte ihn in sein Tuch; dann sagte er: »Wenn es denn nicht anders geht, da ist das Geld. Aber du mußt wissen, daß mir darum so leid ist, daß ich nicht imstande bin, dirs mit der eigenen Hand zu geben; ich werde es auf die Wiese dort werfen und werde weggehn, und du gehst hin und nimmst es.«

Der Räuber war einverstanden, und Nasreddin warf den eingewickelten Stein weit von sich. Voller Habgier lief der Räuber hin, ohne auf Nasreddin zu achten; der aber stieg auf das Pferd und ritt davon.

469.

Einmal wurde Nasreddin von einem, dem er zweihundert Groschen schuldig war, geklagt, weil er nichts zahlte.

Als ihn der Kadi fragte, ob er ihm das Geld schuldig sei und warum er ihn nicht zahle, antwortete Nasreddin: »Es ist wahr, ich bin ihm zweihundert Groschen schuldig; aber es sind schon mehr als vier Jahre her, daß ich ihn um drei

Monate Frist gebeten habe, um das Geld aufzubringen. Er hat mir die Frist nicht bewilligt; wenn er mir aber keine Frist geben will, wie soll ich das Geld zusammenbringen?«

470.

NAsreddin stand einmal um Mitternacht auf, ging vors Haus und begann zu krähen. Die Nachbarn, die das hörten, fragten ihn um den Grund, und er antwortete ihnen: »Ich habe heute viel Arbeit, und ich möchte gern, daß es früher Tag wird.«

471.

DEr Hodscha wurde einmal gefragt, wie alt er sei, und er sagte: »Vierzig.« Als man ihn nach einigen Jahren wieder fragte, wie alt er sei, antwortete er wieder: »Vierzig.« Die Leute begannen zu lachen und sagten zu ihm: »Hast du uns nicht schon vor ein paar Jahren gesagt, du seist vierzig? und jetzt sagst du wieder vierzig.«

»Begreift ihr denn nicht,« antwortete der Hodscha, »daß ein ehrlicher Mensch immer bei dem bleiben muß, was er gesagt hat? Wenn ich euch jetzt sage, daß ich einen Gott habe, wie kann ich denn dann ein paar Jahre später sagen, daß ich mehrere hätte?«

472.

EIn Bauer sagte eines Tages zu seinem Sohne, er solle heiraten. »Gut,« sagte der Sohn, »die Gelegenheit ist sowieso günstig; in unserm Dorfe ist ein Mädchen, ist eine Witwe und ist eine geschiedene Frau. Jetzt mußt du mir raten, welche ich nehmen soll.«

»Ich kann dir da nicht raten,« antwortete ihm der Vater; »aber in der Stadt habe ich einen Freund, der wird dir raten.«

Der Bursche ging in die Stadt; als er zu dem Freunde gekommen war, erzählte er ihm alles. Der jedoch antwortete ihm: »Ich kann dir auch nicht raten; aber hier in der Stadt lebt Nasreddin: such ihn auf, er wird dir raten.«

Der Bursche suchte Nasreddin überall, ohne daß ihm jemand hätte sagen können, wo er ihn finden werde, bis er auf einmal eine Schar Kinder traf, die Pferdchen spielten; er fragte eines von den Kindern, wo Nasreddin sei, und dieses antwortete: »Ich bin es.« Da der Bursche sah, daß ihm nichts andres übrig blieb, erzählte er dem Knaben alles. Und dieser sagte zu ihm: »Wenn du das Mädchen nimmst, so weißt es du; wenn du die Witwe nimmst, so weiß es sie.« Als aber der Bursche die geschiedene Frau erwähnte, da schlug ihn der Knabe mit der Peitsche über die Beine und ging wieder Pferdchen spielen.

Ärgerlich kehrte der Bursche zu dem Freunde seines Vaters zurück und sagte zu ihm: »Mein Vater hat mich nicht zu dir geschickt, damit du mich zu den Kindern schickst, sondern er hat mich zu dir geschickt, damit du mir rätst.« Und er erzählte ihm, was ihm Nasreddin gesagt hatte.

»Nun, er hat dir gut geraten,« sagte darauf der Freund; »wenn du das Mädchen nimmst, wirst du ihr befehlen, und wenn du die Witwe nimmst, so wird sie dir befehlen. Und daß er dich mit der Peitsche über die Beine geschlagen hat, damit hat er sagen wollen: Vor einer Geschiedenen lauf wie vor dem Teufel!«

473.

DEr Hodscha wollte sich eines Tages rasieren lassen, kam aber an einen ungeschickten Barbier, der ihn bei jedem Striche mit dem Messer ein wenig verletzte. Nasreddin litt arge Qualen: die Tränen rannen ihm übers Gesicht und aus seinen Augen sprühten Funken. Unterdessen hörte man draußen einen Lärm, und Nasreddin fragte den Barbier, was das für ein Lärm sei.

Der Barbier schaute hinaus und sagte zu ihm: »In der Nähe ist ein Schmied und der beschlägt eben ein Pferd.«

»Ach,« antwortete Nasreddin, »ich dachte, es wird einer rasiert.«

474.

NAsreddin hatte auf dem Markte einige Sachen gekauft und nahm einen Träger, der sie ihm nach Hause tragen sollte. Unterwegs verlor er den Träger; er suchte ihn den ganzen Tag, konnte ihn aber nicht finden.

Als er nun nach zehn Tagen mit zwei Freunden über die Straße ging, kam ihnen der Träger entgegen. Kaum sah ihn Nasreddin, so lief er in eine Nebenstraße; seine Freunde liefen ihm nach und riefen ihm zu: »Warum läufst du? Hier kommt doch der Träger, dem du neulich deine Sachen übergeben hast; er muß ja vor dir laufen, und nicht du vor ihm.«

Nasreddin antwortete: »Ich laufe vor ihm weg, weil er von mir den Lohn verlangen kann, daß er meine Sachen zehn Tage lang herumgetragen hat, und das würde mehr ausmachen, als alles zusammen wert ist. Dann wäre ja die Suppe teuerer als die Schüssel.«

475.

DEr Hodscha hatte einen bösen Nachbar, mit dem er Haus an Haus unter einunddemselben Dache wohnte.

Da er mit ihm immer im Streite lebte, gedachte er ihms einmal heimzuzahlen; er zündete sein Haus an, damit so auch das des Nachbars verbrenne, und lief aus der Stadt, damit nicht der Verdacht auf ihn falle.

Als dann beide Häuser brannten, sammelte sich eine große Volksmenge an; aber anstatt das Feuer zu löschen, schleppten sie aus beiden Häusern fort, was jeder tragen konnte. Die Leute sagten es Nasreddin, daß sein Haus brenne, er jedoch antwortete kaltblütig: »Schade, daß ich nicht zu Hause war; ich hätte auch etwas packen können. Weil ich aber nun beim Stehlen nicht dabei sein konnte, will ich mich jetzt wenigstens etwas wärmen hingehn.«

476.

EInmal kam Nasreddin zu einem Freunde auf dem Dorfe, um bei ihm zu übernachten, und er war sehr hungrig.

Der Freund war sehr arm, und an Speisen war nichts vorhanden als ein gesottener Kürbis, der gerade vom Feuer weggenommen worden war. Nasreddin sagte: »Gebt her, was da ist; ich falle vor Hunger um.«

Man legte den Kürbis auf einen Teller und setzte ihm ihn vor: Nasreddin langte zu und steckte eine Handvoll in den Mund; aber der Kürbis war so heiß, daß er ihm Zunge und Mund verbrannte, und Nasreddin mußte alles ausspucken. Nun fragte er: »Was ist das, um Gotteswillen?« und sie antworteten ihm: »Das ist Kürbis, Herr.«

Am nächsten Morgen zog Nasreddin weiter. Unterwegs sah er an einem Zaune etliche Kürbisse hängen, und fragte seinen Führer: »Was ist das?« »Kürbis, Herr,« antwortete der Führer.

Da hielt Nasreddin sein Pferd an, blies auf die Kürbisse, was er nur konnte, und sagte: »Pfui, Gott vernichte dich, du Unglückszeug!«

477.

DEr Hodscha Nasreddin unterwies stets seine Schüler, wie sie sich gegen ältere Leute zu benehmen hätten, und lehrte sie unter anderm, daß sie, wenn einer niese, in die Hände klatschen und »Zum Wohlsein« sagen sollten. Die Schüler gehorchten ihm und taten immer so, wann er oder ein anderer älterer nieste.

Eines Tages fiel nun Nasreddin unglücklicherweise in einen Brunnen und begann um Hilfe zu schreien. Die Schüler kamen schnell hinzugelaufen und ließen ein Seil hinab; er packte das Seil und sie zogen ihn herauf. Schon hätten sie nur noch einen Ruck zu tun gehabt, daß der Hodscha seiner schlimmen Lage ledig gewesen wäre, da nieste er, naß und erkältet, wie er war. Sie ließen das Seil los, klatschten in die Hände und riefen, wie aus einem Munde: »Zum Wohlsein!«

Und der arme Hodscha plumpste wieder in den Brunnen hinunter.

478.

DEr Hodscha wurde gefragt: »Wann wird das Gebären und Sterben aufhören?«

Er antwortete: »Wenn Paradies und Hölle voll sein werden.«

479.

IM Schreiben war der Hodscha nie recht geschickt gewesen. Er las und schrieb zwar ein wenig, aber was er wußte, hatte er nicht aus dem Buche, sondern das machte seine natürliche Begabung; und es war auch eine Zeit, wo er gar nichts geschriebenes lesen konnte, weil er es erst lernte. Gerade damals brachten ihm nun die Bauern einen Bescheid des Kadis, damit er ihnen vorlese, was drinnen stehe. Er nahm den Bescheid und betrachtete ihn lange; da er aber seine Unwissenheit vor den Bauern nicht eingestehn wollte, so sagte er: »Also seht einmal, Leute, was euch der Kadi schreibt. Diese langen Buchstaben sagen, daß ihr ihm Heu bringen sollt, und diese runden sprechen von Eiern. Da ihr demnach wißt, was der Kadi schreibt, so bringt ihm Heu und einige Hundert Eier.«

Die Bauern taten dies, und der Kadi nahm alles und schwieg.

Wieder brachten die Bauern dem Hodscha einen Bescheid des Kadis und baten ihn, ihn ihnen vorzulesen. Er nahm die Schrift und sagte zu ihnen, als er die langen und die runden Buchstaben gesehn hatte: »Bringt dem Kadi Holz und viel weiße Zwiebeln.«

Die Bauern brachten auch das, und der Kadi war zufrieden. Er nahm alles und fragte sie: »Wer hat euch denn den Bescheid vorgelesen?« Und sie sagten, daß es der Hodscha Nasreddin gewesen sei.

Der Kadi ließ den Hodscha rufen und fragte ihn: »Verstehst du denn etwas von der Schrift?«

»Nein, ehrenwerter Kadi,« antwortete der Hodscha.

»O ja,« sagte wieder der Kadi, »du verstehst dich besser darauf als ich selber, da du so schön lesen kannst.«

480.

EInmal hatte der Hodscha sein Haus ausgebessert, und es blieb ihm vor dem Hause ein Haufen Erde liegen. Als er nun von den Nachbarn gefragt wurde, wohin er diese Erde schaffen werde, antwortete er: »Nichts leichter als das; ich werde eine Grube machen und sie hineinwerfen.«

»Und was wirst du denn mit der Erde aus dieser Grube tun?«

»Ach, an eine so ferne Zukunft denke ich überhaupt nicht.«

481.

EInmal ging Nasreddin nach Skutari. In der Nähe der Stadt sah er etliche Kinder, die miteinander spielten. Er trat zu ihnen und sie sammelten sich um ihn und fragten ihn: »Wohin, Herr?«

»In die Stadt da,« antwortete Nasreddin. »Aber wißt ihr, Kinder, sagt mir, was ich auf dem Markte kaufen soll, daß ich satt werde und dabei mein Geld behalte?«

Die Kinder antworteten ihm: »Da mußt du, Herr, ins Schlachthaus gehn, und dort kaufst du Ochsengedärm: das, was drinnen ist, ißt du und dann wäschst du die Därme gut aus und verkaufst sie. So kannst du dich ordentlich satt essen und bekommst noch Geld heraus.«

Als der Hodscha hörte, was die Kinder sagten, dachte er: Wahrhaftig, mir blüht in Skutari kein Weizen; wenn schon die Kinder so sind, wie werden erst die Erwachsenen sein! Es ist besser, ich mache mich davon.

Und damit ging er.

482.

EInmal kam ein Türke zum Hodscha Nasreddin und bat ihn, ihm einen Brief zu schreiben; er wolle ihm gerne zahlen, was man gewöhnlich für einen Brief bezahle. Der Hodscha sagte: »Wem willst du den Brief schreiben lassen und wohin?«

»Meinem Sohne in Stambul,« antwortete der Türke.

Nasreddin fragte wieder: »Und welchen Preis soll ich dir für den Brief machen? ich habe nämlich drei Preise: billig, teuer und noch teuerer.«

»Du weißt, Hodscha, daß ich ein armer Mann bin; ich kann nicht viel zahlen: mach mir also den billigsten Preis, der überhaupt möglich ist.«

»Also, Freund,« antwortete Nasreddin, »der billigste ist, wenn ich dir den Brief schreibe und du ihn nach Stambul trägst und dann deinem Sohne sagst, was du ihm geschrieben hast. Den teuerern Brief, wenn ich den geschrieben habe und wenn er trocken ist, den kann ich selber nicht lesen. Am teuersten aber ist es, wenn ich den

Brief schreibe und ihn selbst nach Stambul trage und ihn dort vorlese; denn meine Schrift kann außer mir niemand lesen, nicht einmal die Stambuler Gelehrten alle miteinander samt dem Scheich ul Islam.«

483.

DEr Hodscha war mit dem Kadi befreundet und ging ihn öfter besuchen, um mit ihm zu plaudern. Eines Tages ritt er wieder ins Gerichtshaus; das Pferd band er vor dem Hause an und er ging zum Kadi hinein.

Während er beim Kadi saß und mit ihm sprach, wurde ein Mensch vorgeführt, und der wurde überwiesen, daß er ein falsches Zeugnis abgelegt hatte. Zu jener Zeit war für solche Verbrecher als Strafe festgesetzt, daß sie verkehrt auf einem Pferde sitzend durch die ganze Stadt geführt wurden. Da nun gerade das Pferd Nasreddins da war, wurde diese Strafe auf seinem Pferde vollzogen.

Ein paar Tage später wurde der Mensch wieder wegen eines falschen Zeugnisses ergriffen und mußte wieder zu Pferde durch die Stadt geführt werden. Und da sie bei Gericht kein Pferd zur Hand hatten, liefen sie zum Hodscha und verlangten sein Pferd.

Aber er antwortete ihnen: »Ich gebe mein Pferd nicht her; sagt lieber dem Kerl, er soll entweder dieses Handwerk aufgeben oder sich selber ein Pferd kaufen, damit er darauf reiten kann, wenn er etwas anstellt.«

484.

DEr Hodscha trug einmal Getreide in die Mühle, und seine Frau hatte ihm den Sack mit dem Getreide zugebunden. Unterwegs ging der Sack auf, und er mußte ihn bis zur Mühle zehnmal neu zubinden.

Als er nach Hause zurückkam, machte er seine Frau

131

tüchtig herunter und sagte zu ihr: »Wie hast du denn den Sack zugebunden? ich habe vielleicht zehnmal stehn bleiben müssen, um ihn zuzubinden.«

485.

EInes Tages pflanzte der Hodscha Weinreben; ein Spaßvogel, der vorüberging, grüßte ihn: »Guten Morgen, Hodscha! Bist du schon müde?«

»Gott segne dich!« antwortete der Hodscha; »ich bin noch nicht müde.«

»Was machst du denn da?«

»Weinreben pflanze ich; siehst du das nicht?«

»Aber wann wirst du von ihnen Trauben bekommen?«

»Wenn Gott das Glück gibt, in drei Jahren.«

»Ja, warum pflanzst du sie denn dann jetzt, warum nicht erst im dritten Jahre? Bist du denn verrückt?« Mit diesen Worten ging der andere weg und Nasreddin setzte sich nieder und begann zu überlegen: Es ist wahr: er ist ein gescheiter Mensch; er hat recht mit dem, was er sagt. Damit warf er den Karst über die Schulter und machte sich auf den Heimweg.

Als seine Frau sah, daß der Hodscha so rasch wieder nach Hause kam, fragte sie ihn: »Was gibts denn? warum kommst du so bald schon zurück?«

Und er erzählte ihr, wie es war, und fuhr fort: »Segen über ihn, über diesen klugen Mann! ich hätte mich meiner Seele nicht darauf besonnen, daß es eine richtige Dummheit ist, heuer Weinstöcke zu pflanzen und erst nach drei Jahren Trauben zu verkosten!«

486.

DEr Hodscha war bei regnerischem Wetter über Land gewesen. Als er heimkam, zog ihm seine Frau die

132

Schuhe aus und hängte sie zum Feuer, damit sie trocken würden; er aber stand auf und sagte: »Bist du dumm! Warum tust du die Schuhe zum Feuer, damit sie verbrennen? Trag sie lieber vors Haus in den Mondschein; es ist ja draußen wie bei Tage.«

Die Frau gehorchte ihm und hängte die Schuhe vors Haus. Als sie sie dann am Morgen hereinholte, und als er bemerkte, daß sie von der Winterkälte und dem Winde steif geworden waren, sagte er: »Siehst du jetzt, um wie viel der Mond besser trocknet als das Feuer? ich verwundere mich auch gar nicht, daß er sie getrocknet, ja sogar geradezu ausgedörrt hat!«

IX.

Griechische Überlieferungen

487.

Eines Tages nahm der Hodscha Nasreddin seinen Esel beim Zaume und zog ihn so hinter sich her. Einige Gassenjungen, die das sahen, beschlossen, den Esel zu stehlen, ohne daß der Hodscha etwas davon merkte, und einer von ihnen sagte zu seinen Kameraden: »Ich will die Sache durchführen; ihr müßt aber mit dem Esel sofort, wann ihr ihn habt, auf den Markt gehn und ihn verkaufen.« Und so liefen sie dem Hodscha nach.

Nach einem kleinen Stück Weges nahm der Knabe dem Esel den Zaum ab, legte sich ihn selber um und lief so, mit dem Zaume um den Kopf, hinter dem Hodscha her; unterdessen nahmen die andern den Esel und brachten ihn auf den Markt, um ihn zu verkaufen.

Nach einer Weile sah sich der Hodscha um, und da sah er, daß er anstatt eines Esels einen Menschen angehalftert führte. »Wer bist du?« fragte er ihn. »Ich bin dein Esel,« sagte der Gassenjunge, »und bevor ich ein Esel geworden bin, war ich ein Mensch; weil ich aber eines Tages meinen Eltern Kummer bereitet habe, haben sie mich verflucht und ich bin ein Esel geworden. Zuerst hat man mich an einen Bäcker verkauft, dann an einen Gärtner, und zum Schlusse habt Ihr mich gekauft. Eben jetzt, als Ihr mich hinter Euch herzogt, haben mich meine Eltern auf der Straße gesehn; sie hatten Mitleid mit mir und baten Gott und, siehe da, auf einmal bin ich wieder ein Mensch geworden!«

Verdutzt griff der Hodscha in seinen Bart und sagte nach

einer kurzen Überlegung: »Was du da sagst, ist ja nicht unglaublich, wenn es auch nicht gerade mich hätte treffen müssen. Geh also, mein Kind, und betrübe deine Eltern künftighin nicht mehr.« Und damit entließ er ihn.

Da er aber ohne Esel nicht sein konnte, ging er auf den Markt, um einen zu kaufen. Dort sah er nun den seinigen, wie er von dem Ausrufer zum Verkaufe herumgeführt wurde; er trat leise an ihn heran und sagte ihm ins Ohr: »Du bist wieder ein Esel geworden, hast also deine Eltern wieder erzürnt. Vorwärts also, komm wieder in meinen Stall; du bist nicht danach, daß du wieder ein Mensch würdest.« Und völlig überzeugt, daß der Esel der seinige sei, nahm er ihn wieder zurück.

488.

DEr Hodscha wollte seinen Esel verkaufen; er führte ihn hinaus und übergab ihn dem Ausrufer. Der beschrieb, indem er ihn herumführte, seine Vorzüge, daß er brav, jung, kräftig, schnell usw. sei. Die Käufer, die das hörten, überboten einander; da nun aber auch der Hodscha glaubte, sein Esel habe diese Vorzüge tatsächlich, wollte er nicht, daß er in fremde Hände komme, und begann auch selber mitzubieten. Und so blieb ihm schließlich der Esel; er nahm ihn also und führte ihn wieder nach Hause und erzählte die ganze Geschichte seiner Frau.

Die hatte an eben diesem Tage Lust nach Schlagsahne gehabt und hatte, während ihr der Milchhändler die Sahne zuwog, verstohlen und ohne daß er es bemerkt hätte, ihre goldenen Armbänder von den Händen gezogen und sie in die Wagschale zu den Gewichten geworfen, um den Milchhändler zu betrügen und mehr Sahne zu erhalten. Das mußte sie dem Hodscha erzählen und der sagte nun zu ihr: »Sehr gut, Frau; so wollen wir denn fortan alle beide unser Hauswesen fördern: ich draußen und du daheim.«

DEr Hodscha ging einmal in ein Bad. Die Wärter gaben ihm ein altes Badetuch[11] und ein beschmutztes baumwollenes Reibzeug[12] und behandelten ihn nicht so, wie es sich gehört hätte. Der Hodscha sagte nichts, hinterließ aber, als er aus dem Bade wegging, auf dem Spiegel zehn Asper, einen Betrag, den damals nur sehr reiche Leute geben konnten, und darüber waren die Wärter sehr erstaunt.

Nach einer Woche ging er wieder in dasselbe Bad, und nun setzten die Wärter eine Ehre darein, ihm alle Aufmerksamkeit und Hochachtung zu erzeigen. Der Hodscha sagte wieder nichts, hinterließ aber beim Weggehn nur einen Asper auf dem Spiegel. Wieder wunderten sich die Wärter, und sie sagten zu ihm: »Was ist das?«

Er antwortete ihnen: »Dieser eine Asper ist die Bezahlung für das Bad in der vergangenen Woche; die zehn Asper, die ich euch in der vergangenen Woche gegeben habe, sind die Bezahlung für das heutige.«

490.

DEr Hodscha kaufte einmal auf dem Markte Gemüse und warf es in seinen Sack; dann bestieg er seinen Esel, um heimzukehren, und nahm den Sack auf seine Schultern. Unterwegs begegnete ihm einer und der fragte ihn, warum er den Sack nicht dem Esel auflege, sondern ihn selber trage.

Er antwortete: »Damit das arme Tier nicht gar zu müde wird.«

491.

EIner gab dem Hodscha ein Hemd, damit er es auf dem Markte verkaufe. Das Hemd war aber gestohlen, und das wußte der Hodscha. Auf dem Markte wurde nun in der großen Menge dem Hodscha das Hemd gestohlen.

Als er zurückkam fragte ihn der, der ihm das Hemd gegeben hatte, um wie viel er es verkauft habe, und der Hodscha antwortete: »Der Markt war heute sehr flau, und darum habe ich es um deinen Preis verkauft, um so viel nämlich, wie du dafür gezahlt hast.«

492.

DEr Hodscha brachte seinen Esel auf den Markt und übergab ihn dem Ausrufer. Es kam ein Käufer, und der wollte die Zähne des Esels betrachten, um sich über sein Alter zu unterrichten; aber der Esel biß ihn. Es kam ein anderer Käufer, und der hob ihm den Schwanz auf; aber der Esel schlug aus. Nun sagte der Ausrufer zum Hodscha: »Deinen Esel da kauft niemand; denn wer von vorn an ihn herantritt, den beißt er, und wer von hinten kommt, den schlägt er.«

»Das ist es ja,« antwortete der Hodscha; »ich habe ihn auch nicht hergebracht, um ihn zu verkaufen, sondern damit die Welt sieht, was ich die Zeit her von ihm zu leiden gehabt habe.«

493.

EInmal zankte sich der Hodscha in der Nacht mit seiner Frau, und die gab ihm in ihrer Wut einen Fußtritt, daß er die Treppe hinunterkollerte. Als es Tag geworden war, fragten die Nachbarn, die diesen Lärm gehört hatten, den Hodscha, was geschehn sei, und er antwortete, daß er mit seiner Frau einen Streit gehabt habe.

»Sehr gut,« antworteten sie, »aber was war das für ein Lärm?«

»Bei dem Streite«, sagte er, »ist meine Frau sehr zornig

geworden, und da hat sie meinen Kaftan mit einem Fußtritte über die Treppe hinabgestoßen.«

Als sie ihm aber vorhielten, daß ein Kaftan, wenn er hinuntergestoßen werde, nicht imstande sei, einen solchen Lärm zu verursachen, sagte er: »Ach, warum nötigt ihr mich so? begreift ihr denn nicht, daß in dem Kaftan ich gesteckt habe?«

494.

EIn Freund ersuchte den Hodscha um ein wenig Geld und um etwas Frist. Der Hodscha antwortete: »Geld kann ich dir nicht geben, aber Frist gebe ich dir, weil du mein Freund bist, soviel du willst.«

495.

EInes Tages hatte der Hodscha seinen Esel verloren; als er ihn suchen lief, fragte er die Leute, ob sie ihn gesehn hätten, sagte aber dabei gleichzeitig: »Preis sei dem Herrn!«

Man fragte ihn, warum er Gott preise, und er antwortete: »Ich preise den Herrn, weil ich nicht oben gesessen habe; denn hätte ich oben gesessen, so wären wir unfehlbar alle beide in Verlust geraten.«

496.

DEr Hodscha hatte wieder einmal seinen Esel verloren; da ließ er den Ausrufer verkündigen: »Wer denundden Esel findet, der mag ihn als Finderlohn behalten samt Halfter und Sattel.«

497.

EIner sagte zum Hodscha: »Dort tragen sie eine Gans.«
Der Hodscha antwortete: »Was geht das mich an?«

»Sie tragen sie zu dir ins Haus.«

»Was geht das dich an?«

498.

Eines Tages kaufte der Hodscha eine Leber; als er sie nach Hause trug, begegnete ihm ein Freund, und der fragte ihn, wie er sie zubereiten werde. Der Hodscha antwortete, er werde sie so zubereiten, wie man das allgemein gewöhnlich tue. »Ach nein,« sagte der Freund, »es gibt eine andere Zubereitungsart, die werde ich dich lehren, und wenn du die Leber auf diese Weise zubereitest, so wirst du sehn, was das für ein Wohlgeschmack werden wird.«

Darauf sagte der Hodscha: »Im Gedächtnis kann ich das nicht behalten; schreib mir deine Anweisung auf einen Zettel, und ich schaue dann auf das Geschriebene und koche danach.«

Wie nun der Hodscha mit neugieriger Lüsternheit heimging, riß ihm ein Falke die Leber aus der Hand und stieg damit in die Höhe. Ohne irgendwie ärgerlich zu werden, zeigte ihm der Hodscha das Rezept seines Freundes und rief ihm zu: »Du bemühst dich umsonst, die Speise bringst du ja doch nicht fertig; die Leber hast du mir wohl genommen, den Zettel aber nicht.«

499.

Der Hodscha Nasreddin hatte, wenn er einen Schüler wegschicken wollte, damit er den Krug beim Brunnen fülle, die Gewohnheit, den Schüler zuerst zu prügeln und ihm erst dann den Krug einzuhändigen. Da fragte ihn einmal einer seiner Freunde: »Warum prügelst du eigentlich den Schüler, wann du ihm den Krug gibst?«

Nasreddin antwortete ihm: »Damit er achtgibt, daß er ihn nicht zerbricht; denn wann er einmal zerbrochen ist, dann ist es unnütz, ihn zu prügeln.«

500.

IN der Zeit, wo der Hodscha Nasreddin sein Feld
bearbeitete, ging er jeden Morgen hin, zeigte es dem
Himmel und sagte: »Herr, dies ist das Feld deines Dieners;
ich bitte dich, begieße es ordentlich, damit es Frucht trage.«
Damit fuhr er eine lange Zeit fort, bis eines Nachts ein
Platzregen fiel; und da sagte er: »Auf meinem Felde werden
jetzt Ähren wachsen, so groß wie ich.«

Nachdem er am Morgen in heller Freude aufgestanden
war, ging er sein Feld besuchen; als er aber hinkam,
erkannte er nicht einmal den Ort mehr. Sein Feld war
nämlich an einem Gießbache gelegen, und den hatten die
von oben kommenden Wassermassen so überschwemmt
und so anschwellen lassen, daß Nasreddin nicht mehr
wußte, wo sein Feld war. Als er sah, in was für einem
Zustande es war, erhob er Augen und Hände zum Himmel
und sagte: »Du bist nicht daran schuld, Herr; schuld daran
bin ich Dummkopf, weil ich dir mein Feld gezeigt habe.«

501.

EInes Nachts beklettelte sich der Hodscha Nasreddin im
Schlafe; als er dann am Morgen beim Erwachen sah, in
was für einer Verfassung er war, sagte er zu seiner Frau,
weil er sich vor ihr schämte: »Ach Weib, heute Nacht habe
ich einen entsetzlichen Traum gehabt, so daß ich noch
immer zittere. Da waren drei Minarete, eines auf dem
andern, und in der Spitze des dritten steckte eine Nadel, und
auf der Nadel war ein Tisch, und auf dem Tische saß ich,
und ich habe wohl geschrien, weil sich der Tisch so
bewegte, daß, wenn er gefallen wäre, auch ich mit ihm
gefallen wäre, und ich hätte mich zum mindesten in tausend
Stücke zerschlagen.«

Seine Frau sagte: »Wenn ich einen solchen Traum gehabt hätte, ich hätte mich sicher vor Angst beklettelt.«

Nun sagte Nasreddin: »Auch mir ist es so ergangen; aber behalte es bei dir und sag niemand etwas.«

502.

EIn Bauer, der seinen Esel verloren hatte, bat den Hodscha Nasreddin, in der Moschee zu verkündigen, daß ihn der Finder seinem Herrn zurückgeben solle. Als das allgemeine Gebet vorüber war, sagte Nasreddin: »Muselmanen, wer von euch sein ganzes Leben lang keinen Kaffee und keinen Schnaps getrunken hat, wer nie geraucht hat, wer nie Karten, Brett oder Dame gespielt hat, wer nie die Geselligkeit gesucht hat, der trete vor, damit ich ihn sehe.«

Alle, die in der Moschee anwesend waren, dachten, daß keiner dasei, wie ihn der Hodscha beschrieben habe, und daß sich niemand unterstehn werde, vorzutreten; aber es trat doch einer vor, und der sagte zum Hodscha: »Ich habe Zeit meines Lebens weder Wein, noch Kaffee getrunken, habe keinerlei Spiel gespielt und war nie in einer Gesellschaft.«

Da drehte sich der Hodscha um und rief: »Wo ist denn der, der den Esel verloren hat? Schau, da ist einer, den nimm; einen größern Esel als den wirst du nie finden.«

503.

EInmal kam ein Woiwode bei dem Dorfe des Hodschas Nasreddin vorbei; und die Einwohner schickten Nasreddin als ihren Gesandten zu ihm, damit er ihm die Huldigung aller Bauern darbringe. Als der Woiwode Wuchs und Gestalt Nasreddins sah, sagte er zu ihm: »Hat sich denn kein Mensch gefunden, den die Bauern hätten zu mir schicken können, daß sie mir dich geschickt haben?«

Unverzüglich antwortete Nasreddin: »Die Menschen, Herr, schicken sie zu den Menschen; mich haben sie zu dir geschickt.«

504.

EIner von seinen Freunden fragte den Hodscha Nasreddin: »Wie gehts dir mit deiner Armut?«

»Sehr gut,« antwortete der Hodscha.

Und der Freund fragte weiter: »Wie kann es denn einem Armen gut gehn?«

Nasreddin antwortete: »Ich habe mich daran gewöhnt, mein Freund; darum gehts mir gut.«

505.

Inmal baute der Hodscha einen Backofen. Als den seine Nachbarn besichtigten, sagte der eine, die Tür hätte nach Osten gehört, der andere nach Westen, wieder einer nach Süden, und kein einziger war mit dem Erzeugnis Nasreddins einverstanden.

Geärgert darüber riß Nasreddin den Ofen nieder und baute ihn nun auf einen Wagen. Die Nachbarn kamen wieder zur Besichtigung und begannen auch wieder zu tadeln, daß die Tür nicht die richtige Lage habe; aber als der erste sagte: »Die Tür sollte hier sein«, antwortete Nasreddin: »Wartet«, und drehte den Wagen, bis die Tür dort war, wo dieser Nachbar gesagt hatte. Und als ein anderer sagte: »Die Tür müßte dort sein«, drehte er sofort wieder den Wagen, und so tat er allen seinen Nachbarn Genüge.

Und er sagte: »Einen bessern Weg, so vielen Leuten und mir selber den Willen zu tun, habe ich nicht gefunden.«

506.

DEr Hodscha kaute Mastix[13]. Als er dann zu Tische ging, nahm er das Stück Mastix aus dem Munde und klebte es auf die Nasenspitze. Einer von seinen Freunden fragte ihn: »Warum tust du das?«

Er antwortete: »Es ist ganz gut, wenn man das, was einem gehört, vor Augen hat.«

507.

ETliche Leute fragten den Hodscha Nasreddin: »Hast du deine Schuld bezahlt?«

Er antwortete: »Bezahlt nicht, aber leichter gemacht habe ich sie mir.«

»Und wie«, sagten sie, »hast du sie dir leichter gemacht, ohne sie zu bezahlen?«

Nasreddin antwortete: »Ich habe sie verjähren lassen.«

143

DEr Hodscha Nasreddin war einigen Freunden Geld schuldig, und denen sagte er immer, daß er sie am Sonntage bezahlen werde; auf diese Weise drückte er sich um die Bezahlung. Eines Tages kamen nun mehrere Gläubiger zu ihm und fragten seine Frau, wie er sie bezahlen wolle. Sie antwortete ihnen, der Hodscha habe am Tage vorher genügend viel Distelsamen gekauft, den werde er auf dem Felde aussäen, die Disteln, die davon wüchsen, die würden sie auf die Straße streuen, wo die Tiere mit den Baumwollelasten vorüberkämen, und aus dem Erlöse für die Baumwolle, die an den Disteln hängen bleiben werde, würden alle Gläubiger bezahlt werden.

Über diese Antwort der Frau lachten alle übermäßig, aber sie entgegnete darauf und sagte zu ihnen: »Jetzt lacht ihr freilich, weil ihr die Sicherheit habt, bezahlt zu werden.«

DRei Männer, die ein Säckchen mit Nüssen gefunden hatten, kamen zu Nasreddin und baten ihn, die Nüsse nach Gottes Weise unter sie zu teilen. Nasreddin öffnete den Sack und gab dem einen ein paar Nüsse, dem andern etliche mehr und dem dritten alles, was der Sack noch enthielt.

Daraufhin sagten die drei zu ihm: »Du hast nicht ordentlich geteilt, Hodscha.«

Aber der Hodscha antwortete ihnen: »So teilt Gott, ihr Dummköpfe! dem einen gibt er viel, dem andern gar nichts; hättet ihr mir gesagt, ich solle sie unter euch nach Menschenweise verteilen, so hätte ich die drei Teile gleich groß gemacht.«

I N der Absicht, bei seinem Nachbar etliche Zwiebeln zu stehlen, stieg Nasreddin auf das Dach und versuchte, durch das Rauchloch in das Haus des Nachbars hinabzusteigen. Nun hielt er einen Schatten, den das Mondlicht machte, für einen Balken und setzte unvorsichtigerweise den Fuß darauf; so stürzte er vom Rauchloche hinunter und fiel in den Herdwinkel des Nachbars, wobei er sich den Fuß garstig brach. Auf diesen Lärm erwachte der Nachbar und er rief seinem Weibe zu, sie solle rasch Licht machen, damit er den Dieb greife.

Aber der Hodscha sagte zu ihm: »Beeile dich nicht, Nachbar; nach dem Sturze, den ich getan habe, wirst du mich nicht nur heute, sondern auch morgen hier haben.«

511.

D Er Hodscha Nasreddin verkaufte die Gurken seines Gartens, und von dem dafür gelösten Gelde kaufte er einen Esel. Als er den nun einmal mit Holz beladen nach Hause trieb, glitt der Esel in einem Flusse, über den sie zu setzen hatten, aus, fiel nieder und ertrank. Ohne darüber auch nur im geringsten zornig zu werden, sagte der Hodscha: »Der aus dem Gurkengelde gekaufte Esel stirbt eben durchs Wasser.«

512.

D Er Hodscha Nasreddin fragte seinen Sohn, ob er schon in seinem Leben eine süße Speise gegessen habe, und der Sohn antwortete mit Nein. Nun fragte ihn der Hodscha von neuem: »Was ist denn dann das, was du alle Tage ißt?« Der Junge antwortete: »Trockenes Brot.« Und Nasreddin sagte zu ihm: »Und glaubst du denn, daß es auf der Welt noch eine süßere Speise gibt als das trockene Brot?«

513.

Er Hodscha Nasreddin saß einmal in einem Garten, und betrachtete er, wie schwach die Wurzeln der Kürbisse und Melonen seien im Gegensatze zu der Größe der Kürbisse und Melonen; und da er im Schatten eines Nußbaumes saß, fiel es ihm auf, daß umgekehrt der Nußbaum so groß und die Nüsse so klein seien. Und er sagte zu sich: »Eine merkwürdige Sache! Gott hat sich doch bei seiner Schöpfung wenig Mühe gemacht; sonst hätte er nicht die Kürbisse und Melonen, die nach ihrer Größe an großen Bäumen wachsen sollten, an kleinen Pflanzen geschaffen, die Nüsse aber, die ganz klein sind, umgekehrt an großen Bäumen.«

Während er noch diesen Gedanken und Zweifeln nachhing, fiel plötzlich durch einen starken Windstoß eine Nuß mit Heftigkeit vom Baume und traf ihn an der Stirn; das verursachte ihm einen außerordentlichen Schmerz, und nun sagte er: »Ach, Gott hat schon gewußt, was er tat, und ich habe es schlecht bedacht; denn wäre die Nuß, die heruntergefallen ist und mich getroffen hat, ein Kürbis oder eine Melone gewesen, dann weh mir! sie hätte mir wahrhaftig den Kopf zertrümmert.«

514.

Ines Nachts ging der Hodscha Nasreddin aus, um in einem Laden zu stehlen, und nahm eine Feile mit. Er feilte gerade an dem Schlosse der Ladentür, als zufällig einer seiner Freunde daherkam; und der fragte ihn: »Was machst du da?«

Der Hodscha antwortete: »Ich spiele Geige.«

Nun fragte ihn sein Freund: »Aber man hört ja keinen Klang von deiner Geige?«

Nasreddin antwortete ihm: »Morgen wirst du schon den Klang hören.«

Am Morgen hörte er dann, daß der Laden von

demunddem in dieser Nacht ausgeraubt worden war.

515.

IN dem Viertel, wo der Hodscha Nasreddin wohnte, war ein Backofen, und den besuchte der Hodscha manchmal gegen Mittag und zog den Wohlgeruch der verschiedenen Braten ein.

Eines Morgens brachte nun der Mulazim[14] eine Gans und übergab sie dem Garkoch, damit sie zu Mittag fertig sei. Als sie gebraten war, nahm sie der Garkoch aus dem Ofen und legte sie zusammen mit den andern Speisen auf die

Bank; und er wartete auf den Mulazim, um sie ihm zu übergeben. Um diese Stunde kam dort Nasreddin vorbei, der damals der Kadi des Dorfes war, und er blieb vor dem Backofen stehn, um die Speisen zu bewundern; aber mehr als alles andere schien die Gans seine Lust zu reizen, und er fragte den Garkoch, wem sie gehöre.

»Dem Mulazim, Effendi,« antwortete der Garkoch.

»Schick sie sofort zu mir,« befahl der Hodscha.

»Aber was mach ich dann mit dem Mulazim? Was gebe ich ihm, wann er kommt?«

»Schick sie augenblicklich zu mir, sage ich dir,« sagte der Hodscha beharrlich und fuhr fort: »Es ist besser für dich, du hast den Kadi zum Freunde als den Mulazim. Schick sie und du wirst es nicht bereuen.«

»Aber was sage ich dem Mulazim, wann er kommt?«

»Dem sagst du,« antwortete der Hodscha, »daß sie inwendig aus dem Ofen weggeflogen ist, und kümmere dich weiter um nichts.«

Als der Garkoch die Beharrlichkeit des Kadis sah, schickte er ihm die Gans ins Haus, weil er ihn nicht verdrießlich machen wollte.

Nach fünf Minuten erschien der Mulazim und verlangte

seine Gans.

Mit der unschuldigsten Miene nahm der Garkoch die Schaufel und fuhr damit in den Ofen, um scheinbar die Gans zu suchen; er drehte sie hieher, er drehte sie dorthin, aber umsonst.

»Merkwürdig,« sagte er, immer herumstöbernd, »sie muß weggeflogen sein.«

»Vorwärts, mach schnell,« entgegnete der Mulazim; »es ist meine Essenszeit und ich habe einen teuflischen Hunger.«

Aber die Gans kam nicht zum Vorschein.

Der Mulazim hatte unterdessen zu schreien angefangen, der Garkoch stocherte fortwährend weiter, wobei er immer wiederholte, die Gans scheine davongeflogen zu sein, und vor der Bank sammelte sich eine Menge Leute an. Schließlich verlor der Mulazim die Geduld und er stürzte sich auf den Garkoch; der riß die Schaufel aus dem Ofen, um sich damit zu verteidigen, aber dabei flog der Schaufelgriff einem Juden, der dabeistand, ins Gesicht und schlug ihm ein Auge aus.

Als der Garkoch sah, in welch schlimmer Lage er war, sprang er über die Bank und lief, um sich zu retten; aber ihm setzte nicht nur der Mulazim nach, sondern auch der Jude und die Freunde des Juden.

Auf dem Wege war eine Haustür offen und dort lief er hinein, um sich zu verbergen. In dem Hofe saß aber eine schwangere Frau, und als die sah, wie er plötzlich hereinstürzte und was für eine Menge ihn verfolgte, erschrak sie und tat eine Fehlgeburt.

Der Garkoch versteckte sich in einen Winkel, um nicht gefangen zu werden; aber zu denen, die ihn schon gejagt hatten, gesellten sich nun noch die Verwandten der Frau. Das Haus hatte zum Glücke auch eine Hintertür; durch die lief der Garkoch hinaus, die ganze Menge hinter ihm, und er rannte in eine Moschee, um sich zu retten, und stieg auf das

Minaret. Da sie ihm aber auch dorthin nachkamen, warf er einen Blick hinunter; und weil er bedachte, daß sie, wenn er dort bliebe, heraufkommen und ihn niedermachen würden, stürzte er sich vom Minaret hinunter auf das Pflaster, just auf einen jüdischen Geldwechsler, der dort gebückt auf seiner Bank saß, und der war auf der Stelle tot.

Nun erreichten ihn seine Verfolger, und sie schleppten ihn vor den Kadi. Der hatte sich eben zu Tische gesetzt, um die Gans zu verzehren.

Sie fingen alle miteinander zu schreien an, was jeder von dem Garkoch erlitten hatte. »Still, der Reihe nach,« sagte streng der Hodscha, der augenblicklich den Tisch verließ und in sein Amtszimmer ging, wo das große heilige Buch war, nach dem er Recht sprach; und er sagte zu dem Mulazim: »Was willst du von dem Manne da?«

»Effendi, am Morgen habe ich ihm eine Gans gebracht, damit er sie brate, und jetzt sagte er mir, sie sei weggeflogen. Ich verlange, daß er mir meine Gans wiedergibt.«

Der Hodscha öffnete sofort das Buch, wandte einige Blätter um und las vor, daß alle hundert Jahre einmal ein solches Wunder geschehe, und es seien gerade hundert Jahre, seitdem das letzte geschehn sei; und glückselig sei der zu preisen, der dabei die Gans verloren habe, weil die ins Paradies geflogen sei und ihn dort erwarte.

Freudestrahlend entfernte sich der Mulazim. Als zweiter kam der Jude mit dem ausgeschlagenen Auge.

»Effendi, der Garkoch hat mir mit der Schaufel das Auge ausgeschlagen.«

Der Hodscha blätterte wieder in dem Buche und las, es sei natürlich recht und billig, daß sich nun der Garkoch hinstelle, damit ihm der Jude ein Auge ausschlage; weil aber nach dem Buche ein Auge eines Osmanen so viel wert sei, wie zwei eines Juden, müsse sich der Jude zuerst hinstellen, damit ihm der Garkoch auch noch das andere ausschlage, und dann dürfe er dem Garkoch eines ausschlagen. Der Hodscha hatte seinen Spruch noch nicht beendigt, so war der Jude schon unsichtbar geworden.

Als dritter kam der Gatte der Frau, die die Fehlgeburt getan hatte. Über diesen Fall schrieb das Buch, daß der Garkoch mit der Frau ein andres Kind machen solle. Es ist begreiflich, daß es auch der dritte Kläger vorzog, sich davonzumachen.

Zum Schlusse kam der Bruder des erschlagenen Geldwechslers.

Wieder wandte der Hodscha die Blätter um, und er fand, daß der Kläger den Garkoch auf dieselbe Weise töten solle: der Garkoch müsse sich nämlich unter das Minaret setzen, und er solle sich von oben auf ihn fallen lassen und ihn also töten.

Nachdem daher auch der letzte Reißaus genommen hatte, dankte der Garkoch dem Hodscha; und jetzt erinnerte er sich der Worte des Hodschas, daß es für ihn besser sei, den Kadi als den Mulazim zum Freunde zu haben.

Anmerkungen

literatur- und stoffgeschichtlichen Inhalts

II. Arabische Überlieferungen

1. Aus dem Nawadir el chodscha nasr ed-din effendi dschoha

<u>339.</u> *Nawadir*, S. 2 (Basset *RTP*, XVI, S. 458); Buadem, Nr. 84; *Tréfái*, Nr. 124; Serbisch, S. 80 ff.; Kroatisch, S. 51.

Als älteste Version nennt Basset am angegebenen Orte eine Erzählung al Masudis[15] in den *Prairies d'or*, Paris, 1861 ff., V (Basset schreibt VII), S. 390 ff. von einem Araber der Wüste und von Haddschadsch, dem Feldherrn Abdulmeliks (685–705); vgl. aber auch Bar-Hebraeus, S. 151, Nr. 602.

<u>340.</u> *Nawadir*, S. 2 (*RTP*, XVI, S. 459).

<u>341.</u> *Nawadir*, S. 2 (*RTP*, XVI, S. 459); Buadem, Nr. 85; *Tréfái*, Nr. 125; Serbisch, S. 81; Kroatisch, S. 48.

Fourberies, S. 17.

<u>342.</u> *Nawadir*, S. 2 (*RTP*, XVI, S. 460); Buadem, Nr. 92; *Tréfái*, Nr. 126; *Fourberies*, Nr. 1; Serbisch, S. 84; Kroatisch, S. 59 ff.

Fourberies, S. 17; *Tréfái*, S. 13.

Roda Roda, S. 154.

<u>343.</u> *Nawadir*, S. 2 (*RTP*, XVI, S. 460); Buadem, Nr. 93 und

132; Serbisch, S. 84; Kroatisch, S. 40.

Die Schnurre kehrt im *Nuzhat al udaba*, in zwei Fassungen wieder, von denen eine auf Dschoha bezogen ist (Basset in der *RTP*, XV, S. 673 und im *Keleti Szemle*, I, S. 222).

Vgl. dazu folgende Stelle im *Roger Bontemps en Belle humeur*, Cologne, 1670, S. 357:

Or un certain Seigneur du pays de Bretagne en avoit un (bouffon) le plus plaisant qui se pouvoit rencontrer, non seulement en ses actions, mais aussi en reparties: un jour l'ayant envoyé de Paris à Lion pour aller resiouir un sien Cousin qui estoit malade, passa par une ville où l'on faisoit garder les portes à raison de la contagion. Le Capitaíne le voyant asses bien montré, se voulut informer qu'il estoit, et d'où il venoit; c'est pourquoy il luy demanda: Monsieur où allés vous maintenant? Monsieur, respondit le bouffon, il le faut demander à ma beste, c'est elle qui me meine.

344. *Nawadir*, S. 2 (*RTP*, XVI, S. 461); *Tréfái*, Nr. 127; *Fourberies*, Nr. 8.

345. *Nawadir*, S. 3; *Tréfái*, Nr. 128. Von Giufà: Gonzenbach, I, S. 51 ff.; Pitrè, III, S. 366, Nr. 9 und 378; Crane, S. 297. Von Dschahan: Ilg, II, S. 44, Nr. 93.

Gonzenbach, II, S. 228; Pitrè, III, S. 376; Crane, S. 380; *Fourberies*, S. 18; Köhler-Bolte in der ZVV, VI, S. 73; Köhler, I, S. 99 und 341.

Merkwürdigerweise nirgends erwähnt finde ich die Fassung des *Kathá Sarit Ságara*, II, S. 77; weiter seien genannt die letzte Erzählung des *Sackful of News*, (Hazlitt, II, S. 187; dazu Clouston, *Noodles*, S. 97 ff.), Merkens, III, S. 142, Nr. 140, Böhm, *Lettische Schwänke*, S. 44 (dazu S. 117) und Frison, *Contes et légendes de Basse-Bretagne*, Nr. 66 in der *RTP*, XXII, S. 404 ff.

In vielen Überlieferungen klettert der oder die Dumme,

oft auch ein Mann mit seiner dummen Frau, auf einen Baum; es kommen Diebe, die dort ihre Beute teilen wollen, und die suchen, als schließlich die Tür von oben auf sie herunterfällt, das Weite, indem sie alles zurücklassen. Zu dieser Art Erzählungen gehören auch die meisten der an den oben angeführten Stellen beigebrachten Varianten, wozu noch kommen F. M. Luzel, *Contes populaires de Basse-Bretagne*, Paris, 1887, III, S. 396 ff., P. Sébillot, *Contes et légendes de la Haute-Bretagne*, Nr. 96 in der *RTP*, XXIV, S. 142 ff., Pitrè, *Novelle popolari toscane*, S. 186 ff. (von Giucca matto) und S. 193, R. Forster, *Fiabe popolari dalmate*, Nr. 13 im *Archivio*, X, S. 313 ff., Ilg, II, S. 37 ff. und Merkens, I, S. 204 ff., Nr. 247; vergl. auch *Archiv für slavische Philologie*, XXII, S. 309. In dem Märchen, wozu Cosquin, I, S. 241 ff. die in Rede stehenden Züge bespricht, ist das Mitnehmen der Tür anders motiviert; ebenso bei J. Fleury, *Litterature orale de la Basse-Normandie*, S. 161 ff., bei Jacobs, *English Fairy, Tales*, S. 28 ff. (s. auch S. 231) und bei demselben, *More English Fairy Tales*, S. 10 ff. (s. auch S. 220 ff.). Eine Kuhhaut fällt auf die teilenden Diebe bei Luzel, III, S. 414 ff. und 427 ff. und bei Carnoy, *Littérature orale de la Picardie*, S. 192 ff. (s. Cosquin, II, S. 225 ff.); in den *Folk Tales from Tibet*, von W. F. O'Connor, S. 35 ff. genügt es, daß der auf dem Baume sitzende einen Anteil an der Beute verlangt, um die Diebe zur Flucht zu veranlassen. Ähnliche Geschichten bringen Cosquin, II, S. 108 ff., 112 ff. und 115, ferner Andrews, *Contes ligures*, S. 90 ff., Monnier, S. 238 ff. und Ilg, II, S. 5 ff. Zu dem Motive von der Verscheuchung der Diebevgl. weiter die Nrn. 428 und 446.

346. *Nawadir*, S. 3 (*RTP*, XVII, S. 36).

Die Geschichte stammt aus Bar-Hebraeus, dessen 615. Facetie (S. 154) lautet:

When another silly man was cracking an almond the

kernel slipped away out his hands, and he said, »Glory be to Thee, O God, for even the kernel of the almond trieth to escape death.«

347. *Nawadir*, S. 4 (*RTP*, XVII, S. 92 ff.).

Fourberies, S. 18 ff.; Hartmann, S. 50.

Diese Fassung des weitverbreiteten Motives von der Vertauschung eines Toten gegen einen Hammel stimmt so ziemlich mit *Fourberies*, Nr. 21 überein. Seine anscheinend älteste Form steht in der Sprichwörtersammlung Maidanis (*Arabum proverbia*, I, S. 403) und ist in al Kaljubis *Nawadir*, übergegangen; sie lautet nach Bassets Übertragung in der *RTP*, XV, S. 41:

Man erzählt, daß Dschoha bei Tagesanbruch aus dem Vorraum seines Hauses gekommen und über einen Leichnam gestolpert ist, der dort lag; er warf ihn in einen Brunnen. Sein Vater zog den Toten, als er davon erfuhr, heraus und begrub ihn; dann erwürgte er einen Hammel und warf ihn in den Brunnen. Die Verwandten des Toten begannen die Straßen Kufas zu durchstreifen und nachzuforschen. Dschoha sah sie und sagte zu ihnen: »Der Leichnam ist in unserm Brunnen.« Sie gingen hin und ließen ihn hinabsteigen, damit er den Leichnam heraufbringe. Als er unten war, rief er: »Hatte der Tote Hörner?« Alle lachten und gingen weg.

Zu der arabischen Variante aus Tunis, die als Nr. 383 wiedergegeben ist, und zu ihrem augenscheinlich verdorbenen berberischen Gegenstücke, der Nr. 415, gibt es zahlreiche Parallelen, darunter, wie Basset bemerkt, noch eine Dschohageschichte bei Mornand, *La vie arabe*, Paris, 1856, S. 117, in die ebenso wie in die tunisische Erzählung das noch zu besprechende Motiv des Wurstregens verwoben ist, und eine von Abu Nuwas bei Pharaon, S. 182 ff.; von einem Ungenannten erzählt Rivière in dem *Recueil de contes populaires de la Kabylie du Djurdjura*, Paris, 1882 ff.: *La tête d'un cheïk*,[16].

Das Motiv ist wie so viele andere mit Dschoha verknüpfte nach Sizilien übergegangen; man vergleiche die als Nr. 430 mitgeteilte Giufàerzählung samt ihren Varianten. Sicherlich auch dem Volksmunde nacherzählt ist die 21. Novelle Morlinis (meine Ausgabe S. 82 ff.), die bei Straparola die 4. Novelle der 8. Nacht bildet.

Um den Leichnam eines jungen Mädchens, der mit einer Ziege vertauscht wird, handelt es sich in zwei Versionen, die Cosquin, II, S. 182 ff. zitiert, einer afghanischen bei Thorburn, *Bannú or Our Afghan Frontier*, London, 1876, S. 207 ff. und einer indischen bei Minaef, *Indeiskija skasky*, St. Petersburg, 1877, Nr. 15; hierher gehören noch Swynnerton, S. 178 ff. und P. Sébillot, *Contes de la Haute-Bretagne*, Nr. 45 in der *RTP*, XII, S. 51 ff. Vgl. noch Clouston, *Noodles*, S. 152 ff., Böhm, *Lettische Schwänke*, S. 44 ff. und 117, Sébillot in der *RTP*, VII, S. 704 und Chauvin, VI, S. 126.

In einem Märchen bei Cosquin, II, S. 317 ff. erzählt ein Mann seiner Frau, um sich zu vergewissern, ob sie ihn an den Galgen bringen würde, er habe seinen Gesellen getötet und ihn im Walde verscharrt; die Frau plaudert, und die Obrigkeit erfährt von der Sache, und als an dem Platze im Walde nachgegraben wird, findet man den Kadaver eines Schweines. Unter den vielen Varianten, die Cosquin anführt, sind mehrere, wo der Mann mit dieser Täuschung der Frau den Zweck verfolgt, die Richtigkeit der einen der ihm von seinem Vater erteilten drei Lehren zu erproben; dazu vgl. Mussafia, *Über eine altfranzösische Handschrift der k. Universitätsbibliothek zu Pavia*, Wien, 1870, S. 68 und Köhler, II, S. 402 ff. Dieser Zug, in dem ich eine Reminiszenz an das Dschohamotiv Maidanis usw. sehn möchte, findet sich auch in den zahllosen Bearbeitungen des Motivs von dem besten Freunde, dem Hunde, und dem ärgsten Feinde, der Gattin, wovon hier nur das 124. Kapitel der *Gesta Romanorum*, (in Österleys Ausgabe) und das 423. Stück von Paulis *Schimpf und Ernst*, genannt seien, und schließlich rudimentär auch in den Geschichten von der Freundesprobe, wozu Chauvin, IX, S. 15 ff. zu vergleichen ist.

348. *Nawadir*, S. 6 (*RTP*, XVII, S. 94 ff.); Mardrus, S. 96 ff.; *Fourberies*, Nr. 4; Buadem, Nr. 100; *Tréfái*, Nr. 132; Serbisch, S. 87; Kroatisch, S. 58.

Vgl. Horn, S. 71, wo die Schnurre bei Zakani und in dem *Mesnewi*, von Dschelaleddin Rumi nachgewiesen wird; nach Dschami erzählt Clouston, *Flowers*, S. 80, nach dem *Mesnewi*, (zit. Ausg. S. 364 ff.) Kuka, S. 97 ff.

349. *Nawadir*, S. 6 (*RTP*, XVII, S. 96); Buadem, Nr. 101; Serbisch, S. 87; Kroatisch, S. 56.

Über den Prangerritt der Ehebrecherin usw. vgl. man die 2. der pseudoplutarchischen *Quaestiones graecae*, (über die Ὀνοβάτις von Cumae), eine Stelle bei Stobaeus über die Pisidier, zitiert bei Alexander ab Alexandro, *Geniales dies*, Lugduni Batavorum, 1673, II, S. 862, Österley, *Baitál Pachisi*, Leipzig, 1873, S. 66 und Liebrecht, *Zur Volkskunde*, Heilbronn, 1879, S. 386 ff., 429 und 509.

350. *Nawadir*, S. 6 (*RTP*, XVII, S. 148).

Seine Nachweisungen in den *Fourberies*, S. 21 hat Basset anläßlich der Übertragung dieser Erzählung ergänzt.

Vgl. auch mein *Mönchslatein*, S. 223 ff., Lee, *The Decameron*, S. 191 ff. und Ispirescu, S. 37 (*Magazin*, XCVI, S. 580).

351. *Nawadir*, S. 7 (*RTP*, XVII, S. 480).

Fourberies, S. 22; Basset in der *RTP*, XVII, S. 480.

Siehe weiter Bolte, *Die Singspiele der englischen Komoedianten*, Hamburg und Leipzig, 1893, S. 18, *Euphorion*,

XV, S. 12, Lee, *The Decameron*, S. 203 ff. und Chauvin, VIII, S. 39.

352. *Nawadir*, S. 8 (*RTP*, XVII, S. 149).

353. *Nawadir*, S. 8 (*RTP*, XVII, S. 149).

Vgl. folgende persische Erzählung bei Kuka, S. 210:

A man who was given to jesting, and who would not give up his habits even when he became old, was one day admonished by his neighbours and acquaintances, who said to him: »You had better turn your thoughts towards prayers and repentance; now is not the time for you to joke and jest. Devote your leisure hours to hearing the Hadees read.« He replied: »Rest assured, gentlemen, I have not neglected the traditions. I have heard many.« »Well, narrate to us one of them,« said they. He rejoined: »I have heard from Náfa'a, son of Yareed, that our Prophet used to say that there are two qualifications which every one ought to acquire if he wants to obtain happiness both in this world and in the next.«

Here our wag paused for a very long time.

»Aye, but tell us what are those two qualifications?« asked the men. »Oh, the narrator, my friend Náfa'a, had forgotten one of them,« replied the wag, »and I have forgotten the other!«

354. *Nawadir*, S. 9 (*RTP*, XVII, S. 152).

355. *Nawadir*, S. 9 (*RTP*, XVII, S. 151).

356. *Nawadir*, S. 9 (*RTP*, XVII, S. 153); siehe oben Nr. 11.

357. *Nawadir*, S. 11 (*RTP*, XVII, S. 485).

358. *Nawadir*, S. 12 (*RTP*, XVIII, S. 138).

Vgl. eine Erzählung im *Fakihat al hulafa*, von ibn

Arabschah bei Chauvin, II, S. 196, Nr. 22 (dazu S. 213, Nr. IV) und Lidzbarski, *Geschichten und Lieder*, S. 158 ff.; nicht ohne Bezug ist wohl auch Pauli, Nr. 140.

359. *Nawadir*, S. 12 (*RTP*, XVIII, S. 213).

360. *Nawadir*, S. 12 (*RTP*, XVIII, S. 213).

361. *Nawadir*, S. 12 (*RTP*, XVIII, S. 214).

Kuka, S. 164:

A desert Arab was present at the dinner table of one of the Caliphs. The dish of »Faloodeh« pleased him so much that he began to stuff himself with it, not caring to taste any of the other viands. One of those who were present said to him: »Don't eat too much of this Faloodeh, or it will be the death of you.« The Arab withdrew his hand from the dish, remained thoughtful for a while, and then saying to the men present, »I bequeath to you the care of my family,« again fell to the dish with renewed vigour.

362. *Nawadir*, S. 13 (*RTP*, XVIII, S. 216 ff.); *Fourberies*, Nr. 15.

363. *Nawadir*, S. 16 (*RTP*, XVIII, S. 218 ff.).

Esel (Kalb etc.) an der Stelle des Ehebrechers *Cent nouvelles nouvelles*, n. 61 mit ihren Ableitungen *Recueil*, 1555, S. 221 ff., n. 72 = *Aventures*, 1556, S. 251 ff., n. 75 (statt 74) und Malespini, *Ducento novelle*, Venetia, 1609, II, Bl. 220[a] ff., n. 61; A. v. Keller, *Erzählungen aus altdeutschen Handschriften*, Stuttgart, 1855, S. 306 ff.; Gastius, *Convivales sermones*, II, S. 99 ff. = Melander, *Jocoseria*, I, S. 41 ff., Nr. 35 = deutsch, I, S. 23 ff., Nr. 20[17]; Domenichi, 1562, S. 53 ff. = 1581, S. 64 ff.; Chauvin, VII, S. 171; *Die Çukasaptati, (Textus simplicior)*, übers. v. R. Schmidt, Kiel, 1894, S. 47 und dazu Benfey, *Pantschatantra*, Leipzig, 1859, I, S. 144.

Kombiniert mit andern Zügen findet sich das Motiv in den Fabliaux *Des tresces,* und *De la dame qui fist entendant son mari qu'il sonjoit,* bei Montaiglon-Raynaud, *Recueil des Fabliaux,* Paris, 1872 ff., IV, S. 67 ff. und V, S. 132 ff. (dazu Bédier, *Les Fabliaux,* 2ᵉ éd., Paris, 1895, S. 193 ff.), in Kellers *Erzählungen,* S. 310 ff.: *Der pfaff mit der snuer,* und S. 324 ff.: *Ain spruch von ainer frawen, die ain pfaffen bulett, und wie vil sy irnn man unglicks anlegett,* in einem Gedichte Herrants von Wildonie, *Der verkerte wirt,* in v. d. Hagens *Gesammtabenteuern,* II, S. 333 ff. (dazu S. XLII ff.) und bei Lambel, *Erzählungen und Schwänke,* Leipzig, 1872, S. 191 ff. und in dem Spruchgedichte Hans Sachsens *Der pawer mit dem zopff,* I, S. 480 ff. (dazu L. A. Stiefel in den *Hans Sachs-Forschungen,* Nürnberg, 1894, S. 124 ff.).

364. *Nawadir,* S. 16 (*RTP,* XVIII, S. 219); Buadem, Nr. 107; Serbisch, S. 90; Kroatisch, S. 59.

365. *Nawadir,* S. 17 (*RTP,* XVIII, S. 351); *Fourberies,* Nr. 27; Buadem, Nr. 108; Serbisch, S. 90; Kroatisch, S. 51 ff.

Fourberies, S. 28; Basset im *Keleti Szemle,* I, S. 223, Nr. 27 (*Nuzhat al udaba,*). Zu Hammers Übertragung der betreffenden Geschichte des *Nuzhat al udaba im Rosenöl,* II, S. 308 vgl. Bassets Bemerkung in der *RTP,*.

366. *Nawadir,* S. 17 (*RTP,* XVIII, S. 347).

367. *Nawadir,* S. 17 (*RTP,* XVIII, S. 347); Buadem, Nr. 109; Serbisch, S. 91.

368. *Nawadir,* S. 18 (*RTP,* XVIII, S. 348).

Dieselbe Geschichte steht schon bei Bar-Hebraeus, S. 111, Nr. 49, wo ein Poet zu einem Geizhals sagt: »Wouldst thou have me whilst I am eating one morsel to stand up and bow the knee, and then take another?«

369. *Nawadir*, S. 18 (*RTP*, XVIII, S. 348 ff.).

370. *Nawadir*, S. 40 (*RTP*, XIX, S. 312); Serbisch, S. 98.

Die Schnurre ist viel älter als Nasreddin; sie steht schon bei Maidani (Freytag, II, S. 603) und, nicht unwitzig erweitert, in dem *Kitab al askija*, des 1200 verstorbenen al Dschausi, wo sie nach Basset, *RTP*, XVII, S. 158 lautet:

In Kufa war eine Frau, deren Mann mittellos war; und sie sagte zu ihm: »Mach dich doch auf und reise durch die Länder; vielleicht hilft dir Gott.« Er nahm den Weg nach Syrien, und dort verdiente er dreihundert Dirhem; dafür kaufte er sich eine Kamelstute. Die war aber hitzig und bereitete ihm viel Verdruß. In seinem Ärger darüber und über seine Frau, daß sie ihn weggeschickt hatte, schwur er, entweder die Kamelstute an dem Tage, wo er nach Kufa heimkommen werde, um einen Dirhem zu verkaufen oder sich von seiner Frau zu scheiden. Dann reute es ihn und er sagte alles seiner Frau. Sie nahm eine Katze, setzte sie der Kamelstute auf den Hals und sagte zu ihrem Manne: »Geh auf den Markt und rufe aus: ›Wer will diese Katze um dreihundert Dirhem kaufen und diese Kamelstute um einen? ich verkaufe sie aber nur miteinander.‹« Das tat er. Ein Araber kam, betrachtete die Kamelstute von allen Seiten und sagte: »Wie schön sie ist! wie lebhaft! Wenn sie nur nicht die Katze auf dem Halse hätte!«

Ähnlich ist eine Fassung im *Bäharistan*, Dschamis, S. 86 (Clouston, *Flowers*, S. 82), zu der Schlechta-Wssehrd, S. 147 ff. bemerkt, daß die Anekdote im Oriente sehr bekannt ist, und daß an sie viele Sprichwörter erinnern wie: »Wäre nicht die Verfluchte an seinem Halse!«

Als Predigtmärlein bearbeitet ist die Geschichte bei Bromyard, *Summa praedicantium*, E, 8, 17 (in der Ausg. Basel, Joh. de Amerbach, ca. 1479):

Sicut patet de illo qui moriens, vxore executrice facta,

bouem pro anima sua legauit vt fertur. Vxor vero bouem et gallum simul ad forum ducens, vtrumque simul vendidit hac conuentione, quod emptor pro gallo marcam anglicanam et pro boue obolum daret; quod cum factum fuisset, obolum pro anima dedit mariti.

Auf einer ähnlichen Erzählung beruhen Pauli, *Schimpf und Ernst*, Nr. 462 (die Nachweisungen Österleys, S. 526 ff.), und Zincgref-Weidner, IV, S. 199 (Ochs und Hahn)[18]. In der 55. Novelle der *Heptamérons*, sind es wieder, wohl mit Anlehnung an eine etwa über Spanien herübergekommene Tradition ein Pferd und eine Katze; ebenso erzählt G. F. Giuliano, *Dialogo d'un medico con un secretario et un palafreniere di un principe romano del modo et utilità di far quadragesima*, Roma, 1651. S. 41, während die kurze Darstellung in Costos *Fuggilozio*, S. 38 ff.: *Astuzia d'una contadina in satisfare un legato del morto marito*, von einem Ochsen und einer Katze, die 31. Erzählung bei M. Somma, *Cento racconti*, 3ª ed., Napoli, 1822, S. 79 ff. von einem Pferde und einem Hammel (kombiniert mit dem Stoffe der 71. Facetie Poggios, wozu man Arlotto, I, S. 191 vergleiche) und P. Sébillot, *Contes de la Haute-Bretagne*, Nr. 28: *Le fermier rusé*, in der *RTP*, XI, S. 509 von einer Kuh und einer Katze berichten.

371. *Nawadir*, S. 43 (*RTP*, XIX, S. 311 ff.).

372. *Nawadir*, S. 43 (*RTP*, XIX, S. 311).

In den *Fourberies*, S. 72 bemerkt Basset zu diesem Schwanke: »Sans doute l'origine du dicton: Si la montagne ne va pas à Mahomet, c'est Mahomet qui ira à la montagne« und wiederholt dies in der *RTP*, a. a. O. Diese Behauptung hat dann der Fortsetzer der Arbeit Büchmanns in die letzten Auflagen der *Geflügelten Worte*, aufgenommen. Hätte er in Wanders *Sprichwörter-Lexikon*, nachgesehn, so hätte er auf S. 958 des V. Bandes als Quelle des Sprichworts: »Wenn der

Berg nicht zum Propheten kommen will, so muß der Prophet wohl zum Berge gehn« das Gedicht Hagedorns »*Mahomet und der Hügel*,« angegeben gefunden; aber auch dieses ist nicht die unmittelbare Quelle, weil es wohl sonst statt »Berg« »Hügel« heißen müßte[19]. Die Quelle scheint vielmehr die *Mohammed*, betitelte Erzählung in Hebels *Schatzkästlein des Rheinischen Hausfreundes*, (zit. Ausg. IV, S. 263 ff.) zu sein, deren Anfang lautet:

Dem Mohammed wollten es anfänglich nicht alle von seinen Landsleuten glauben, daß er ein Prophet sei, weil er noch kein Wunder getan hatte wie Elias. Dazu sagte Mohammed, ganz gleichgültig, wie einer, der eine Pfeife Tabak raucht und etwas dazu redet, »das Wunder,« sagte er, »macht den Propheten noch nicht aus. Wenn ihrs aber verlangt, so werden ich und jener Berg dort geschwind beieinander sein.« Nämlich, er deutete auf einen Berg, der eine Stunde weit oder etwas entfernt war, und rief ihm mit gebietender Stimme, daß der Berg sich soll von seiner Stätte erheben und zu ihm kommen. Als aber dieser keine Bewegung machen und keine Antwort geben wollte, wiewohl keine Antwort ist auch eine, so ergriff Mohammed sanftmütig seinen Stab und ging zum Berg, womit er ein merkwürdiges und nachahmenswertes Beispiel gab .....

Woher Hagedorn und Hebel geschöpft haben, kann ich nun allerdings nicht sagen, sicher scheint hingegen zu sein, daß die Dschohageschichte von dem Palmbaum (ebenso auch wahrscheinlich die beiden deutschen Erzählungen) auf einer Mohammedlegende fußt. Bayle zitiert in dem Artikel *Mahomet*, (*Dictionaire historique et critique*, 3e éd., Rotterdam, 1720, S. 1852) eine Stelle aus der das erste Mal 1686 erschienenen *Histoire du monde*, von Urb. Chevreau, die folgendermaßen beginnt:

Quand les Coreïschites de la Mecque l'eurent prié (sc. Mahomet) de faire une miracle pour faire connoître ce qu'il étoit, il divisa la Lune en deux pieces entre lesquelles ils aperceurent une montagne. Ayant apelé deux arbres, ils se joignirent pour aller à lui, et se separérent en se retirant, par le commandement qu'il leur fit.

373. *Nawadir*, S. 43 (*RTP*, XIX, S. 312); Buadem, Nr. 23; Serbisch, S. 59; Kroatisch, S. 36.

Die Geschichte steht schon bei Bar-Hebraeus, S. 149, Nr. 587 (»I wish to know how far my voice will reach.«) und ähnlich erzählt Kuka, S. 173.

Eine hübsche Parallele bieten die *Contes du Sieur Gaulard*, S. 200 ff.:

Or il (le Sieur Gaulard) vid plusieurs personnages à la Cour, mesmement de ceux de longue robbe, qui auoient en leurs chambres de petites cloches, lesquelles ils sonnoient pour appeler leurs seruiteurs, quand ils en auoient affaire: et s'estant apperceu qu'au son de cette cloche, aussitost ils ne failloient de venir vers leurs maistres, il luy prit fantaisie d'en avoir une. Et si tost qu'il fut en sa chambre, où il luy tardoit jà qu'il n'estoit arriué pour en faire l'experience, il se mit à sonner certe cloche: mais voyant que pas vn de ses seruiteurs n'approchoit, il se persuada que ses gens ne pouvaient entendre le son. Et pour l'experimenter il sonna sa cloche prés sa table, puis estant couru à sa porte (car nottez qu'il pensoit courir aussi viste que le son de sa cloche) et n'entendant rien prés d'icelle, il dit que ses gens auoient raison de ne pas estre venus vers luy, et qu'il failloit bien que ceux qui auoient des cloches, eussent quelque recepte pour faire deualler le son en bas.

374. *Nawadir*, S. 43 (*RTP*, XIX, S. 313 ff.).

Der analoge Schwank des 36. Kapitels der *Schildbürger*, (v. d. Hagen, *Narrenbuch*, S. 188 ff.; Das *Lalenbuch*, S. 135 ff.) steht schon bei Hans Sachs, IV, S. 73 ff., ferner als 12.

Erzählung von Freys *Gartengesellschaft,*; vgl. dazu die Noten Boltes, S. 220 und *Archiv für slavische Philologie*, XXII, S. 309.

375. *Nawadir*, S. 43 (*RTP*, XIX, S. 252 ff.).

376. *Nawadir*, S. 46 (*RTP*, XIX, S. 251).

2. Aus der von Mardrus besorgten Ausgabe von Tausend und einer Nacht

377. Mardrus, S. 93 ff.; s. oben Nr. 37.

378. Mardrus, S. 95 ff.; *Nawadir*, S. 8; *Fourberies*, Nr. 3.

Bei Kuka steht (S. 214) eine persische Variante:

On one occasion Mulla Nasruddin was invited to a dinner at a friend's house. A dish of boiled fowl was placed before him. As the fowl was not thoroughly cooked, he partook of gravy only, and said to his friend: »Please have this fowl well cooked for to-morrow, when I shall again be your guest.« On the next day the same dish was placed before him, and he found that again the fowl was not well cooked. He, therefore, partook of the gravy, and then placing the fowl in front of himself, began his prostrations and genuflexions as in prayers. »What are you doing?« asked the host. The Mulla replied: »I am going to ask a blessing on this flesh, for the flesh that is placed twice over the fire and is not cooked, cannot be the flesh of an ordinary fowl, but that of some prophet or saint amongst them.«

379. Mardrus, S. 96; *Nawadir*, S. 16; *Fourberies*, Nr. 14. Hartmann, S. 57.

380. Mardrus, S. 114.

3. Volkserzählungen aus Tripolis und Tunis

381. Stumme, *Tripolis*, S. 178 ff.; vgl. oben Nr. 57.

382. Stumme, *Tunis*, I, S. 75 ff. und II, S. 126 ff.

Zu dem Motive von dem Zolle auf verschiedene Gebrechen vgl. Österleys Nachweisungen zu der Nr. 157 der *Gesta Romanorum*, S. 738 und zu der Nr. 285 von Paulis *Schimpf und Ernst*, S. 506, ferner Waas, *Die Quellen der Beispiele Boners*, S. 56 ff. und Chauvin, IX, S. 18 ff. Eine interessante Parallele bietet das *Nuzhat al udaba*, (Basset in der *RTP*, XV, S. 672 ff.), weil auch hier der Zoll auch auf den Namen gesetzt ist:

Man erzählt, daß einer einen König um die Erlaubnis gebeten hat, einen Dirhem von jedem Buckligen, ebenso einen Dirhem von jedem, der Suleiman heiße, und einen Dirhem von jedem, der aus Mosul sei, einheben zu dürfen. Der König legte diese Steuer auf, und der Mann nahm den Bescheid und ging. Er sah einen Buckligen, der drei Hühner hatte, jedes einen Dirhem wert; da streckte er die Hand aus und nahm eines und sagte: »Auf Befehl des Sultans.« Der Bucklige begann zu schreien und um Hilfe zu rufen. Einer, der ihn kannte, sagte zu ihm: »Gib acht, Scheik Suleiman!« Da verlangte der, der den Bescheid hatte, zwei Dirhem und streckte die Hand nach dem zweiten Huhne aus. Der Bucklige schrie: »Ich beschwöre dich, tu mir nicht unrecht; ich bin ein Fremder, aus Mosul.« »Jetzt sind es drei Dirhem,« sagte der andere; er streckte die Hand aus und nahm auch das dritte Huhn und ging weg.

Diese Fassung, wo das Gebrechen, der Name und die Heimat die Anlässe zu der Entrichtung eines Zolles geben, ist ein Gegenstück zu dem 611. Stücke bei Pauli: dort bittet ein armer Student vergebens um ein Almosen, weil er aus Bremen ist, Nikolaus heißt und nur ein Auge hat.

Die Episode von den drei Dummen hat eine bis in Einzelheiten übereinstimmende Parallele bei Radloff, *Proben der Volkslitteratur der türkischen Stämme Südsibiriens*, Petersburg, 1866 ff., VI, S. 257: In einer Stadt, die sonst nur von Narren bewohnt wird, nimmt der einzige nicht närrische eine Frau. Die geht nach drei Tagen die Kuh melken, und bei dieser Beschäftigung läßt sie einen Wind; sie bittet die Kuh, nichts davon zu sagen. Dann kommt ihre Schwiegermutter ebenfalls bitten und bringt der Kuh eine Schüssel Kleie, damit sie nichts sage. Endlich kommt auch der Schwiegervater, bringt der Kuh auch eine Schüssel Kleie und bittet sie wie die beiden andern, so daß sie alle drei beisammen sitzen. Als der junge Gatte nach Hause kommt, wird er zornig und geht aus, um drei ebenso törichte Leute zu finden: findet er sie, soll seine Familie verschont bleiben; findet er sie nicht, will er seine Familie töten usw. usw.

In dieser Kombination, wo es sich allerdings meist um die junge Frau oder Braut und ihre Eltern — nicht wie bei Radloff und in unserm Schwanke um ihre Schwiegereltern — handelt, ist das Motiv außerordentlich verbreitet. Clouston hat ihm in dem *Book of Noodles*, S. 191 ff. eine längere Studie gewidmet, und reichliche Nachweise finden sich bei Köhler, I, S. 81 ff., 217 ff. und 266; dazu kommen noch Pitrè, III, S. 137 ff., Crane, S. 279 ff. und 378, Jacobs, *English Fairy Tales*, S. 9 ff. und 231 ff. und Aug. Dozon, *Trois contes bulgares*, Nr. 3: *Le cochon a la noce*, in der *RTP*, III, S. 381.

Der Schluß unserer Geschichte bringt wieder den Zug vom eingebildeten Toten, der uns schon oft genug begegnet ist.

383. Stumme, *Tunis*, I, S. 78 ff. und II, S. 131 ff.; *Fourberies*, Nr. 55 = unten Nr. 415; Pitrè, IV, S. 444 (Giufà). Siehe weiter Nr. 347 und Nr. 430.

Das Motiv von dem Regen eßbarer Dinge, der einer dummen Person vorgetäuscht wird, um ihrer Erzählung die

Glaubwürdigkeit zu nehmen, wird uns noch unten bei Nr. 407 beschäftigen; abgesehn von derartigen Kombinationen erscheint es noch mit Giufà verknüpft bei Pitrè, III, S. 378. Nachweisungen geben Köhler-Bolte in der *ZVV*, VI, S. 73, Clouston, *Noodles*, S. 154, Cosquin, II, S. 182, Note, Köhler, I, S. 340 und 342 und Chauvin, VI, S. 126; dazu wären noch zu nennen U. Jahn, *Schwänke und Schnurren*, S. 48 ff., Swynnerton, S. 180 (s. oben die Note zu Nr. 347), O'Connor, *Folk Tales from Tibet*, S. 33 ff., Ilg, II, S. 38 ff., James Bruyn Andrews, *Contes ligures*, S. 92 ff., eine brasilianische Erzählung, die Basset in der *RTP*, X, S. 499 mitteilt, Hazelius, *Ur de nordiska folkens, lif*, S. 101 ff., zitiert im *Archivio*, II, S. 477 ff. usw. usw. Hierher gehört auch die bei Chauvin, VIII, S. 69 besprochene Novelle des *Syntipas*, wozu eine im *Archivio*, II, S. 479 aus dem Finnischen übersetzte Erzählung zu vergleichen ist. Alle diese Mittel, um ein Ausplaudern ungefährlich zu machen — an den zwei letztgenannten Stellen handelt es sich allerdings um einen andern Zweck — gemahnen an die List, die die ungetreue Frau anwendet, um den wachsamen Vogel, Papagei oder Elster, zu täuschen (vgl. darüber die Literaturnachweise bei Chauvin, VIII, S. 35 ff.); als eine Art Bindeglied könnte eine Erzählung bei Bütner, *Von Claus Narren*, S. 119 (aus derselben Quelle bei Zincgref-Weidner V, S. 174) gelten, wo der Vogel durch einen Narren ersetzt ist:

Ein Weib machte kundschafft mit eim andern Mann. Der Narr sahe es; die Fraw forchte, der Narr mochte sie verrathen, vnnd warff ein Säugfercklin auff jhn hinab in den Hofe. Der Narr meinet, es regnet Schweinlein, da ließ die fraw eins vmb das ander auff den Narren fallen. Vber eine zeit fraget der Ehemann: Sage mir, Heine, wie hat meine Fraw haußgehalten? Heine sprach: Sie lag bey einem andern Mann. Der Ehemann sprach: Fraw, du must sterben. Ach nein, sprach die Fraw, eilet nicht, Herr, fraget den Narren

besser. Also fraget der Mann: Heine, wenn schlieff die Fraw
bey einem andern? Heine antwortet: »Nechst war es, da sahe
ichs, vnd am selben Tage regnet es viel junge Schweinlein.«
Der Herr sprach: Hilff Gott, wie ist es ein ding, wenn mann
einem Narren glaubet, vnnd den Rechten grund nit erfehret.

384. Stumme, *Tunis*, I, S. 79 und II, S. 132 ff.

Hammer, *Rosenöl*, II, S. 305 ff. nach dem *Nuzhat al udaba*,
und dazu Basset im *Keleti Szemle*, I, S. 222, Nr. 8; s. weiter
Chauvin, VIII, S. 49 ff.

385. Stumme, *Tunis*, I, S. 79 ff. und II, S. 133 ff.; vgl. oben
Nr. 63.

386. Stumme, *Tunis*, I, S. 80 und II, S. 135.
S. die Anmerkung zu Nr. 277.

387. Stumme, *Tunis*, I, S. 81 und II, S. 136.
Hartmann, S. 59.
Heller in fremdes Geld geworfen: Hartmann in der
ZVV, VI, S. 268; Pauli, Nr. 566; Montanus, S. 25 und 562;
Chauvin, VII, S. 153.

388. Stumme, *Tunis*, I, S. 81 und II, S. 136 ff.

389. Stumme, *Tunis*, I, S. 81 und II, S. 137 ff.

390. Stumme, *Tunis*, I, S. 82 und II, S. 139 ff.

391. Stumme, *Tunis*, I, S. 82 ff. und II, S. 140.

Die letzten vier Stücke, zu denen eigentlich auch schon
Nr. 387 gehört, sind Teile eines Unibosmärchens,
übertragen auf Dschuha; dasselbe gilt von den Nummern 46
bis 50 der *Fourberies*, die deshalb weggeblieben sind, und von
der Dschochigeschichte bei Lidzbarski, *Geschichten und Lieder*,
S. 249 ff. Teilweise rudimentär begegnen uns einzelne

Unibosmotive auch bei T. J. Bezemer, *Volksdichtung aus Indonesien*, Haag, 1904, S. 196 ff.: *Streiche des Djonaha, des Batakschen Eulenspiegels,*; wie Basset in der *RTP*, XX, S. 3 wohl richtigerweise annimmt, ist dieser Djonaha (sprich: Dschonaha) niemand anders als der arabische Dschoha, der dem Namen nach auch mit dem syrischen Dschochi identisch ist. Die türkische Überlieferung scheint das Unibosmärchen nicht zu kennen, und so dürfte auch die auf Nasreddin übertragene serbische Variante aus Bosnien, die in der *Anthropophyteia*, III, S. 366 ff. steht, auf europäische Einflüsse zurückzuführen sein.

Eine ausführliche Studie der in diesen Erzählungen zusammengefaßten Motivenreihen gibt Zenatti in der Einleitung zu seiner Ausgabe der *Storia di Campriano contadino*, Bologna, 1884 und reichliche Literaturnachweise bringen Lidzbarski, S. 249 und Köhler-Bolte in der *ZVV*, VI, S. 167; vgl. noch Köhler, I, S. 230 ff., III, S. 13 ff. u. ö., Rittershaus, S. 436 ff., Böhm, *Lettische Schwänke*, Nr. 19, 30 und 49 und S. 113, 118 und 121 ff. und Busch, *Ut ôler Welt*, S. 28 ff.

Interessant ist das letzte der oben genannten Stücke in den *Fourberies,*: Dscheha legt sich in ein Grab; als seine Gegner bei ihrer Ankunft hören, daß er tot sei, wollen sie ihm durch ein Loch im Grabe einen argen Schimpf antun, aber er brandmarkt sie auf ihre Hinterbacken. Durch diese Brandmale beweist er dann, daß sie seine Leibeigenen sind, und sie müssen sein Lebelang für ihn arbeiten. Diese Erzählung, die mit dem Schlusse der *Geschichte des zweiten Strolchs*, bei Henning, *Tausend und eine Nacht*, XXIII, S. 219 ff. (Chauvin, VII, S. 151 ff.) übereinstimmt, hat mit Ausnahme des zuletzt genannten Zuges, daß nämlich aus der Brandmarkung die Leibeigenschaft abgeleitet wird, wozu man Boltes Nachweise bei Armeno-Wetzel, *Die Reise der Söhne Giaffers*, Tübingen, 1895, S. 215 vergleiche, eine interessante Parallele in einer litauischen Überlieferung bei Veckenstedt, *Sztukoris*, S. 28 ff. In zwei andern litauischen Märchen (Schleicher, S. 44 ff. und 86) verstümmelt der vermeintliche Tote seine Widersacher, als sie ihn verunreinigen wollen, mit einem Messer und einer Schere; eine sehr große Ähnlichkeit hat damit eine Erzählung bei Socin und Stumme, Der arabische Dialekt der Houwara des Wad Sus in Marokko, Leipzig, 1894, S. 34 und 98, wo der Tote einem seiner Nachsteller, der riechen will, ob er schon stinke, mit einer Schere die Nase abschneidet. Vgl. dazu Köhler, I, S. 324. Zu dem sich tot stellenden Schuldner usw. vgl. Hartmann, S. 56, Bolte bei Wickram, S. 368 und unten die Noten zu Nr. 429.

III. Berberische Überlieferungen

392. Stumme, *Tamazratt*, S. 39 und 70, Nr. 24; Stumme, *Tunis*, I, S. 80 und II, S. 134 (hier wird der Esel, so wie in vielen Unibosmärchen von drei Leuten gemeinsam gekauft); *Fourberies*, Nr. 46 (ebenso und wirklich ein Teil eines Unibosmärchens); ebendort, Nr. 36 (an die Stelle des Esels treten hintereinander zwei Rinder); *Anthropophyteia*, V, S. 328 und 329 ff. (aus Bosnien und von Nasreddin; wegen des Anfanges dieser Erzählung s. oben die Anmerkung zu Nr. 277).

Eine besonders ihres Schlusses wegen merkwürdige Variante bringt die serbische Ausgabe, S. 113 ff.:

Eines Tages wollte der Hodscha Nasreddin einen Esel kaufen gehn. Als er auf den Markt kam, traf er dort einen Kerl, der aus seinem Esel möglichst viel Geld herausschlagen wollte. Nasreddin fragte ihn, was der Esel kosten solle, und der Mann nannte einen hohen Preis, fügte aber hinzu, daß sein Esel nicht so sei wie die andern, sondern jeden Tag Geld scheiße, einmal lauter Taler, am andern Tage lauter Dukaten; und um Nasreddin davon zu überzeugen, hob er dem Esel den Schwanz, nahm einen Dukaten heraus und steckte ihn in den Gürtel.

Als das Nasreddin sah, brannte er nur darauf, den Esel zu kaufen, und zahlte schließlich eine große Summe für ihn. Beim Abschiede sagte ihm noch der Kerl, wie er ihn zu füttern habe, und dann gingen sie auseinander.

Voller Freude ging Nasreddin mit dem Esel heim und fütterte ihn tüchtig, ohne sich an die Vorschrift zu halten.

Am nächsten Morgen eilte er in den Stall, einen Sack in der Hand, den er mit den Dukaten füllen wollte. Aber er fand die Stalltür von innen verrammelt, und konnte nicht eintreten. »Schau ihn an,« sagte er bei sich, »da hat er die ganze Nacht geschissen, und der Stall ist jetzt so voll Gold, daß ich die Tür nicht öffnen kann.« Nach diesem Selbstgespräche guckte er durch einen Spalt hinein, und nun sah er etwas wie Silber glänzen; er war davon nicht gerade entzückt und sagte sich: »Schau dir nur diesen Dreckkerl an! Dukaten hat er nicht scheißen wollen, sondern nur Taler.« Er ging um eine Axt und schlug die Tür ein.

Als er dann in den Stall trat, bekam er etwas zu sehn. Der viele Hafer hatte den Esel aufgetrieben und der Esel hatte alle viere von sich gestreckt; und was Nasreddin für Taler gehalten hatte, waren die Hufeisen des verreckten Esels.

Nun wurde ihm noch weher ums Herz; er warf den Sack weg und begann zu jammern. Daraufhin kam ein Nachbar gelaufen, und der fragte ihn, was ihm fehle. »Was mir fehlt? na, sieh dir die Geschichte an; ich habe ein schönes Stück Geld verloren.« Und er erzählte dem Nachbar, wie er betrogen worden sei.

Der Nachbar beriet ihn, was er tun solle: »Hacke dem Esel den Kopf ab, nimm eine oder zwei Oka Seide und wickle sie auf den Kopf; dann nimm ihn auf den Markt und biete ihn zum Verkaufe aus. Wenn dich einer fragt, was du zu verkaufen hast, so sagst du: ›Einen Eselskopf.‹«

Nasreddin folgte diesem Rate und ging mit dem Eselskopfe auf den Markt. Es kam einer und fragte ihn, was er zu verkaufen habe, und Nasreddin sagte: »Einen Eselskopf.« Der Kunde lachte und sagte: »Aber Hodscha, du bist doch dumm! das soll ein Eselskopf sein? das ist ja Seide.« »Und ich sage dir, du kaufst nur einen Eselskopf.« Doch der Kunde lachte, weil er meinte, das sei nichts als eine von des Hodschas gewöhnlichen Dummheiten. Sie handelten den Preis für die Oka Seide aus und wogen den Klumpen ab, und der Kunde bezahlte das ganze Gewicht für

Seide. Dann verabschiedeten sie sich, und jeder ging seines Weges.

Als der Käufer den Klumpen abwickelte, fand er, daß die Seide nur oberflächlich war und daß das andere wirklich ein Eselskopf war; sofort lief er zum Richter und verklagte Nasreddin, daß ihn der betrogen habe. Der Richter ließ den Hodscha rufen, und der sagte, als er vor Gericht erschienen war: »Erhabener Kadi, frage ihn, was ich ihm gesagt habe, das ich zu verkaufen habe, und du wirst sehn, ob ich ihn betrogen habe.« Der Kadi befragte den Kläger und der erzählte genau den Sachverhalt. Erstaunt fragte ihn nun der Kadi: »Ja, warum klagst du denn, wo du doch gewußt hast, was du kaufst?« und damit ließ er ihn hinauswerfen.

Auf diese Weise hatte der Hodscha Nasreddin den erlittenen Schaden wieder eingebracht.

Der Schluß dieser Erzählung steht als selbständiger Schwank in der griechischen Ausgabe Nr. 145 und bei Pann, S. 331 ff.

Fourberies, S. 74 ff.

Goldmistende Tiere (ohne Rücksicht auf die Unibosmärchen): Grimm, *KHM*, III, S. 65 ff.; Benfey, *Pantschatantra*, I, S. 378 ff.; *Kathá Sarit Ságara*, II, S. 8; Clouston, *Popular Tales and Fictions*, I, S. 123 ff.; Forke, *Die indischen Märchen und ihre Bedeutung für die vergleichende Märchenforschung*, Berlin, 1911, S. 52.

393. G. A. Krause, *Proben der Sprache von Ghat in der Sáhara*, in den *Mittheilungen der Riebeck'schen Niger-Expedition*, Leipzig, 1884, II, S. 31 ff. = Basset, *Contes populaires d'Afrique*, S. 12 ff.

Basset, *Zenatia*, S. 134; Basset, *Nouveaux contes berbères*, Paris, 1897, S. 349.

Ähnlich wie hier Schahas Frau den Wasserschlauch hergibt, verkauft bei Pitrè, *Novelle popolari toscane*, S. 187

Giucca Quattrini für Töpfe. Über dieses Motiv, das Verschleudern wertvoller Dinge durch einen Dummkopf, vgl. Köhler, I, S. 66, 71, 342 und 391; zu den an diesen Stellen und im *Archiv für slavische Philologie*, XXI, S. 285 gegebenen Nachweisen kommen noch E. Sklarek, *Ungarische Volksmärchen*, Leipzig, 1901, S. 251 ff. und 298, M. Preindlsberger-Mrazović, *Bosnische Volksmärchen*, Innsbruck, 1905, S. 95 ff. und Chauvin, VI, S. 31 ff.

Zu der Wiedergewinnung vgl. Chauvin, V, S. 64, Note.

394. *Fourberies*, Nr. 2; *Nawadir*, S. 6; vgl. oben Nr. 160.

Hartmann, S. 53 ff.

Ungefähr dasselbe erzählen das *Hadikat al afrah*, von asch Schirwani (Basset in der *RTP*, XIV, S. 290) und Roda Roda, S. 75.

395. *Fourberies*, Nr. 5; *Nawadir*, S. 13.

Fourberies, S. 26.

Die an dieser Stelle zitierte älteste Version der Geschichte aus Abdirabbihis *Kitab al ikd al farid*, hat Basset in der *RTP*, XV, S. 282 übersetzt; ebendort zitiert Basset noch eine Parallele aus dem *Mustatraf*, von al Abschihi; vgl. weiter Dschami, *Bäharistan*, S. 73 ff., Kuka, S. 205, Nr. 133 und Galland, S. 33.

396. *Fourberies*, Nr. 7; Buadem, Nr. 98; *Tréfái*, Nr. 131; Serbisch, S. 86; Kroatisch, S. 52.

397. *Fourberies*, Nr. 9; *Nawadir*, S. 12.

Fourberies, S. 25; Basset in der *RTP*, XVIII, S. 138 (eine ähnliche Erzählung steht schon in dem *Kitab al ikd al farid*, von Abdirabbihi).

398. *Fourberies*, Nr. 10; *Nawadir*, S. 11; Buadem, Nr. 104;

Serbisch, S. 88 ff.; Kroatisch, S. 58 ff.

Fourberies, S. 25; Basset in der *RTP*, XVII, S. 606.

399. *Fourberies*, Nr. 12.

Köhler, I, S. 500; Hartmann, S. 57.

In einer Erzählung des im siebenten Jahrhundert n. Chr. verfaßten Midrasch *Echa rabbathi*, verteilt ein Mann aus Jerusalem als Gast fünf Hühner auf folgende Weise: der Hausherr und sein Weib erhalten ein Huhn, die zwei Söhne eines, die zwei Töchter eines und er selber zwei, so daß überall die Zahl drei resultiert. A. Wünsche, der diese Erzählung in der *Z. f. vgl. Littg.*, N. F., IV, S. 40 ff. mitteilt (andere Parallelen bei Armeno-Wetzel, *Die Reise der Söhne Giaffers*, hg. v. Fischer u. Bolte, Tübingen, 1895, S. 207), bringt ebendort, S. 43 ff. eine völlig entsprechende Variante aus Johannes Juniors *Scala coeli*, Ulm, 1480, Bl. 37[b] bei:

Cum in prandio quinque haberet perdices, voluit, ut secundum scientiam divinam eas divideret. Tunc clericus: In divinitate trinitas est principium, et ideo vobis et dominae do unam et sic estis tres, duabus filiabus unam et sic sunt tres, duobus filiis unam et sic estis tres; mihi soli duas et sic sumus tres.

Vereinfacht ist dieses Beispiel in der türkischen Volkserzählung *Vom Räuber und vom Richter*, die wie Prelog bemerkt, der Steindruckausgabe von Nasreddins Schwänken als Saum für jede Seite beigeschrieben wurde (vgl. Chauvin, V, S. 187). Dort heißt es (Camerloher, S. 69 ff.):

Der Richter ..... hieß ihn auch die drei Hennen austeilen. Der Räuber schaute sich um, sah, daß die Kinder und die Diener weggegangen waren, gab eine Henne der Richterin und die zwei andern sich selbst.

Richter: »Was ist dies für eine Verteilung?«

Räuber: »Die Henne ist eins, und ihr beide dazu macht drei; ich bin eins, und die zwei Hennen dazu macht drei.«

Man sieht, daß die Schnurre Dschehas nur eine nicht unwitzige Steigerung dieser Geschichte darstellt. Vgl. auch unten Nr. 467.

400. *Fourberies*, Nr. 19; Pharaon, S. 185 ff.; Pann, S. 353 ff.
Fourberies, S. 74.

401. *Fourberies*, Nr. 22; *Nawadir*, S. 10.
Fourberies, S. 24 und 79.

Hammer, *Rosenöl*, II, S. 274 ff.; Gladwin, II, S. 25, Nr. 66; Clouston, *Flowers*, S. 95 ff.; Kuka, S. 83 ff.; Basset in der *RTP*, XIII, S. 617 (aus dem *Mustatraf*, von al Abschihi). Vgl. auch Wesselski, *Mönchslatein*, Nr. 20 und die Noten auf S. 206.

402. *Fourberies*, Nr. 23; Buadem, Nr. 99; *Nawadir*, S. 5; Serbisch, S. 86.
Fourberies, S. 19 ff.

Aristoteles und die Königin: Wesselski, *Mönchslatein*, S. 244 ff.; dort wären noch anzuziehen gewesen Bolte, *Die Singspiele der englischen Komoedianten*, S. 21, Gaudefroy-Demonbynes in der *RTP*, XI, S. 530, Basset ebendort, XV, S. 109 ff. und A. Borgeld, *Aristoteles en Phyllis*, Groningen, 1902.

403. *Fourberies*, Nr. 24; *Nawadir*, S. 44.
Fourberies, S. 73.

Vgl. Arlotto, I, S. 193 ff., wo noch auf Boltes Anmerkung zu Schumanns *Nachtbüchlein*, Nr. 42, S. 409 und hinter Freys *Gartengesellschaft*, S. 284, auf Bolte in der *ZVV*, XIII, S. 422 und auf Cosquin, II, S. 209 zu verweisen gewesen wäre.

404. *Fourberies*, Nr. 33.

405. *Fourberies*, Nr. 35; vgl. auch dort Nr. 36.

Fourberies, S. 74.

Der Betrug mit dem Ziegenfelle, auf das der Sohn als angeblicher Käufer mitbietet, kehrt wieder zu Beginn der 6. Erzählung bei Socin und Stumme, *Der arabische Dialekt der Houwara*, S. 35 und 98 (= Basset, *Contes populaires d'Afrique*, S. 121), die uns noch unten bei Nr. 407 begegnen wird; vgl. auch Henning, *Tausend und eine Nacht*, XIX, S. 13 ff. und Chauvin, VIII, S. 107.

406. *Fourberies*, Nr. 37.

Vgl. die 66. Facetie Poggios: *Dictum Perusini ad uxorem*, und die 93. der *Cent nouvelles nouvelles*,. Ausführliche Nachweisungen gibt Bolte zu Frey, Nr. 21, S. 223 ff.; dazu kommen noch Domenichi, *Facetie*, 1562, S. 25 ff. und 282 (= Ausgabe von 1581, S. 30 und 349) und Sagredo, *L'Arcadia in Brenta*, S. 386 ff.

Anders Serbisch, S. 128:

Der Hodscha Nasreddin hatte seiner Frau neue Pantoffel gekauft, aber mit Papiersohlen. Als das die Frau sah, begann sie mit dem Hodscha zu zanken, aber er sagte zu ihr: »Du nichtsnutziges Ding, kümmere dich um deine Arbeit; wollte Gott, du könntest mit dem Fuß nicht mehr auftreten; dann könntest du sie hundert Jahre tragen.«

407. *Fourberies*, Nr. 38; siehe Nr. 426 und 427, ferner die Dschahangeschichte bei Stumme, *Malta*, S. 50 ff. (= Stumme, *Studien*, S. 37), den Schluß des 91. Stückes: *Dschahans Abenteuer*, bei Ilg, II, S. 43 ff. und Pitrè, *Novelle popolari toscane*, S. 184 ff. (von Giucca). Vgl. auch oben Nr. 277 und die Noten dazu.

Fourberies, S. 75; Basset in der *RTP*, XI, S. 498 ff.

Über den Verkauf an einen Vogel, einen Baum,

eine Statue usw. handeln Köhler, I, S. 51, 65, 98 und 99 ff., Basset im *Loqmân berbère*, S. 77 ff., Köhler-Bolte in der *ZVV*, VI, S. 73, Clouston, *Noodles*, S. 143 ff., Cosquin, II, S. 179 ff. und Chauvin, VI, S. 125 ff. Ohne Rücksicht, ob schon zitiert oder nicht, gebe ich hier alle Versionen, die ich einsehn konnte, indem ich auch auf das oben bei Nr. 383 angezogene Motiv von dem **Regen eßbarer Dinge** Rücksicht nehme:

Stumme, *Elf Stücke im Silha-Dialekt von Tázerwalt*, Nr. 7 in der *Zeitschr. d. Deutschen Morgenl. Ges.*, XLVIII, S. 403 ff. (an eine Eule; Regen von Bohnen und Erbsen); Stumme, *Der arabische Dialekt der Houwara*, S. 35 und 98 ff. (= Basset, *Contes populaires d'Afrique*, S. 121 ff.): (Eule; gewöhnlicher Regen. Scheint verderbt zu sein); Rivière, *Recueil de contes populaires de la Kabylie du Djurdjura*, S. 179 ff. (Kuckuck, Kuchenregen); Ilg, II, S. 51 ff. (Holzbildsäule; Weinbeerenregen); Giamb. Basile, *Lo Cunto de li Cunti*, j. I, t. 4 (1. Ausg. 1634), Napoli, 1891, I, S. 63 ff. = *Der Pentamerone*, übertragen von F. Liebrecht, Breslau, 1846, I, S. 61 ff. (Bildsäule; Regen von Rosinen und Feigen); R. Forster, *Fiabe popolari dalmate*, Nr. 13 im *Archivio*, X, S. 313 ff. (Mehl an Bäume; ohne Schatz) und 314 (Statue); Schott, *Walachische Märchen*, Stuttgart, 1845, zitiert bei Mackenzie, *The Marvellous Adventures and Rare Conceits of Master Tyll Owlglass*, New Ed., London, 1890, S. 313 (Baum); Haltrich, S. 232 ff. (Eiche); Krauss, *Sagen und Märchen der Südslaven*, I, S. 249 ff. (Buche); Sklarek, S. 204 ff. (Weidenbaum); Böhm, *Lettische Schwänke*, S. 42 ff. (Kiefern); Bladé, *Contes populaires de la Gascogne*, III, S. 127 ff. (Statue); Sébillot, *Contes de la Haute-Bretagne*, in der *RTP*, XI, S. 504 ff. und 505 (Heiliger); derselbe, *Contes et légendes de la Haute-Bretagne*, in der *RTP*, XXIV, S. 140 ff. (Heiliger; kein Schatz gefunden); J. Frison, *Contes et légendes de la Basse-Bretagne*, in der *RTP*, XXII, S. 404 ff. (Heiliger); Sébillot, *Littérature orale de la Auvergne*, S. 81 (Heiliger; kein Schatz gefunden); Carnoy,

Littérature orale de la Picardie, S. 190 und 196 (Christusbild); Cosquin, II, S. 177 ff. (Ohne Schatz finden; Jean Bête nimmt dem Heiligen einfach die Leinwand wieder ab).

408. *Fourberies*, Nr. 40.

409. *Fourberies*, Nr. 41.

410. *Fourberies*, Nr. 42.

411. *Fourberies*, Nr. 43.

412. *Fourberies*, Nr. 52 und

413. *Fourberies*, Nr. 53.

Diese Erzählung hat eine merkwürdige Übereinstimmung mit dem 7. der *KHM*, der Brüder Grimm: *Der gute Handel*, und mit dem 52. Stücke der Krausschen *Sagen und Märchen der Südslaven*,; in diesen beiden Märchen macht ein Bauer eine Königstochter durch die Erzählung von dem Fleischverkaufe an Hunde (s. oben die Anmerkung zu Nr. 277, wo auch auf Jahn, *Schwänke und Schnurren*, S. 103 ff. zu verweisen gewesen wäre) lachen und soll sie deshalb zur Gattin erhalten.

Königstochter lachen machen: Grimm, *KHM*, III, S. 115; Benfey, *Pantschatantra*, I, S. 518; Köhler, I, S. 93 ff. und 348; Bolte bei Montanus, S. 569; *Archiv für slavische Philologie*, XXI, S. 295, XXII, S. 301 und 307. Vgl. weiter Monnier, S. 325 ff. und 329; Sklarek, S. 206 ff. und 295; Wlislocki, *Märchen und Sagen der transsilvanischen Zigeuner*, Berlin, 1886, S. 119 ff.; Haltrich, S. 175 ff.; Wenzig, *Westslawischer Märchenschatz*, Leipzig, 1857, S. 312 ff.; Bladé, *Contes populaires de la Gascogne*, III, S. 23 ff.; Jacobs, *English Fairy Tales*, S. 154 und 249 (Motiv mißverstanden); Reinisch, *Die Nuba-Sprache*, I, S. 224 ff. Eine diesen Zug behandelnde Abhandlung von J. Polivka in der

Pohadkoslovne studie, Prag, 1904 ist mir unbekannt geblieben.

414. *Fourberies*, Nr. 54 und

415. *Fourberies*, Nr. 55.
S. die Nrn. 347, 383 und 430.

416. *Fourberies*, Nr. 56.
Für diese Erzählung gilt das, was Benfey, *Pantschatantra*, I, S. 360 von ihrer Parallele, der äsopischen Fabel Von dem Bauern und der Schlange (Halm, Nr. 96) sagt, nämlich daß sie wie ein Fragment aussieht und nur den Eindruck von gehörtem und nicht völlig verstandenem, darum unzusammenhängendem macht; vor allem fehlt jeder Grund, daß Dscheha den Schakal in sein Haus aufnimmt. Vgl. Österleys Anmerkungen zu *Gesta Romanorum*, Nr. 141 und zu Kirchhof, *Wendunmuth*, VII, Nr. 91, die Anmerkungen Kurzens zu Waldis, I, Nr. 26, Chauvin, II, S. 94 und Nopcsa, *Aus Sala und Klementi*, Sarajevo, 1910, S. 63 ff.

Schakal (Fuchs) hat zehn (hundert etc.) Listen: Benfey, I, S. 316; Köhler, I, S. 408, 534 und 560; Chauvin, III, S. 54.

417. *Fourberies*, Nr. 59.
Zu der Probe der Scharfsichtigkeit vgl. Busch, *Ut ôler Welt*, S. 12 ff.

418. *Fourberies*, Nr. 60.

IV. Maltesische Überlieferungen

419. *Bonelli*, S. 459; Buadem, Nr. 30; Serbisch, S. 61 ff.

420. *Bonelli*, S. 459.

421. Stumme, *Studien*, S. 49 ff. = Stumme, *Malta*, S. 79 ff.;
Stumme, *Studien*, S. 61 ff. = Stumme, *Malta*, S. 91 ff.; Bonelli,
S. 459 ff.; Ilg, II, S. 41 ff., Nr. 91.

Reichliche Varianten geben Cosquin, II, S. 202 ff. und 363
ff. und Chauvin in der *ZVV*, XV, S. 462; dazu vgl. noch
Luzel, *Contes populaires de Basse-Bretagne*, III, S. 400 ff., P.
Sébillot, *Contes de la Haute-Bretagne*, Nr. 22 in der *RTP*, XI, S.
453 ff.; Wlislocki, *Märchen und Sagen der transsilvanischen
Zigeuner*, S. 73 ff.; Ilg, II, Nr. 98, S. 50 ff.; Bolte in der *ZVV*,
XVII, S. 339.

422. Ilg, II, Nr. 94.

423. Ilg, II, Nr. 95.

Der Schwank erinnert an das Salzsäen im 14. Kapitel des
Lalenbuchs, (Stuttgart, 1839, S. 61 ff.; v. d. Hagen, S. 83 ff.),
wo es überdies heißt: »Demnach auch kund und offenbar,
daß andere Sachen wachsen, als Kälber, so man Käse setzet,
und Hühner, wenn man Eier in Boden stecket ...«; vgl. dazu
Böhm, *Lettische Schwänke*, S. 119. Ähnlich ist das Anbauen
von Kuhschwänzen, um Kühe zu erhalten; s. Keller, *Die
Schwaben*, S. 137 ff. und Bronner, *Schelmen-Büchlein*, S. 107 ff.
Klaus Narr, der Pfennige aussät, um Geld zu ernten (S. 85),
will auch Schafe und Geflügel anbauen (S. 203 ff.):

Clauß strawte Schaaflorbern auß vnd meinet, es würden
Schaaf dauon außgehen; da sprach einer: Lieber Clauß, es
werden keine Schaaf auß diesem Samen. Clauß sprach:
Werdens nit Schaafe, so werdens Lämmer, die dienen auch
in der Küchen an die Bratspiesse.

tb

Also satzte er auch Kötlein von Hünern vnd Gänsen
vnd versahe sich, es würden Hüner vnd Gänse drauß
wachsen; da sprache einer zu jm: Es ist vmb sonst, Clauß,
was du thust; wenn du aber Eyer einscharretest, so würden

junge Hüner drauß. Clauß antwortet: Was taug vnd kan ein ding vnversuchet? Ich wils hiemit versuchen, wil es denn nicht gerahten, so wil ich Eyer eynscharren.

Vgl. auch die 11. und die 12. der von Decourdemanche hinter den *Plaisanteries de Nasr-Eddin Hodja*, S. 123 ff. mitgeteilten Karakuschgeschichten.

<u>424.</u> Ilg, II, Nr. 96.

Eine maltesische Parallele steht bei Ilg, II, S. 39; vgl. weiter Grimm, III, S. 101.

<u>425.</u> Ilg, II, Nr. 97.

Der Schwank ist mir außer bei Costo, *Il Fuggilozio*, S. 91 und bei Sagredo, *L'Arcadia in Brenta*, S. 165 ff. auch schon in einer ältern italiänischen Facetien- oder Novellensammlung begegnet; leider ist mir nicht erinnerlich, in welcher. Auf einer italiänischen Quelle beruht auch das dasselbe erzählende 35. Stück von Wickrams *Rollwagenbüchlein*,; vgl. Boltes Noten dazu S. 370 ff.

V. Sizilianische Überlieferungen

<u>426.</u> Pitrè, III, S. 353 ff.; Crane, S. 291 ff.; Gonzenbach, I, S. 249 ff. (der Anfang ist identisch mit der Nr. 427); vgl. oben die Nr. 277 und 407.

Pitrè, III, S. 371; Crane, S. 379; Gonzenbach, II, S. 228.

Der Befehl, nur an Leute zu verkaufen, die wenig reden begegnet nicht nur in der Fassung bei Pitrè, sondern auch bei Basile, Cosquin und Frison an den zu Nr. 407 genannten Stellen.

<u>427.</u> Pitrè, III, S. 354 ff.; Crane, S. 292; Gonzenbach, I, S. 249 ff.

Crane, S. 379; Cosquin, II, S. 180 ff.

Bei Pitrè, *Novelle popolari toscane*, S. 188 deckt Giucca mit der schon gefärbten Leinwand einen Dornbusch zu, der ihm vor Kälte zu zittern scheint.

428. Pitrè, III, S. 355 ff.; Crane, S. 293.

Crane, S. 293 ff. und 380.

Bei Pitrè, III, S. 372 (Monnier, S. 59) steht eine Variante, wo sich Giufà über die Fliegen nur deshalb beklagt, weil sie ihn belästigen; der Ausgang ist ebenso wie in der in Rede stehenden Erzählung. Diese Variante, die mit einer Juvadigeschichte bei Mango, S. 54 übereinstimmt, ist eine Parallele zu unserer Nr. 280. Vgl. dazu noch die Nachweisungen Pitrès im *Archivio*, V, S. 140.

Von den in unsere Erzählung verwobenen Motiven erinnert der Fleischverkauf an die Fliegen an den oben bei Nr. 277 und 412 besprochenen Fleischverkauf an die Hunde, während wir der Verscheuchung von Dieben durch ein harmloses Selbstgespräch (zu der hier besprochenen Fassung vgl. noch die Giufàgeschichte bei Gonzenbach, I, S. 260 ff.) unten bei Nr. 446 begegnen werden.

429. Pitrè, III, S. 356 ff.; Gonzenbach, I, S. 255 ff.; Crane, S. 298 ff.; Monnier, S. 12 ff.

Köhler-Bolte in der *ZVV*, VI, S. 74.

Meist bis in die Einzelheiten übereinstimmende Varianten geben Lidzbarski, *Geschichten und Lieder*, II, S. 175 ff., Ilg, II, S. 20 ff., M. Preindlsberger-Mrazović, *Bosnische Volksmärchen*, S. 47 ff., Finamore im *Archivio*, V, S. 219 ff. und P. Sébillot in der *RTP*, XI, S. 391 ff.; vgl. auch *Archiv für slavische Philologie*, XXII, S. 305 (kleinrussisch).

430. Pitrè, III, S. 360 ff.; Crane, S. 294 ff.; Gonzenbach, I, S. 252 ff.; Pitrè, IV, S. 291.

Pitrè, III, 373 ff. und IV, 444 ff.; Crane, S. 295 ff. und S.

380; Köhler-Bolte in der *ZVV*, VI, S. 74.

Vgl. die Nrn. 347, 383 und 415.

431. Pitrè, III, S. 361 ff.; Crane, S. 296; Gonzenbach, I, S. 253. Vgl. die als Nr. 445 mitgeteilte Juvadigeschichte.

In einer Erzählung bei Stumme, *Malta*, S. 55 ff. (*Studien*, S. 40) wirft Dschahan das kleine Mädchen, das er waschen soll, in einen Kessel siedenden Wassers.

Köhler-Bolte in der *ZVV*, VI, S. 74; weitere Nachweise gibt Bolte bei Frey, S. 223.

432. Pitrè, III, S. 365 ff. Siehe oben Nr. 55.

433. Pitrè, III, S. 366 ff.; Crane, S. 296 ff.; Gonzenbach, I, S. 252; eine ähnliche Geschichte von Juvadi bei Mango, S. 47 ff.: *Juvadi et la jocca,*.

Bei Pitrè, *Novelle popolari toscane*, S. 180 ff. und 195 setzt sich Giucca erst auf die Eier, nachdem er sich mit Honig bestrichen und in Federn gewälzt hat.

Pitrè, III, S. 376; Crane, S. 380; Gonzenbach, II, S. 228; Köhler-Bolte in der *ZVV*, VI, S. 74.

Vgl. weiter meine Anmerkungen zu Bebel, I, Nr. 26 und III, Nr. 148 und zu Morlinis 49. Novelle, Lidzbarski, *Geschichten und Lieder*, S. 128 ff. (Bolte in der *Z. f. vgl. Littg.,.*, XIII, S. 233), Böhm, *Lettische Schwänke*, S. 118 zu Nr. 33 und endlich Busch, *Ut ôler Welt*, S. 35 ff., Nr. 16.

434. Pitrè, III, S. 369 ff.

Abu Nuwas ist der Held dieser Geschichte bei Velten, *Märchen und Erzählungen der Suaheli*, S. 25 ff., bei Büttner, *Anthologie aus der Suahelilitteratur*, I, S. 90 ff. und II, S. 90 ff. und bei Reinisch, *Die 'Afar-Sprache*, I, S. 15 ff. (in die letztgenannte Erzählung ist der gewöhnliche Schluß der Unibosmärchen verwoben); von Bahlul wird sie berichtet bei Meißner, *Neuarabische Geschichten aus dem Iraq*, Nr. 44, S. 76 und 77 ff.; siehe ebendort, S. V.

VI. Kalabrische Überlieferungen

435. F. Romano, *Calabresismi*, Teramo, 1891, S. 109, abgedruckt im *Archivio*, XI, S. 112.

Das Motiv von der verkehrten Ansprache oder Begrüßung (siehe oben die Anmerkung zu Nr. 169), das hier nur am Schlusse leichthin angedeutet ist, ist vollkommen durchgeführt in der Giufàerzählung bei Pitrè, III, S. 362 ff.; vollständig fehlt es hingegen bei den sonst als Parallelen zu bezeichnenden Erzählungen von Juvadi bei Mango, S. 48 und von Dschahan bei Bonelli, S. 458 und Stumme, *Malta*, S. 52 (*Studien*, S. 38).

Vgl. weiter Ilg, II, S. 48: *Die Taten des Buassu*,.

436. Mango, S. 48 ff.

437. Mango, S. 49 ff.

Vgl. Henning, *Tausend und eine Nacht*, XXIII, S. 213 ff. (Chauvin, VII, S. 150 ff.); Gonzenbach, II, S. 138 ff.; Pitrè, III, S. 223 ff. und 236 ff.; Cosquin, II, S. 338 ff.; Köhler-Bolte in der *ZVV*, VI, S. 171; Wesselski bei Morlini, S. 320 ff.; Clouston, *Popular Tales and Fictions*, II, S. 36 ff. und 473 ff.

An Märchen, die dem unsrigen nahe stehn, seien noch genannt: *Amalfi, Novelluzze raccolte in Tegiano (Prov. di Salerno)*, Nr. 1: *Lo cunto re lu puorcu*, im *Archivio*, XIX, S. 497 ff.; G. Crocioni, *Novelle popolari in dialetto di Canistro (Aquila)*, Nr. 4: *La vaccarella*, im *Archivio*, XX, S. 190 ff.; Pitrè, *Novelle popolari toscane*, S. 277 ff., Nr. 59: *Il porco e il castrato*,; P. Sébillot, *Contes de prêtres et de moines, recueillis en Haute-Bretagne*, Nr. 1: *Les moines et le bonhomme*, im *Archivio*, XIII, S. 274 ff.; Radloff, III, S. 336 ff.: *Eshigäldi*,; vgl. auch Jacob, *Türkische*

Volkslitteratur, Berlin, 1901, S. 7 ff. und *Archiv für slavische Philologie*, XXVI, S. 465.

Zu dem einleitenden Zuge, der Herauslockung des Tieres, vgl. Wesselski, *Mönchslatein*, S. 209 zu Nr. 29, wo noch auf Bromyard, S. 8, 9, *Kátha Sarit Ságara*, II, S. 68 ff. und 636 und Lecoy de la Marche, *L'esprit de nos aïeux*, S. 196 ff. zu verweisen gewesen wäre, und Hertel, *Tantrâkhyâyika*, Leipzig und Berlin, 1909, I, S. 137.

Zu der Verkleidung als Arzt vgl. noch Tallemant des Réaux, *Les Historiettes*, 3ᵉ ed. par P. Paris et De Monmerqué, Paris, 1865, VI, S. 220, Nr. 472: *Vengeance raffinée,*.

438. Mango, S. 51 ff.

Der Eingang, nämlich die Tötung des Morgensängers, kehrt wieder in der bei Pitrè, III, S. 375 ff. als Variante zu der oben als Nr. 430 gebrachten Giufàgeschichte mitgeteilten Erzählung.

Der Rest ist eine Bearbeitung des Motivs von der mehrfachen Ausnutzung eines Leichnams, worüber man — ohne Rücksicht auf die in den Unibosmärchen oft vorkommende Nutznießung aus der Leiche der Mutter — v. d. Hagen, *Gesammtabenteuer*, III, S. LII ff., Cosquin, II, S. 333 ff., Bédier, S. 469, Köhler, I, S. 65, W. C. Hazlitt, *Tales and Legends of National Origin or widely current in England from early times*, London, 1892, S. 480 ff.: *The Monk of Leicester who was four times slaine und once hanged*, Rittershaus, S. 396 ff. und 399 ff., Böhm, *Lettische Schwänke*, S. 119 ff. vergleiche; verwandt damit ist auch Stumme, *Malta*, S. 61 ff. (= *Studien*, S. 44 ff.).

439. Mango, S. 52 ff.

Wie man sieht, ist diese Geschichte nichts als eine Variante des 3. Märchens des 1. Tages bei Basile; ausführliche Nachweisungen geben Köhler-Bolte in der *ZVV*, VI, S. 174 ff. und Köhler, I, S. 405 und 588. Vgl. auch *Archiv für slavische*

Philologie, XXVI, S. 463.

Zu der Heilung durch Lachen vgl. oben die Anmerkung zu Nr. 167 und meine Nachweise in Bebels *Schwänken*, II, S. 110 ff.; ferner *Studien z. vgl. Litg.*, VII, S. 236; J. Meder, *Quadragesimale de filio prodigo*, 1494, sermo 20, zitiert bei Cruel, *Geschichte der deutschen Predigt im Mittelalter*, 1879, S. 568 ff.; Celtes, *Fünf Bücher Epigramme*, hg. v. Hartfelder, Berlin, 1881, S. 57; Passano, *I novellieri italiani in prosa*, 2ª ed., Torino, 1878, II, S. 104.

440. Mango, S. 53.

441. Mango, S. 53 ff.

442. Mango, S. 54.

443. Mango, S. 54.

Vgl. Merkens, I, S. 168 ff., Nr. 196 und Krauss, *Zigeunerhumor*, S. 34 ff.; ich glaube aber die Schnurre auch schon als Predigtmärlein gelesen zu haben.

444. Mango, S. 55.

Das Verschmieren der Wandritzen mit Teig erinnert an das Bestreichen der Erde mit Butter,: Grimm, *KHM*, Nr. 59; Haltrich, S. 245, Nr. 67; Rittershaus, S. 357; E. H. Carnoy, *Littérature orale de la Picardie*, S. 189 ff.; Böhm, *Lettische Schwänke*, S. 118 zu Nr. 31; *Archiv für slavische Philologie*, XXII, S. 309; Reinisch, *Die Saho-Sprache*, I, S. 242; derselbe, *Die Bedauye-Sprache*, Wien, 1893, I, S. 58 ff. Getränkt wird die durstige Erde bei L. Morin, *Contes Troyens*, Nr. 8 in der *RTP*, XI, 460 ff., und ihre Risse werden mit Geld verstopft bei P. Sébillot, *Littérature orale de la Haute-Bretagne*, S. 98. Siehe auch oben die Anmerkung zu Nr. 427.

445. Mango, S. 55.

Die Unkenntnis vom Wesen des Kindsschädels als Ursache der Tötung des Kindes begegnet konform wie hier bei Haltrich, S. 243 (... da merkte Hans, daß dem Kinde der Scheitel zuckte, das waren aber die Weichen, die bei der Aufregung des Kindes erzitterten. Hans aber dachte, das sei eine bösartige Blase, nahm eine große Nadel, stach sie durch, und das Kind zuckte nur einigemal und war tot ...) und bei G. Amalfi, *I chiochiari nel mandamento di Tegiano*, im *Archivio*, VII, S. 132 ff.; eine augenscheinlich verdorbene Version erzählt Alice Fermé, *Contes recueillis en Tunis*, Nr. 1: *La bonne femme*, in der *RTP*, VIII, S. 28 ff.

446. Mango, S. 55 ff.; ebenso von Giufà: Pitrè, III, Nr. 367 ff.

In derselben Weise, nur daß es sich um das einem zerbrochenen Kruge entströmende Wasser handelt, geschieht die Verscheuchung der Diebe im 57. Märchen bei Gonzenbach, II, S. 3 ff.

Auf die durch den Schwank Bebels, II, Nr. 112 und durch die 6. Novelle der 13. Nacht bei Straparola charakterisierten Erzählungsreihen, die ja auch hieher gehören, näher einzugehn, würde wohl zu weit führen.

447. Mango, S. 56. Vgl. oben Nr. 49.

VII. Kroatische Überlieferungen

448. Kroatisch, S. 91 ff.; Nouri, S. 94 ff.

449. Kroatisch, S. 95.

450. Kroatisch, S. 101; eine Variante, wo Nasreddin nicht der Gefoppte, sondern der Foppende ist, bieten Tewfik, Nr. 40, *Tréfái*, Nr. 138, Griechisch, Nr. 18, Serbisch, S. 26 und Kroatisch, S. 16. Vgl. weiter Buadem, Nr. 38, Serbisch, S. 63 und Kroatisch, S. 38 ff.

Horn zitiert im *Keleti szemle,* I, S. 69 eine Version aus der *Herzerfreuenden Schrift,* von Zakani, und Basset hat in der *RTP,* XV, S. 461 eine damit ziemlich übereinstimmende aus dem *Nuzhat al udaba,* übersetzt. Zeitlich in der Mitte liegt die Nr. 1 der von Papanti herausgegebenen *Facezie e motti dei secoli XV e XVI,* (Bologna, 1874), die etwa zwischen 1490 und 1500 niedergeschrieben worden ist[20]. Danach hat der spanische Gesandte bei Innocenz VIII. im Jahre 1486, als der König von Frankreich die Florentiner durch Drohungen dem König Ferrante II. abspenstig zu machen versuchte, einem Sekretär Lorenzos de Medici und einem Beamten der Signoria von Florenz folgende Geschichte erzählt:

Che in Hispagna a casa sua era stato uno povero, che andava mendicando con un bordone, a capo del quale era un ferro acuto et lungho; e quando chiedeva la limosina ad alcuno, gli voltava la punta di decto bordone, come se gli volessi dare con epso, dicendo: Tale, dammi qualche cosa per l'amore di Dio, se no .... Di che seguiva, che molti, cognoscendolo matto et importuno, vedendosi vòlta la punta, et interpretando quello se no: io ti darò con questo bordone; per non havere a chonbatter con lui, gli davano la limosina. Seguì un giorno, che, faccendo il decto povero questo acto a un cavaliere, huomo giovane et animoso; trovandosi la spada allato, come costumano in quel paese ciascun portarla; sdegnandosi questo cavaliere, messo mano alla spada, et voltàtosi al povero con epsa: Che se no, o non se no? Il povero incontinenti rispose: Se non, me n'andrò con Dio sanza danari. Et così per la più corta si partì.

Es gibt aber noch eine viel ältere abendländische Bearbeitung, und die steht in dem 3. Buche der *Carmina,* des von Karl dem Großen 794 zum Bischof von Orléans ernannten und von Ludwig dem Frommen vier Jahre lang (817–821) in Angers gefangen gehaltenen Italiäners oder Südfranzosen Theodulphus; sie folge hier nach dem

Abdrucke bei Migne, CV, S. 330:

Saepe dat ingenium quod vis conferre negabat,
  Compos et arte est qui viribus impos erat.
Ereptum furto castrensi in turbine quidam
  Accipe qua miles arte recepit equum.
Orbus equo fit praeco, cietque ad compita voce,
  Quisquis habet nostrum reddere certet equum.
Sin alias, tanta faciam ratione coactus,
  Quod noster Roma fecit in urbe pater.
Res movet haec omnes, et equum fur sivit abire,
  Dum sua vel populi damna pavenda timet.
Hunc herus ut reperit, gaudet, potiturque reperto,
  Gratanturque illi quis metus ante fuit.
Inde rogant quid equo fuerat facturus adempto,
  Vel quid in urbe suus egerit ante pater.
Sellae, ait, adjunctis collo revehendo lupatis
  Sarcinulisque aliis, ibat onustus inops.
Nil quod pungat habens, calcaria calce reportans,
  Olim eques, inde redit ad sua tecta pedes.
Hunc imitatus ego fecissem talia tristis,
  Ne foret iste mihi, crede, repertus equus.

Einen der Fassung bei Memel, S. 20, Nr. 27 nahestehenden englischen Schwank druckt Ashton, S. 200 aus *England's Jests Refin'd and Improv'd*, 3rd Ed., London, 1693 ab:

A Scholar meeting a Countreyman upon the Road rid up very briskly to him; but the Countreyman, out of respect to him was turning off his Horse to give him the Road, when the Scholar, laying his Hand upon his Sword, said: »'Tis well you gave me the Way, or I'd ....« »What wou'd you have done?« said the Countreyman, holding up his Club at him. »Given it to you, Sir,« says he, pulling off his Had to him.

Vgl. weiter Lehmann, *Exilium melancholiae*, D, 57, S. 96, Amalfi, *XII facezie e motti raccolti in Piano di Sorrente*, Nr. 1: *Fateme 'a caretà, ca se no!*, im *Archivio*, XXI, S. 335 ff. und Krauss, *Zigeunerhumor*, S. 143 ff., 169 ff. und 186.

Diese Drohung Entweder .... oder ....! erinnert an die im drohenden Tone gerichtete Frage: *Ist das Ernst oder Spaß?*,

z. B. in *Archie Armstrong's Banquet of Jests*, S. 216:

Two Gentlemen meeting, the one jostled the other from the Wall, and had almost made him to measure his length in the channell: who by much adoe recovering himselfe came up close to him, and asked him whether he were in jest, or in earnest? He told him plainely, that what hee did was in earnest. And I am glad, replies the other, that you told me so: for I protest, I love no such jesting: by which words he put off the quarell.

Nicht identisch mit dieser Version ist die bei Ashton, S. 335 aus *A choice Banquet of Willy Jests, Rare Fancies, and Pleasant Novels.... Being an Addition to Archee's Jests*, London, 1660 abgedruckte, die Wort für Wort mit Nr. 44 der *Conceits, Clinches, Flashes, and Whimzies*, London, 1639, bei Hazlitt, III, S. 16 übereinstimmt; vgl. weiter Merkens, II, S. 89, Nr. 108 und III, S. 16, Nr. 20 und *Joe Miller's Jests*, S. 63, Nr. 367. Hierher gehört auch die 42. Erzählung der *Hundred Mery Talys*, ed. by Österley, S. 73 ff. (bei Hazlitt, I, S. 65 ff. hat sie die Nr. 41).

451. Kroatisch, S. 101.

452. Kroatisch, S. 101 ff.

Ähnlich erzählt Melander, *Jocoseria*, I, Nr. 115, S. 93 ff. (deutsche Ausgabe I, Nr. 78, S. 67) wahrscheinlich nach Bullinger, *Contra Cochlaeum*,:

Alium quendam (nugonem) non puduit omni asseveratione affirmare, se fuisse in regione quadam, ubi apes ovibus magnitudine nihil quicquam cederent. Hoc quam mendacissime ab illo dici, cum vel surdus audiret, quidam ex auditoribus ita illi respondit: Oportet igitur istic quidam alvearia perquam capacia esse. Tum nugo, Non capaciora nostratibus, inquit. Respondit alter iste: Non sunt ampliora nostratibus? Deus bone, quid ego audio!

Ecquomodo igitur ingentes istae apes tuae alveria nostratibus haud majora intrare possunt? Cui nugo in mendacio suo veluti mus in pice haerens, totusque pudefactus, respondit: Hujus equidem rei curam ipsis relinquo. Da laß ich sie vor sorgen.

Reichliche Nachweise zu dieser Lügenschnurre gibt *Müller-Fraureuth*, in den *Deutschen Lügendichtungen bis auf Münchhausen*, Halle, 1881, S. 58 ff., 72, 127 und 137. Eine nicht unwitzige Variante in den *Additamenta*, von Hermotimus (hinter Nicodemi Frischlini Balingensis *Facetiae selectiores*, in der Ausgabe Amstaelodami, 1660) ist ihm aber entgangen; dort wird S. 304 ff. *De Apibus Indicis*, folgendes erzählt:

Ein aus Indien nach Zeeland heimgekehrter schneidet auf, die Bienen seien in Indien so groß wie in Zeeland die Elstern. »Und die Bienenstöcke?« »Nicht größer als die unserigen.« »Und die Löcher darin?« »Nicht größer als bei uns.« »Wie können sie dann aus und ein?« »Quae ingredi non possunt, illas oportet foras manere.«

453. Kroatisch, S. 102.

454. Kroatisch, S. 102 ff.

Müller-Fraureuth, der zu dem Schwanke überflüssigerweise auch *KHM*, Nr. 146 heranzieht, gibt S. 53, 125 und 78 eine stattliche Reihe Varianten; die älteste Fassung ist ihm freilich entgangen. Sie steht in den *Facetie et motti arguti*, von L. Domenichi, Fiorenza, 1548, Bl. B₅b, und zwar in dem Teile, der auf dem 1479 verfaßten *bel libretto*, des Padre Stradino beruht[21]; mit demselben Wortlaute ist sie übergegangen in die *Facecies, et motz subtilz*, Lyon, 1559, Bl. 9ᵇ (Lyon, 1597, S. 29) und in die spätern Ausgaben der Domenichischen Faceten (1562, S. 59, 1581, S. 71 usw.). Wortwörtlich identisch steht sie auch nach einem alten

Manuskripte in der Nr. 2 der Zeitschrift *Il Cherico del Piovano Arlatto*, (1878), S. 60 ff.

Eine sehr hübsche und sehr frühe Variante, die ich nur aus Dreux du Radier, *Récreations historiques*, A la

Haye, 1768, I, S. 96 ff. kenne, steht in den *Volantillae*, von Hilarius Cortesius (Courtois), Parisiis, 1533:

> Interrogabat quispiam Rex Galliae
> In Neustria quidnam referretur novi?
> Tunc Neuster inquit ludibundus, et joco
> (Ne conveniri se putabat a suo
> Principe): Diebus hisce succrevit ibi olus
> Sublimitatis tam arduae, ut sub eo queat
> Exercitus Regis quiescere facile,
> Solis sine offensa. Inde, equitans rex longius,
> Habet Brittonem obvium; rogat et eum obvium,
> Ecquid novi Armorica Brittannia disserat?
> Cui Brito: Struunt circumferentia nova
> Lebetem: ibi cum plurimus sit artifex
> Qui verbere intonet, tamen non liberum est
> Ut verberantes, malleis tonantibus,
> Intelligant alios aliquatenus; scio,
> Quid viderim. Tum Rex joco ait: Id scilicet
> Curatur ut Normanniae coquant olus.

Die Nachweisungen Müller-Fraureuths seien weiter durch folgende ergänzt: Doni, *La Zucca*, (1. Ausg. 1552), *Venetia*, 1592, Bl. 209[a]; Luis de Pinedo, *Libro de chistes*, bei Paz y Mélia, *Sales españolas*, I, S. 298 ff.; C. A. M. v. W., *Zeitvertreiber*, S. 159; Harsdörfer, *Ars apophtegmatica*, S. 210, Nr. 954; W. Hickes, Oxford *Jests Refined and Enlarged*, London, 1684 bei Ashton, S. 347; Krauss, *Zigeunerhumor*, S. 159: *Ein großes Krauthäuptel,*; »Fulano, Zutano, Mengano y Perengano«, *Cuentos y chascarrillos andaluces*, Madrid, 1896, S. 84 ff.: *La col y la caldera,*. Nicht uninteressant ist auch eine Version aus Annam bei A. Landes, *Contes et légendes annamites*, Saigon, 1886, S. 319:

Deux menteurs faisaient assaut de mensonges. »J'ai vu,

disait l'un, un tambour que l'on entendait de cinquante lieues.« — »Et moi, disait l'autre, un buffle dont la tête était en France et la queue en Annam.« — »Comment cela se pourrait-il? dit le premier.« — »Sans un buffle pareil, répondit son camarade, on n'eut pas trouvé une peau pour ton tambour?«

455. Kroatisch, S. 103 ff.

VIII. Serbische Überlieferungen

456. Serbisch, S. 44 ff.

Eine hübsche Parallele bieten die *Contes du Sieur Gaulard*, S. 196 ff.:

Vne autrefois, estant arriué à Grey, son coche se vint à rompre en deux ou trois endroits. Dequoy extremement fasché, parce qu'il deuoit aller en quelque lieu en diligence: enfin il s'aduisa d'escrire à Monsieur de Lampas, son cousin, qui demeuroit à deux lieues de là, et le prioit bien fort de l'accomoder de son coche pour deux ou trois iours. Cela fait, il cachette sa lettre, et estoit prest à l'enuoyer par son laquais, quand son cocher luy vint dire que son coche estoit fort bien r'habillé, et qu'il n'en falloit jà emprunter. Alors le sieur Gaulard deschira cette lettre, et se fist apporter de nouveau vne plume et de l'encre, et escriuit à son cousin vne autre lettre, par laquelle il le remercioit bien fort de l'amitié qu'il luy vouloit faire, de luy enuoyer son coche, qu'il n'en estoit plus de besoin, et que le sien estoit raccomodé: et despescha son laquais qui porta cette derniere lettre au sieur de Lampas, qui le vint trouver le lendemain exprès à dix lieues de là, pour sçauoir ce qu'il vouloit dire. Lors il lui dit, Mon cousin, i'estois en peine, pource que ie vous auois escrit, qu'il vous pleust m'accomoder de vostre coche, et sçachant la bonne affection que vous me portez, ie me suis bien douté, que dés que i'aurois escrit, vous me l'enuoiriez.

195

Et par ainsi ie vous ay escrit la derniere fois, afin que vous ne m'enuoyssiez pas vostre coche, puis que le mien estoit refait.

Anders ist folgende persische Geschichte (Kuka, S. 157):

An inhabitant of Baghdad went to Kazwin. As his stay at the latter place was prolonged beyond what he had originally intended it to be, he wrote a letter to his family, mentioning everything about himself and his affairs; but, as he could not find any messenger, he determined to take the letter himself to Baghdad. Accordingly he took up the letter, and arrived with it at his house, but stayed outside the door. The members of his family were glad to see him, and asked him, to enter the house; but this he would not do, saying, »my object in coming here was merely to bring this letter«; and with these words he left again, leaving the letter with them.

457. Serbisch, S. 45 ff.; Roda Roda, S. 124.

G. Bouchet, *Les Serées*, V, S. 69:

Ce maistre qui estoit de nos Serees, nous conta qu'vn iour il demanda à vn sien mestayer, comme il se portoit depuis deux ou trois iours que sa femme estoit morte, lequel luy respondit, quand ie reuins de l'enterrement de ma femme, m'essuyant les yeux, et trauaillant à plorer, chacun me disoit, compere, ne te soucie, ie sçay bien ton faict, ie te donneray bien vne autre femme. Helas! me disoit-il, on ne me disoit point ainsi, quand i'eu perdu l'vne de mes vasches.

458. Serbisch, S. 48. Ähnlich Buadem, Nr. 62; Serbisch, S. 72 ff.; Kroatisch, S. 44.

Eine ähnliche Schnurre aus dem *Nuzhat al udaba*, hat Basset in der *RTP*, XV, S. 363 mitgeteilt:

Einige Räuber hielten auf der Heerstraße mehrere Kaufleute an, bemächtigten sich ihrer und verteilten sie durchs Los. Die einen fanden bei ihren Gefangenen Stoffe und seidene Mäntel, andere Geld und andere Dinge; einer aber schlug seinen Kaufmann jämmerlich mit den Worten: »Warum sind deine Waren nicht so wie die deiner Gesellen?« Der Kaufmann antwortete: »Verzeih, Herr, ich wußte nicht, daß der Markt so gut besucht sein werde; habe Geduld bis zum nächsten Mal.« Der Räuber lachte und ließ ihn laufen.

459. Serbisch, S. 97.

460. Serbisch, S. 97 ff.

461. Serbisch, S. 98.

462. Serbisch, S. 109.

Eine seltsame Parallele und wohl zugleich die schließliche Quelle des serbischen Schwankes bietet eine Geschichte bei Bar-Hebraeus, S. 25, Nr. 98, deren Held der weise Günstling des persischen Königs Khosrev Anoscharwan (531–579) ist:

Bazarjamhir's wife asked him a certain question and he replied, »I know not the answer.« Thereupon she said unto him, »Dost thou take such large wages from the king [for thy wisdom] and yet not know the answer to my question?« And he replied, »I receive my wages for what I know, and it is not payment for what I know not. If I were to receive wages for that which I know not all the king's treasures would be insufficient to reward me, for the things which I know not are exceedingly many.«

Ebenso, nur daß es nicht die eigene Frau ist, steht die Geschichte, die bei Masudi fehlt, bei Galland, S. 53 ff.; auf einen andern übertragen ist sie bei Roda Roda, S. 63.

463. Serbisch, S. 117.

464. Serbisch, S. 128; Griechisch, Nr. 147; Pann, S. 338.

465. Serbisch, S. 131.

466. Serbisch, S. 132.

467. Serbisch, S. 135 ff.

Zu dem Anfange des Schwankes (Nasreddins Tür) ist auf Pann, S. 342 und oben auf unsere Nr. 329 zu verweisen; zu dem Reste, der eine Parallele bei Roda Roda, S. 252 hat, vgl. die Anmerkungen zu Nr. 399.

468. Serbisch, S. 144 ff.

469. Serbisch, S. 147.

470. Serbisch, S. 148.

471. Serbisch, S. 151 ff.

472. Serbisch, S. 152 ff.

473. Serbisch, S. 158.

Vgl. dazu die Nr. 92 bei Luscinius, *Joci ac sales*, abgedruckt bei Gastius, *Convivales sermones*, I, S. 288 ff. und in der Ausgabe Francofurti, 1602 der *Mensa philosophica*, S. 399 ff., Nr. 74:

Pauper quidam in tonstrinam veniens, ob Dei amorem orauit vt tonderetur, quod nihil sibi esset pecuniarum, quo operam tonsoris conduceret. Cum tonsor arrepta hebete nouacula, tanta inclementia miserum radit, vt ad singulos tractus lachrymae ex oculis vbertim manarint, interea eanis in culina acerbe verberatus, magno eiulatu in officinam tonsoris prosiliit. Quo conspecto, pauper ceu parem sortis iniquitatem in animali miseratus, exclamauit: O canis, quid adversi accidit tibi? num et tu rasus es ob Dei amorem?

Der Schwank, der aus Gastius in Domenichis *Facetie*, 1562, S. 229 (1581, S. 282 ff.), in die *Cicalata in lode della*

Frittura, von Lorenzo Panciatichi (Biscioni im Kommentar zu Lorenzo Lippis *Malmantile racquistato*, Venezia, 1748, S. 47), in die *Cuentos*, von Juan de Arguijo (Paz y Mélia, *Sales españolas*, II, S. 137 ff.), in die *Certayne Conceyts and Jeasts*, Nr. 16 (Hazlitt, III, S. 8 ff.), in Zincgref-Weidners *Apophtegmata*, III, S. 256 usw. übergegangen ist, ist auch die Quelle der 82. Erzählung in Hebels *Schatzkästlein des Rheinischen Hausfreundes*, in der zitierten Ausgabe III, S. 204.

Nahe steht aber unserer Geschichte auch folgender Schwank *Von Claus Narren*, S. 162:

Als jhm Clauß wolte lassen seinen Bart abnemmen, nam der Balbierer einen stumpffen Harsach[22] vnd räuffte den guten Menschen vbel. Clauß duldets vnd schweig stille. In dieser weile aber, da Clausen der Balbierer beschickte, ließ der Wirth im Hause ein gemestet Schwein stechen vnd abschlachten, das schreye sehr, da schrey Clauß auch: Hülff Gott, der Schlächter wird stumpff haben, weil das Schwein so schreyet; denn mein Balbierer hatt auch nit scharff, noch machte er mir nit so wehe, daß ich geschrien oder gezuckt hette.

474. Serbisch, S. 158 ff.

Der Schwank steht schon im *Nuzhat al udaba*, woraus ihn Basset im *Keleti szemle*, I, S. 221 übertragen hat, ferner bei Kuka, S. 182, Nr. 85.

475. Serbisch, S. 159 ff.

476. Serbisch, S. 166.

Tabourot, *Contes du Sieur Gaulard*, S. 209:

Allans par pays, son homme voulant gagner le beau chemin, trauersa vn chemin semé de pois. A raison dequoy, le sieur Gaulard se mit à crier à gorge desployée contre son homme, et luy disoit: Comment belistre, veux-tu brusler les iambes de mes cheuaux? ne sçais-tu pas bien que mangcant des poix, il y a six sepmaines, ils estoient si chauds qu'ils me bruslerent toute la bouche? Et bien n'auoit-il pas raison?

477. Serbisch, S. 169 ff.; Griechisch, Nr. 109; Walawani, S. 153 ff.; G. F. Abbott, *Macedonian Folklore*, Cambridge, 1903, S. 114 ff. (von »Nasreddin Khodja, the famous fourteenth century wit and sage of Persia«; mit einem Exkurs über das Niesen); Murad, Nr. 7; Pann, S. 329.

Die Geschichte ist identisch mit der bei Henning, *Tausend und eine Nacht*, XXIII, S. 73 ff. erzählten, wozu man Chauvin, VI, S. 137 vergleiche.

478. Serbisch, S. 173.

479. Serbisch, S. 176 ff.
Vgl. die Nrn. 332 und 482.

480. Serbisch, S. 177 ff.
Die Schnurre steht, geringfügig abweichend, schon in Castigliones *Cortegiano*, I. II, c. 51 (meine Ausgabe I, S. 184 und Nachweisungen I, S. 302) und in den *Contes du Sieur Gaulard*, S. 190 ff.

481. Serbisch, S. 179 ff.; *Anthropophyteia*, IV, S. 374 ff.
Der Schwank steht schon in der bereits zitierten türkischen Fabelsammlung, die Decourdemanche unter dem Titel *Fables turques*, Paris, 1882 aus einem von 1758 datierten Manuskripte ins Französische übersetzt hat und deren Abfassung er, allerdings ohne zwingenden Grund, in die ersten Jahre des 16. Jahrhunderts verlegt; die 19. Fabel, *L'avare*, lautet dort, S. 39, folgendermaßen:
C'est vraiment chose étonnante, disait un avare insigne à son ami en tirant un aspre de sa poche, de voir que, quand j'achète de la nourriture, mes chères espèces reviennent dans

ma bourse!

— Cela t'est bien facile, fait l'autre: tu vas à la boucherie, tu y fais emplette d'un apre de tripes et tu les emportes chez toi; alors tu les nettoies avec soin, puis tu en revends pour un aspre. C'est ainsi que ton argent revient dans ta bourse.

L'avarice attire de pareilles répliques.

Der Schluß des vorliegenden Schwankes (nicht auch des aus der *Anthropophyteia*, angezogenen) erinnert an die 50. Novelle Morlinis, wo Gonnella, nachdem er außerhalb Neapels von zwei Frauenzimmern abgefertigt worden ist, auf den Besuch Neapels verzichtet, da er sich sagt: Si Parthenopeis mulierculis tanta inest argutia, quid de maribus cogitandum?

482. Serbisch, S. 183 ff.; Roda Roda, S. 107.

Vgl. die Nrn. 332 und 479. Hierher gehört auch die 189. Erzählung von Buadem: Buadem assoziiert sich mit einem, um eine Schreibstube zu halten. Als sie nun am ersten Abende die Einnahme zählen, ergibt sich, daß Buadems Gesellschafter, obwohl sie jeder gleich viel Schriftstücke verfaßt haben, das doppelte eingenommen hat. Sein Geschreibsel kann nämlich niemand lesen, und so bringen es die Kunden zurück, damit er es ihnen lese; dafür läßt er sich nun ebenso viel entrichten wie fürs Schreiben. Leider kann das Buadem nicht auch durchführen, weil er das, was er geschrieben hat, selber nicht lesen kann.

483. Serbisch, S. 188.

Siehe oben Nr. 349.

484. Serbisch, S. 190.

Krauss, *Zigeunerhumor*, S. 34 ff.: *Es kommt auf die Seele der Zigeunerin.*,

485. Serbisch, S. 190 ff.

Roda Roda, S. 117.

486. Serbisch, S. 192.

IX. Griechische Überlieferungen

487. Griechisch, Nr. 1; Tewfik, Nr. 3; *Tréfái*, Nr. 164 (statt 165); Serbisch, S. 12 ff.; Kroatisch, S. 3; Murad, Nr. 9.

Köhler, I, S. 507 ff.

Zu den dort gegebenen Nachweisungen kommen noch Clouston, *Popular Tales and Fictions*, I, S. 458 ff., Clouston, *Noodles*, S. 81 ff., *Joe Miller's Jests*, S. 18 ff., Nr. 103, Merkens, I, S. 208 ff., Nr. 250, dazu S. 275, und III, S. 222 ff., Nr. 214, dazu S. 257, Yakoub Artin Pacha, *Contes populaires de la vallée du Nil*, S. 51 ff. (siehe oben die Anmerkung zu Nr. 63), die 31. Karakuschgeschichte bei Decourdemanche, *Plaisanteries*, S. 140 ff. und Chauvin, VII, S. 136 ff.

488. Griechisch, Nr. 3; Tewfik, Nr. 55; *Tréfái*, Nr. 162 (statt 163); Serbisch, S. 21 ff.; Kroatisch, S. 24. Siehe oben Nr. 309.

Clouston, *Noodles*, S. 70 ff.

489. Griechisch, Nr. 4; Tewfik, Nr. 36; *Tréfái*, Nr. 155 (statt 156); Serbisch, S. 15; Kroatisch, S. 13 ff.

490. Griechisch, Nr. 5; Tewfik, Nr. 69; *Tréfái*, Nr. 159 (statt 158); Serbisch, S. 19 ff.; Kroatisch, S. 29.

An Parallelen seien genannt: Poggio, Fac. 56: *De illo qui aratrum super humerum portavit; Facecies, et motz subtilz*, Lyon, 1559, Bl. 59[a]; Costo, *Il Fuggilozio*, S. 107 ff.; *Mery Tales of the Mad Men of Gotham*, Nr. 2 (Hazlitt, III, S. 6; Clouston, *Noodles*, S. 19 und 68); *Contes du Sieur Gaulard*, S. 198 = Zincgref-Weidner, V, S. 119 und *Exilium melancholiae*, L, Nr. 6, S. 283; unabhängig davon ebendort M, Nr. 36, S. 311;

Hermotimus, *Additamenta*, S. 294: *De Agricola parcente Asino,*; Merkens, II, S. 17, Nr. 21 und III, S. 27, Nr. 36; Jahn, *Schwänke und Schnurren*, S. 67. Vgl. weiter Sébillot, *Littérature orale de la Haute-Bretagne*, S. 387 und Ispirescu, S. 97 (*Magazin*, XCVI, S. 613).

In einem aus den letzten Jahren des zwölften Jahrhunderts stammenden Spottgedichte auf die Leute von Norfolk, in der *Descriptio Norfolcensium*, lauten die Verse 122 ff. (bei Wright, *Early Mysteries und other Latin Poems*, London. 1884, S. 95) folgendermaßen:

Ad forum ambulant (Norfokienses) diebus singulis,
Saccum de lolio portant in humeris,
Jumentis ne noceant: bene fatuis,
Ut praelocutus sum, aequantur bestiis.

491. Griechisch, Nr. 7; Tewfik, Nr. 70; Nouri, S. 37; *Tréfái*, Nr. 160 (statt 161); Serbisch, S. 20; Kroatisch, S. 29.

Um einen gestohlenen Esel, der verkauft werden soll, handelt es sich bei Bar-Hebraeus, S. 167, Nr. 664. Eine Variante aus al Abschihis *Mustatraf*, hat Basset in der *RTP*, XVI, S. 171 übertragen.

492. Griechisch, Nr. 9; Tewfik, Nr. 4; Serbisch, S. 24; Kroatisch, S. 4.

493. Griechisch, Nr. 10; Tewfik, Nr. 64; Nouri, S. 174; *Tréfái*, Nr. 139; Kroatisch, S. 26.

494. Griechisch, Nr. 24; Tewfik, Nr. 41; *Tréfái*, Nr. 140; Serbisch, S. 25; Kroatisch, S. 16.

Tréfái, S. 19.

Eine Parallele und wohl die Quelle in Abdirabbihis *Kitab al ikd al farid*, hat Basset in der *RTP*, XVII, S. 150 übersetzt.

495. Griechisch, Nr. 31; Tewfik, Nr. 9; Nouri, S. 64; *Tréfái*,

Nr. 142; Serbisch, S. 34; Kroatisch, S. 7 und 93 ff.

Tréfái, S. 16.

Bar-Hebraeus, S. 145, Nr. 566: When another fool was told, »Thy ass is stolen,« be said, »Blessed be God that I was not upon him.«

Ebenso sagt Karakusch in der oben zu Nr. 487 zitierten Geschichte zu der Frau, die ihm klagt, daß der Esel gestohlen worden sei: »Tu es une folle. Louanges à Dieu que l'âne n'ait pas été volé pendant que ton mari le chevauchait. Dieu à écarté le mal de l'homme.«

Vgl. oben Nr. 79.

496. Griechisch, Nr. 33. Anders Tewfik, Nr. 11; *Tréfái*, Nr. 144; Serbisch, S. 35; Kroatisch, S. 6.

Ebenso verspricht bei Maidani, I, S. 392 der schon oben zu Nr. 43 erwähnte Habannaka sein verlorenes Kamel dem Finder, und dies, weil er nicht um die Freude des Findens kommen will; von einem ungenannten erzählt dasselbe ein persischer Schwank bei Kuka, S. 205, Nr. 135.

497. Griechisch, Nr. 34; Tewfik, Nr. 25; *Tréfái*, Nr. 152; Serbisch, S. 28; Kroatisch, S. 9 ff.

Eine hübsche persische Variante lautet (Kuka, S. 220):

»I hear your neighbour has some festivity at his house to-morrow,« said a friend to Mulla Nasruddin.

»It may be so, but I do not see how that concerns me.«

»But he is going to invite you also.«

»And, pray, how does that concern you?«

Der Perser Kuka verweist in einer Fußnote auf die bekannte Anekdote von Friedrich dem Großen und dem den Angeber machenden Offizier.

498. Griechisch, Nr. 76; Tewfik, Nr. 5; *Tréfái*, Nr. 148; Serbisch, S. 13 ff.; Kroatisch, S. 5.

In der 6. der von Alfred Harou in der *RTP*, IV mitgeteilten *Facéties des compères de Dinant*, (S. 484 ff.) stiehlt ein Hund ein Stück Fleisch; es nützt ihm aber nichts, weil er das Rezept, wie es zubereitet wird, nicht hat; ebenso erzählt eine Schnurre bei Zincgref-Weidner, V, S. 119 ff.

499. Griechisch, Nr. 113; Serbisch, S. 112 ff.; Pann, S. 330.

Die Zwecklosigkeit der Strafe nach dem Vergehn bildet den Gegenstand einer Anekdote von dem schon erwähnten Triboulet, die hier nach *Dreux du Radier*, I, S. 6 mitgeteilt sei:

On dit que ce même Triboulet ayant été menacé par un grand Seigneur, de périr sous le bâton, pour avoir parlé de lui avec trop de hardiesse, alla s'en plaindre à François, qui lui dit de ne rien craindre: Que si quelqu'un étoit assez hardi pour le tuer, il le feroit pendre un quart d'heure après. Ah! Sire, dit Triboulet, s'il plaisoit à votre Majesté de le faire pendre un quart d'heure avant.

Ebenso steht die Schnurre bei P. L. Jacob, *Curiosités*, S. 115, Canel, *Recherches historiques*, S. 110, Gazeau, S. 77, Floegel, S. 344, Nick, I, S. 415 und Doran, S. 252; von einem ungenannten erzählen sie Sagredo, S. 68 und Casalicchio, c. I, d. 8, a. 5, zit. Ausg. S. 146.

Vgl. schließlich auch die 54. Facetie Poggios: *De quodam qui Redolphum sagittando vulneravit*, und Lehmann, *Florilegium politicum*, S. 273.

500. Griechisch, Nr. 114; Walawani, S. 154 ff. (in Akschehir lokalisiert); Pann, S. 337.

Anders und mit einem entfernten Anklange an das Motiv von Nr. 160 und 394 erzählt die serbische Ausgabe S. 148 ff.:

Eines Tages ging der Hodscha Nasreddin vom Hause weg, und seine Frau fragte ihn: »Wohin?«

Nasreddin antwortete: »Ich will ein bißchen im Weingarten und auf dem Acker nachsehn.«

»Geh nur,« sagte sie, »so Gott will.«

»Ob Gott will oder nicht,« sagte er, »ich gehe.«

Als er dann den Weingarten verließ, um nach Hause zu gehn, war der Himmel ganz umwölkt. Nach kurzer Zeit begann es zu regnen und zu hageln, und alles wurde zerschlagen, was ihm gehörte, Weingarten und Acker. Als Nasreddin sah, was geschehn war, sagte er: »Du bist nicht schuld, o Gott, sondern ich; warum bin ich denn gegangen, um dir zu zeigen, was mein ist?«

501. Griechisch, Nr. 115; Serbisch, S. 184 ff.

Eine slawonische Variante (nicht von Nasreddin) steht in der *Anthropophyteia*, V, S. 293 ff.

502. Griechisch, Nr. 116; Serbisch, S. 138 ff.; Pann, S. 336.
Vgl. *Anthropophyteia*, I, S. 181 ff.

503. Griechisch, Nr. 117; Pann, S. 332 ff.

Zabata, *Diporto de' viandant*,i, S. 40:

Andò vn villano alla città per sollecitare vna lite, et eßendo diuerse volte comparso dinanzi al Giudice con suo poco profitto, fu domandato dal detto Giudice, perche era venuto lui a sollecitare detta lite, et che doueuano mandare persone di più intendimento, et di miglior presenza, alquale esso rispose, Signore, nel luogo, dou'io sono ci son molti, hanno quelle parti che dite, lequali veramente non sono in me, et poteuano mandare: ma hanno fatto giudicio, che se bene io vaglio poco, ch'io sia a bastanza sufficiente douendo trattare con vn par vostro.

Juan de Arguijo, *Cuentos*, in den *Sales españolas*, II, S. 209 ff.; Harsdörfer, *Ars apophtegmatica*, S. 222, Nr. 998.

504. Griechisch. Nr. 118.

Bei Pann, S. 330 antwortet Nasreddin einem Freunde, der ihn fragt, wie es ihm bei seiner Armut gehe: »Du brauchst dich nicht zu wundern; ich lebe mit meiner Armut so vergnügt wie der Wurm im Kren, und wenn ich kein Geld habe, so merke ich das gar nicht.«

505. Griechisch, Nr. 124; Walawani, S. 158 ff. (in Akschehir); Serbisch, S. 183 ff. und 127 ff; Pann, S. 335 ff.

506. Griechisch, Nr. 142; Serbisch, S. 133; Pann, S. 330.

507. Griechisch, Nr. 143.

508. Griechisch, Nr. 144; Buadem, Nr. 63; Serbisch, S. 73; Kroatisch, S. 44 ff.; Roda Roda, S. 123.

509. Griechisch, Nr. 146; Pann, S. 337 ff. Anders Serbisch, S. 129 ff.

Vgl. folgenden Schwank aus der *Mensa philosophica*, (1. Ausg. 1475), zit. Ausg. S. 229 ff., auf dem das letzte Stück des II. Buches der Bebelischen Facetien beruht:

Quidam histrio infirmus, hortante sacerdote vt conderet testamentum, ait libenter: Ego nihil habeo nisi duos equos, quos do baronibus et militibus terrae. Et cum sacerdos inquireret, quare non daret pauperibus, respondit: Vos praedicatis nobis quod debeamus esse imitatores Dei. Deus autem bona dedit illis, et non pauperibus, et ideo sequor illum, et facio similiter.

Roda Roda, S. 201.

510. Griechisch, Nr. 148; Pann, S. 339.
Roda Roda, S. 205.

511. Griechisch. Nr. 149; Serbisch. S. 128 ff.; Pann, S. 345.

512. Griechisch, Nr. 150; Pann, S. 330.

513. Griechisch, Nr. 152; Serbisch, S. 120 ff.
Köhler, I, S. 508.
S. auch die Anmerkung zu Nr. 71.

514. Griechisch, Nr. 160; Serbisch. S. 108.
Vgl. Domenichi, *Facetie*, 1562, S. 157 und Sagredo, *L'Arcadia in Brenta*, S. 127 ff.

515. Griechisch, Nr. 167.
Dieser Schwank stimmt fast vollständig überein mit dem von Yakoub Artin Pacha, S. 231 ff. und nach diesem von Mardrus, XII, S. 241 erzählten, nur daß dort die Verwundung des Juden samt dem entsprechenden Urteile fehlt; s. Chauvin, VII, S. 172 ff. Die Literatur dazu hat Chauvin, VIII, S. 203 (*Jugements insensés,*) zusammengestellt; man vgl. aber auch die bei Köhler, I, S. 578 und II, S. 578 ff. beigebrachten Ergänzungen zu den betreffenden von Chauvin zitierten Aufsätzen.

Anhang

Der Umstand, daß die Sammlung *Tewfiks*, in der Reclamschen Universal-Bibliothek erschienen ist, hat es mit sich gebracht, daß die darin enthaltenen Stücke in dieser Ausgabe der Schwänke Nasreddins ausgeschlossen bleiben mußten. Immerhin ergeben sich zu den einzelnen Geschichten nicht uninteressante Parallelen.

516.

So wird bei Tewfik, Nr. 37 (Serbisch, S. 44; Kroatisch, S. 15; *Tréfái*, Nr. 156 statt 157) dem Hodscha, der ein Reis pflanzt, vorgehalten, daß er, wann der Baum Früchte tragen werde, selbst eine Speise der Würmer sein werde; Nasreddin antwortet, daß er für die Nachkommen pflanze, so wie die, die vor ihm dagewesen seien, für ihn gepflanzt hätten. Dazu vgl. die bei Basset, *Contes populaires berbères*, S. 216 ff., Lidzbarski, S. 154 und Chauvin, II, S. 208 angegebene Literatur, ferner Wünsche, *Wajikra rabba*, S. 168 ff.

517.

Zu Tewfik, Nr. 42 (Serbisch, S. 30; Kroatisch, S. 16; *Tréfái*, Nr. 157 statt 158: es ist unmöglich einen Brief an einen Freund in Bagdad zu schreiben) ist auf *Philogelos*, Nr. 137 zu verweisen:

Σιδωνίῳ μαγείρῳ λέγει τις· δάνεισόν μοι μάχαιραν ἕως Σμύρνης. ὁ δὲ ἔφη· οὐκ ἔχω μάχαιραν ἕως ἐκεῖ φθάζουσαν.

Ähnlich ist auch *Philogelos*, Nr. 99.

518.

Buadem, Nr. 14 (Serbisch, S. 56; Kroatisch, S. 33) hat ein

merkwürdiges Gegenstück in den *Nugae venales*, s. l., 1720, S. 289 ff.

Audierat procul arma, bona de gente Batavus,
  Gestit in hostiles fervidus ire globos.
At lateri patrium mater dum subligat ensem,
  Haec, inquit, referas, nate fac arma domum.
Vix propior steterat pugnae, vestigia pressit
  (Mille micant enses, vulnera mille ferunt),
Numquid, ait, ludi est? oculis non parcitur ipsis;
  Certe oculis ludus non placet ille meis.
Forte tamen jacuit truncum sine nomine corpus;
  Irruit: Hispanum nam cutis esse docet.
Saevit atrox, et qua caedendo, qua laniando,
  Absecuit miles strenuus ense femur.
Facturusque fidem, magni argumenta duelli,
  Et femur, et ferrum sanguinolenta gerit.
Inde memor moniti, nam pugna cruenta peracta est,
  Arma celer properat salva referre domum.
Hoc, ait, Hispanum mulctavi verbere mater,
  Maternosque femur projicit ante pedes.
Horret anus, sed enim potius caput ense tulisses,
  Nate, refert, olim hic forte redibit eques.
Non faciet certo, o Mater; sed poscis iniquum;
  Unde caput vellem tollere? non habuit.

519.

Die 15. Erzählung von Buadem (Serbisch, S. 56;
Kroatisch, S. 33) scheint auf der folgenden in Abschihis
Mustatraf, (Basset in der *RTP*, XIII, S. 552 ff.) zu beruhen:

Ein Bettler blieb vor einer Haustür stehn und sagte zu
den Leuten: »Gott segne euch! gebt mir ein Stück Brot!«
»Das können wir nicht.« »Also ein wenig Korn oder
Bohnen oder Hirse.« »Wir können es nicht.« »Dann ein
paar Tropfen Öl oder Milch.« »Haben wir auch nicht.«
»Also einen Schluck Wasser.« »Bei uns gibts kein Wasser.«
»Warum bleibt ihr dann da? geht doch auch betteln; ihr
habt mehr Recht dazu als ich.«

Eine persische Parallele bei Kuka, S. 161, Nr. 28.

520.

Dasselbe wie bei Buadem, Nr. 20 (Serbisch, S. 58; Kroatisch, S. 34: Der betrunkene, vor dem sich alles dreht, wartet bis sein Haus kommt) erzählt Tewfik auch im *5. Monate*, von *Ein Jahr in Konstantinopel*, (deutsch von Th. Menzel, Berlin, 1909 = Bd. 10 der *Türkischen Bibliothek*, S. 124); die Geschichte steht aber schon bei Kuka, S. 189, Nr. 103.

521.

Mit Buadem, Nr. 22 (Serbisch, S. 59, wo der in einen Brunnen gefallene um einen Strick laufen will, um sich herauszuziehen) hat viel Ähnlichkeit die 52. Facetie im Philogelos:

Σχολαστικὸς εἰς λάκκον πεσών, συνεχῶς ἐβόα ἀνακαλῶν ἑαυτῷ βοηθούς· ὡς δ' οὐδεὶς ὑπήκουε, λέγει πρὸς ἑαυτόν· μωρός εἰμι, ἐὰν μὴ ἀνελθὼν πάντας μαστιγώσω, ἵνα οὕτω γοῦν μοι ὑπακούσωσι καὶ κλίμακα κομίσωσιν.

Bei Buadem scheint aber der Text doppelt verdorben zu sein (eine Ungereimtheit ist schon stillschweigend korrigiert worden); die Geschichte soll wohl ähnlich lauten wie folgende persische bei Kuka, S. 212:

A Kazwini's[23] son fell into a well. The Kazwini went to the well and said to the son: »Don't go away till i return with a rope and take you out!«

522.

Zu der Nr. 25 (Serbisch, S. 59 ff.; Kroatisch, S. 36), wo Buadem einen Topf, der angeblich Gift, in Wirklichkeit aber Honig enthält, ausißt, vgl. meine Nachweise zu Morlinis 49. Novelle, S. 99 ff. und davon hauptsächlich Boltes Angaben bei Frey, S. 214, ferner Clouston, *Noodles*, S. 122.

523.

Die No. 27 (Serbisch, S. 60 ff.; Kroatisch, S. 37) erzählt: Als Buadem vom Sultan entweder mit einem Goldstücke oder mit einem Esel oder mit einigen Schafen oder mit einem Weingarten beschenkt werden soll, antwortet er, er wolle das Goldstück einstecken, auf den Esel steigen, die Schafe vor sich her treiben, in den Weingarten gehn und dort für den Sultan beten. Dazu vgl. man eine Erzählung von Abu Dulama, die bei Lidzbarski, S. 162, in asch Schirwanis *Nafhat al jaman*, (Ph. Wolff, *Das Buch des Weisen*, 2. Aufl., Stuttgart, 1839, II, S. 252 ff.) und bei Kuka, S. 181, Nr. 81 steht.

524.

In Nr. 32 (Serbisch, S. 62; Kroatisch, S. 38) rät Buadem seiner Frau, die in der Nacht von einem Insekte in den Fuß gebissen worden ist, künftighin in den Schuhen zu schlafen; ähnlich erzählt Philogelos, Nr. 15:

Σχολαστικὸς καθ' ὕπνους ἧλον πεπατηκέναι δόξας, τὸν πόδα περιέδησεν. ἑταῖρος δὲ αὐτοῦ πυθόμενος τὴν αἰτίαν καὶ γνούς, δικαίως, ἔφη, μωροὶ καλούμεθα. διὰ τί γὰρ ἀνυπόδητος κοιμᾶσαι;

Auf Hierokles beruht wohl Lehmann, *Exilium melancholiae*, T, Nr. 55, S. 244 und schließlich auch Merkens, I, S. 180 ff., Nr. 210.

525.

In Nr. 40 (Serbisch, S. 64; Kroatisch. S. 39; *Nawadir*, S. 43) antwortet Buadem, der behauptet hat, er kenne das Verborgene, dem ungläubigen Richter, der ihn gefragt hat, was er in diesem Augenblicke denke: »Du hältst mich für einen Betrüger.« Ausführlicher erzählt Abdirabbihi im *Kitab al ikd al farid*, (Basset in der *RTP*, XIX, S. 311):

Man führte einen Menschen, der sich für einen

Propheten ausgab, vor al Mamun[24], und der Chalif sagte: »Hast du ein Zeichen?« »Ja; ich weiß, was du denkst.« »Und was denke ich?« »Daß ich ein Lügner bin.« »Du hast recht,« sagte Mamun und ließ ihn ins Gefängnis werfen.

Nach einigen Tagen ließ er ihn holen und sagte zu ihm: »Hast du eine Offenbarung?« »Nein.« »Warum nicht?« »Ins Gefängnis kommen die Engel nicht.« Der Chalif begann zu lachen und ließ ihn frei.

Ebenso steht die Geschichte auch in Abschihis *Mustatraf*, (Basset in der *RTP*, XIII, S. 232); eine der unsern entsprechende Version hat Roda Roda, S. 73. Eine sehr hübsche persische Variante bringt Kuka, S. 174:

A person claimed to be a prophet. He was asked by some persons to give some sign of prophetship. He said, »Let every one of you think upon something, and I shall be able to tell you your thoughts.« They said, »we have each thought of something. Now tell us our thoughts.« He replied, »Well, all of you are thinking that I am a fool, and that I am telling you a falsehood.« They acknowledged that for once he was right in his conjecture.

Ähnlich kehrt Frage und Antwort in dem größten Teile der Erzählungen von den drei Fragen wieder, deren bekanntestes Beispiel Bürgers *Kaiser und Abt*, ist; vgl. dazu die oben zu Nr. 70 angegebene Literatur.

526.

Buadem, Nr. 50 (Serbisch, S. 67; Kroatisch, S. 40 und 41), wo der Einfaltspinsel, nachdem er gesehn hat, wie die Früchte von einem Maulbeerbaume geschüttelt wurden, auch Vögel von einem Baume schütteln will, beruht wohl wieder in letzter Instanz auf einer Facetie des *Philogelos*, auf der 19., die folgendermaßen lautet:

Σχολαστικὸς ἰδὼν πολλοὺς στρουθοὺς ἐπὶ δένδρου

ἑστῶτας, ἁπλώσας τὸν κόλπον ἔσειε τὸ δένδρον, ὡς ὑποδεξόμενος τοὺς στρουθούς.

Dasselbe erzählt *Der edle Fincken-Ritter*, S. 57, Nr. 308.

527.

Die Nr. 72 bei Buadem (Serbisch, S. 76; Kroatisch, S. 48) wird in Gladwins *Persian Moonshee*, II, S. 15, Nr. 31 folgendermaßen erzählt:

One day a King and his son went a hunting. The weather being hot, they put their fur cloaks on the back of a jester. The King smiled and said to the buffoon, »you have an ass's load upon you.« He answered, »yes; or rather the burdens of two asses.«

528.

In der folgenden Geschichte, Nr. 73 (Serbisch, S. 76; Kroatisch, S. 48) sagt Buadem seiner Mutter, es sei ein Bettler unten, der um Brot bitte; sie antwortet, er solle sagen, sie sei nicht zu Hause. Darauf entgegnet Buadem: »Er will nicht dich, er will Brot.« Dasselbe erzählt Gladwin, II, S. 20, Nr. 53; die Quelle dürfte Dschamis *Bäharistan*, (zit. Ausg. S. 83) sein, woraus auch Galland (S. 43 ff.) schöpft.

529.

Buadem, Nr. 75 (Serbisch, S. 77; Kroatisch, S. 48) hat im wesentlichen denselben Inhalt wie die folgende Schnurre des *Nuzhat al udaba*, (Basset in der *RTP*, XV, S. 355):

Man erzählt, daß ein unwissender, dummer Arzt einem Kranken einen tötlichen Trank gegeben hat, so daß der Kranke daran gestorben ist. Nach zwei Tagen ging er wieder nach ihm sehn und fand, daß er tot war und daß man ihn begraben hatte. Der Vater des Toten trat dem Arzte entgegen, und der sagte: »Was für eine Kraft war in dem

215

Tranke! wäre dein Sohn am Leben geblieben, so hätte er ein ganzes Jahr keine Arznei gebraucht!«

530.

Die Nr. 91 (Serbisch, S. 83; Kroatisch, S. 57), in der Buadem einem Freunde rät, er solle das Haus, wo seine vier Frauen gestorben sind, nur einem Freunde verkaufen, erinnert an die bekannte Anekdote aus Cicero, *De oratore*, II, 69, 278, zu der meine Ausgabe von Castigliones *Hofmann*, I, S. 323 zu vergleichen ist.

531.

Zu der Nr. 103 (Serbisch, S. 88; Kroatisch, S. 58), des Inhalts, daß man sich, wenn Käse da ist, an einen den Käse lobenden Spruch halten soll, wenn aber keiner da ist, an einen ihn verwerfenden, vgl. Hammer, *Rosenöl*, II, S. 72, Nr. 40; von Nasreddin wird die Geschichte erzählt bei Roda Roda, S. 121, und bei Kuka, S. 214 ff. steht sie, ohne daß der Sprecher der Sentenzen genannt würde, mitten unter den Erzählungen, deren Held Nasreddin ist.

532.

In Nr. 106 (Serbisch, S. 89; Kroatisch, S. 59) wird erzählt: Buadem, der auf »Salz und Brot« eingeladen worden ist, findet, daß sein Gastgeber nicht vielleicht aus Bescheidenheit so gesprochen hat: es gibt tatsächlich nichts andres; als nun der Gastgeber einem zudringlichen Bettler droht, er werde ihm den Schädel einschlagen, rät Buadem diesem, sich zu packen, weil der Mann nie lüge. Diese Geschichte steht schon bei Abdirabbihi (Basset in der *RTP*, XVIII, S. 217) und bei Kuka, S. 172, Nr. 53.

533.

Auf dem *Bäharistan*, (S. 83 der genannten Ausg.; Galland, S. 44) beruht wieder die Nr. 119 (Serbisch, S. 94; Kroatisch, S. 61; etwas anders *Nawadir*, S. 41): Buadems Frau (im *Nawadir*, Dschohas Sohn) ist schwer erkrankt, und Buadem läßt die Leichenwäscherin holen; als man ihm vorhält, daß doch die Kranke noch nicht tot sei, meint er, das tue nichts: wenn die Waschung beendigt sei, werde es auch mit ihr zu Ende sein, und so habe man wenigstens Zeit erspart. Vgl. auch eine Erzählung des *Nuzhat al udaba*, (Basset, *Keleti szemle*, I, S. 223, Nr. 25), wo Dschoha, der um einen Arzt für seinen Vater geschickt worden ist, gleich den Leichenwäscher mitbringt, weil usw. usw.

534.

Ebenso geht auf das *Bäharistan*, (S. 75 ff.; Galland, S. 36) die Nr. 120 (Kroatisch, S. 61) zurück: Buadem kommt zu einem Lehrer, dem er etwas aufzubewahren gegeben hat, und bittet, ihm das auszufolgen; er wird ersucht, bis zum Ende des Unterrichts zu warten. Da nun der Lehrer beim Unterrichte fortwährend mit dem Barte wackelt, sagt ihm Buadem, er solle nur um das Depot gehn; das Bartwackeln werde inzwischen er für ihn besorgen[25]. In der Fassung des *Nawadir*, (S. 41) ist der Lehrer durch einen Kadi ersetzt.

535.

Eine ziemliche Verbreitung hat die 121. Geschichte von Buadem (Serbisch, S. 94; Kroatisch, S. 61; Nouri S. 117; *Nawadir*, S. 41): Auf die Frage, wie viel Dumme es in seiner Heimat gebe, antwortet Buadem, das wisse er nicht, die Gescheiten aber könne er sofort herzählen. Schon Bar-Hebraeus erzählt sie mit der Lokalisierung in Emesa oder Homs, einem der vielen Schilda des Orients (Budge, S. 158, Nr. 630; ins Deutsche übersetzt von L. Morales in der

Zeitschr. d. D. Morgenl. Ges., XL, S. 419). Bahlul ist ihr Held im *Bāharistan*, (S. 74; Galland, S. 34); ebenso steht sie bei Cardonne, II, S. 119 (deutsche Ausg. S. 242) und Herbelot, I, S. 524; nach Herbelot erzählen Flögel, S. 172, Nick, I, S. 141 und Doran, S. 68. Vgl. weiter Chauvin, VII, S. 126[26].

Von den 29 Stücken, die *Murad Efendi*, in Reime gebracht hat, ist uns die Mehrzahl schon bei den nach andern Fassungen gebrachten Schwänken begegnet; hier mögen noch die Inhaltsangaben der Gedichte, zu denen ich Parallelen nachweisen kann, samt diesen folgen.

536.

Murad, Nr. 2: Nasreddin, der sich mit einem Nachbar, einem Geizhalse, nach einem Zwiste versöhnt hat, übernimmt die Beistellung des Friedensmahles, und auf dieses bereitete sich der Geizige durch ein längeres Fasten vor. Als er sich dann dazu einfindet, muß er Nasreddin erst zu den Einkäufen auf den Markt begleiten. Nasreddin fragt zuerst um gutes Weißbrot; da der Händler sein Brot, um es anzupreisen, mit Butter vergleicht, meint Nasreddin, es sei besser, sich gleich an die Butter zu halten. Die Butter wird nun als süß wie Öl gepriesen, und Nasreddin verzichtet auf sie zugunsten des Öls. Da weiter der Händler von seinem Öle sagt, es sei klar wie Wasser, sieht Nasreddin von jedem Einkaufe ab und bewirtet seinen Gast mit Wasser.

Dieselbe Geschichte, aber von einem Geizigen aus Basra und einem aus Kufa, bringt Hammer aus dem, wie er sagt, ursprünglich persischen, aber schon unter Murad II. ins Türkische übertragenen »Dschamiol Hikajat ve Lamiolrivajat« im *Rosenöl*, II, S. 267 ff.; ebenso steht sie bei A. Certeux, *Kebir-Chahà*, in der *RTP*, III, S. 496[b] ff. Die anscheinend älteste Version, wo in der obigen Reihe Brot und Butter fehlen, steht bei Bar-Hebraeus (Budge, S. 113 ff., Nr. 439; Morales in der *Zeitschr. d. D. Morgenl. Ges.*, XL, S.

416 ff.).

537.

Die Nr. 8 bei Murad erzählt: Als der Hodscha mit dem Aga auf die Jagd reiten muß, nimmt er sich drei Datteln mit; sooft er aber eine in den Mund steckt, richtet der Aga eine Frage an ihn, so daß ihm, weil er die Dattel samt dem Kerne nicht verschlucken kann, nichts übrig bleibt, als sie auszuspucken. Am Abende will der Aga mit einer Zofe seiner Gattin scherzen; aber nun rächt sich Nasreddin an ihm und stört ihn dreimal hintereinander just im entscheidenden Momente, indem er an die Tür pocht und immer eine seiner bei der Jagd gegebenen Antworten richtig stellt.

Von Harun al Raschid und seinem Sklaven Ibad erzählt dasselbe Hammer im *Rosenöl*, II, S. 232 ff. nach dem »Mehedschon-nufus«; an die Stelle Ibads tritt Abu Nuwas bei Meißner, *Neuarabische Geschichten aus dem Iraq*, S. 72 und 73, Nr. 40. Vgl. auch Basset in der *RTP*, XXII, S. 215 ff.

538.

In der 10. Erzählung Murads, die bei Buadem, Nr. 61 (Serbisch, S. 72; Kroatisch, S. 44) der Schlüpfrigkeit, damit aber auch des Witzes entkleidet ist, schleichen sich Strolche in den Stall Nasreddins; er und seine Frau hören ihr Gespräch, wonach sie beabsichtigen, die Kuh zu stehlen, den Hausherrn umzubringen und an der Frau ihre Lust zu büßen. Begreiflicherweise ist Nasreddin sehr entrüstet, als seine Frau zuzuwarten rät.

Dieses Exempel weiblicher Begehrlichkeit steht bei Hammer, *Rosenöl*, II, S. 293 nach dem »Nozhatol-ebsar«, das wohl mit dem von Basset in den *Contes populaires berbères*, S. 201 zu seiner dasselbe erzählenden 50. Geschichte (*Le vieillard, la femme et les voleurs,*) als Parallele zitierten *Kitab nozhat el absar,* identisch ist.

539.

Bei Murad, Nr. 19 zeigt sich Nasreddin von dem Vortrage eines stumpfsinnigen Dichters sehr gerührt; als ihn dieser voll Stolz fragt, was denn auf ihn einen besondern Eindruck gemacht habe, erhält er zur Antwort, daß sich Nasreddin beim Anblicke seines wackelnden Bartes[27] wehmütig eines alten Ziegenbockes im Vaterhause erinnert habe.

Dieser Schwank ist wohl zusammenzustellen mit dem vom Prediger mit der Eselsstimme, den ich im *Mönchslatein,* S. 8 mitgeteilt habe; in einer an unsere Version gemahnenden Form (Bart, nicht Stimme, ist das erinnernde Merkmal) steht er im *Nuzhat al udaba,* (Basset, *RTP,* XV, S. 353), bei Gladwin, II, S. 15, Nr. 33 (dazu Clouston, *Flowers,* S. 71 ff.), bei Swynnerton, S. 157 und in einer bulgarischen Erzählung aus Altserbien in der *Anthropophyteia,* II, S. 387 ff.

Zu meinen Nachweisungen im *Mönchslatein,* S. 197 ff. sind noch nachzutragen: A. Lecoy de la Marche, *L'esprit de nos aïeux,* S. 20 ff., Nr. 13 (nach J. de Vitry) und Paul Sébillot, *Contes de prêtres et de moines, recueillis en Haute-Bretagne,* Nr. 12 im *Archivio,* XIII, S. 567.

540.

Die 23. Erzählung Murads bringt die bekannte Geschichte vom Traumbrod, wozu man Chauvin, IX, S. 28[28] vergleiche, und zwar in einer Fassung, die der des *Nuzhat al udaba,* (Hammer, *Rosenöl,* II, S. 303 ff.; Basset in der *RTP,* XV, S. 668 ff.), aber auch der im *Mesnewi,* von Dschelaleddin Rumi außerordentlich nahe steht; nicht um Brot, sondern wie in der von Clouston in den *Popular Tales and Fictions,* II, S. 89 aus der *Historia Jeschuae,*

Nazareni, ..., illustrata a Joh. Jac. Huldrico, Leyden, 1705, d. i. Huldreichs Ausgabe der *Tholedoth Jesu*, mitgeteilten Version um eine Gans handelt es sich in der serbischen Ausgabe, S. 155 ff. (Nasreddin foppt zwei Derwische).

541.

Die kroatische Ausgabe enthält zwei außerordentlich verbreitete Erzählungsstoffe; der eine (S. 91 ff.; Nouri, S. 57 ff.) stellt die unter dem Namen Asinus vulgi bekannte Geschichte dar, zu der man die bei Chauvin, II, S. 148, III, S. 70 und 145 und VIII, S. 140 angegebene Literatur, ferner Waas, *Die Quellen der Beispiele Boners*, S. 48, Köhler, II, S. 571, Meißner, *Neuarabische Geschichten aus dem Iraq*, S. 54 und 55, Nr. 30 und S. 111 vergleiche. Zwei Versionen sind bis jetzt unbeachtet geblieben: die eine steht im *Antonius dialogus*, von Jo. Jov. Pontanus (*Opera*, Basilae, 1538, II, S. 163); die andere, die die Fabel damals schon als Altweibermärchen charakterisiert, findet sich in einem Briefe Petrarcas (*Epistolae de rebus familiaribus et variae*, ed. Fracasetti, Florenz, 1859 ff., II, S. 404):

Unam tibi e fabellis referam vulgo notis, et quibus anus ante focum hibernas noctes fallere solitae. Senex cum adolescente filio agebat iter. Erat his unus parvus asellus ambobus, quo vicissim laborem viae levabant. Hoc dum genitor veheretur, sequente pedibus suis nato, irridere obvii. En, aiebant, ut moribundus inutilisque seniculus dum sibi obsequitur, formosum perdit adolescentem. Desiluit senex, et invitum natum in suum locum sustulit. Murmurare praetereuntium turba; en ut segnis et praevalidus adolescens, dum propriae blanditur ignaviae, decrepitum patrem mactat. Pudore ille victus, patrem coegit ascendere. Ita uno quadrupede simul vecti murmur occurrentium indignatioque crebrescere, quod una brevis duabus magnis belluis premeretur. Quid te moror? His moti pariter ambo descendunt, et vacuo asello pedibus incedunt propriis. Enimvero tunc illusio acrior risusque protervior, duos asinos uni ut parcant, sibi non parcere. Hic genitor: cernis, inquit, fili, ut nil quod probetur ab omnibus fieri potest; repetamus pristinum morem nostrum; hi suum loquendi carpendique omnia morem servent. Nil amplius dicam, nec necesse est: rudis fabella, sed efficax.

542.

Weiter hat eine Geschichte in der kroatischen Ausgabe, S. 95 ff. (Nouri, S. 41 ff.) folgenden Inhalt: Der Hodscha erzählt seiner schwatzhaften Frau, er habe ein Ei gelegt. Sie erzählt das unter dem Siegel der Verschwiegenheit ihrer Nachbarin Ajscha, diese wieder ihrer Freundin Fatima; binnen kurzem verbreitet sich die Sache in stets gesteigerter Form in der ganzen Stadt und endlich erfährt sie auch der Sultan, dem schon von 699 Eiern berichtet wird. Auch er tut so wie die andern und fragt Nasreddin, ob es wahr sei, daß er 700 Eier gelegt habe.

Dies ist die Fabel La Fontaines *Les femmes et le secret,*; vgl. Boltes Nachweisungen bei Montanus, S. 592 ff. und Chauvin, VIII, S. 168 und 197.

543.

Unter den serbischen Überlieferungen in den *Anthropophyteia*, ist eine (I, S. 465 ff.), die ebenso wie eine Erzählung im *Nawadir*, (S. 16) den Stoff des *Dit de perdriz*, (Montaiglon-Raynaud, I, S. 188 ff.) behandelt; die serbische Variante tut dies in einer Form, die sehr an die der *Tausend und einen Nacht*, (Chauvin, VI, S. 179 ff.) erinnert. Man vergleiche Legrand, *Fabliaux ou contes*, Paris, 1829, IV, S. 38 ff.; Bédier, S. 466; v. d. Hagen, *Gesammtabenteuer*, II, S. XV ff.; Pauli, S. 514, Nr. 364; H. Sachs, II, S. 169 und III, S. 149; A. L. Stiefel in den *Hans Sachs-Forschungen*, S. 158 ff.; Benfey, I,

S. 146; Österley in der *Zeitschr. f. vgl. Littgesch*, I, S. 54; K. Reinhardstoettner ebendort, VII, S. 474; Cosquin, II, S. 348 ff.; *Fourberies*, S. 27 ff. Zu den an diesen Stellen genannten Nachweisungen kommen noch: *Der edle Fincken-Ritter*, S. 61, Nr. 353; Bladé, *Contes populaires de la Gascogne*, III, S. 289 ff.; Sébillot, *Littérature orale de la Haute-Bretagne*, S. 137 ff.; Stumme, *Tunis*, I, S. 73 und II, S. 122.

544.

Die Erzählung in der *Anthropophyteia*, II, S. 412 ff. ist äußerst obszön: Nasreddin rächt sich an einem Gläubiger, einem reichen Türken, der seine Tochter verführen will, indem er, als seine Tochter verkleidet, zuerst die drei Töchter und dann die Frau des Türken beschläft und schließlich noch ihn selber schändet. Der hier nur zum Schluß vorkommende Zug, daß die dankbaren Mädchen und ebenso ihre Mutter auf ihren Kuchenanteil zugunsten der falschen Zuleika verzichten, ist besser verarbeitet in Sercambis Novelle *De Malvagio famulo*, (ed. Renier, S. 335 ff.), zu der die 191. Facetie Poggios: *Facetia cuiusdam qui subagitabat omnes de domo*, samt den von Noël, II, S. 183 ff. beigebrachten Parallelen zu vergleichen ist.

545.

In Anton Panns *rumänischer*, Gedichtesammlung *Nazdravaniïle lui Nastratin Hogea*, wird S. 331 erzählt, wie der Hodscha ob seiner Lustigkeit von einem Freunde gefragt wird, ob er denn seine Schulden bezahlt habe. Er antwortet verneinend; aber die Sorge überlasse er den Gläubigern.

Das ist eine Variante der oft bearbeiteten 204. Facetie Poggios: *Exploratio ad hominem tristem ob pecuniam debitam*, (dazu Noël, II, S. 193 ff.).

546.

Pann, S. 338 (Griechisch, Nr. 151): Als der Hodscha Nasreddin Knoblauch gegessen hat, weigert sich seine Frau, mit ihm zu schlafen, weil sie den Geruch nicht verträgt. Der Hodscha fragt einen Freund, wie er es anstellen müsse, um geruchlosen Knoblauch zu bekommen, und erhält den Rat, ihn (der Schale) entkleidet zu pflanzen. Der Knoblauch riecht aber wieder, und nun meint der Freund, der Hodscha müsse eben auch sich selber entkleiden. Der Erfolg bleibt wieder aus, und der Hodscha sagt zum Knoblauch: Dich habe ich ausgezogen, mich habe ich ausgezogen, aber dein Gestank ist geblieben.

547.

Sehr hübsch ist folgende Geschichte bei Pann, S. 340: Als der Hodscha einmal sein Hemd flickt, bildet der Zwirn zufällig einen Knoten, und er merkt, daß die Näharbeit dadurch leichter von statten geht. Voll Stolz erzählt er allen Leuten, was für eine Erfindung er gemacht hat, erntet aber nur Spott.

Vgl. *Eulenspiegel*, Hist. 50 (Neudruck, Halle, 1884, S. 78 ff.; *Dr. Thomas Murners Ulenspiegel*, hg. v. Lappenberg, Leipzig, 1854, S. 73 ff. und 257) und Aug. Wilh. Schlegels *Poetische Werke*, Heidelberg, 1811, II, S. 278 ff.: *Parabel vom Eulenspiegel und den Schneidern*,.

548.

Pann, S. 342 ff.: Im Kaffeehause bitten den Hodscha seine Freunde, eine Lüge zu sagen; er entgegnet aber mit trauriger Miene, sie hätten freilich leicht lustig sein, ihm sei aber sein Vater gestorben, und er habe kein Geld zum Begräbnis. Darauf gibt ihm jeder Geld und er geht mit einem hübschen

Sümmchen fort. Bald darauf kommt der totgesagte Vater ins Kaffeehaus; auf die Vorwürfe seiner Freunde entgegnet Nasreddin, sie hätten ihn ja lügen heißen.

549.

Pann, S. 344 ff.: Ein Kaufmann gibt dem Hodscha irrtümlich Seife statt Käse. Als der Hodscha den vermeintlichen Käse ißt, stellt er fest, daß er anders als sonst schmecke; seine Frau, die ihm zusieht, sagt ihm, daß er eben Seife esse. Aber Nasreddin ißt ruhig weiter: der Kaufmann sei ein Ehrenmann, und was er bezahlt habe, werde er auch essen.

Ebenso essen im 24. Stücke der *Märchen der Schluh von Tazerwalt*, von Stumme, Leipzig, 1895 die Bewohner des Wad Draa Seife für Honig (Hartmann in der *ZVV*, VI, S. 269).

550.

Ein guter Schwank ist auch folgender (Pann, S. 346): Der Hodscha geht mit seiner Ziege auf den Markt, um dort ihre Milch zu verkaufen. Es kommt ein Kunde, und der Hodscha melkt die Ziege; da aber dem Kunden die Milch zu teuer ist, schüttet er sie der Ziege zurück in den Mund, damit sie wieder in die Euter fließe.

Vgl. dazu *Kathá Sarit Ságara*, II, S. 61: *Story of the king who replaced the flesh*, mit Tawneys Noten.

551.

Diese Ziege wird später (Pann, S. 346) von Wölfen gefressen; der Hodscha macht sich aber nichts daraus und sagt: Wo Gewinn ist, kann auch einmal ein Verlust sein.

552.

Altbekannte Motive behandelt die folgende Erzählung

(Pann, S. 347 ff.): Der Hodscha sieht einmal, wie in einem Hofe ein Diener einem reich geschmückten Esel die Fliegen abwehrt, während der Eigentümer des Esels vergnügt zusieht; er geht hin, umarmt und küßt den Esel und sagt: »Schade, daß er nicht reden kann.« Auf die erstaunte Frage des Eigentümers antwortet er: »Freilich kann ich ihn reden lehren, noch dazu in vier fremden Sprachen.« Daraufhin bekommt er den Esel mit nach Hause und dazu ein schönes Stück Geld, damit er das verwöhnte Tier ordentlich pflege; in einem Jahre soll der Unterricht beendet sein. Nasreddins Frau ist mit dem Geschäfte nicht zufrieden, aber er tröstet sie, daß in dem Jahre entweder der Besitzer oder der Esel oder er selber sterben könne, und das Geld habe er ja schon. Am nächsten Tage beginnt er mit dem Unterrichte, indem er dem Esel mit Stockschlägen beibringt, auf einen Wink mit der Hand den Kopf zu heben oder zu senken. Als das Jahr um ist, bringt Nasreddin den Esel zu seinem Herrn, der eine Menge Gäste eingeladen hat. Auf die Frage Nasreddins, ob er wie die andern Esel brüllen wolle, hebt der Esel den Kopf zum Zeichen der Verneinung, und so beantwortet er noch eine Reihe ähnlicher Fragen. Den Einwand des Besitzers, daß der Esel noch immer nicht spreche, beantwortet Nasreddin dahin, daß der Esel noch ein kleines Kind sei, das schon alles verstehe, aber zu reden erst noch lernen werde. Der Herr des Esels gibt mit Freuden wieder Geld her, aber nun ändert Nasreddin sein Verfahren; er gibt dem Esel, dem er das Essen abgewöhnen will, täglich weniger Futter, bis er endlich verendet. Als er dann dem Eigentümer des Esels dessen Tod meldet, veranstaltet ihm der voll Trauer ein schönes Begräbnis.

In den Hauptzügen deckt sich diese Geschichte mit La Fontaines Fabel *Le charlatan*, zu der man Robert, *Fables inédites des XIIe, XIIIe et XIVe siècles*, Paris, 1825, II, S. 54 ff. vergleiche. Um einen Bären handelt es sich bei Lodovico Carbone, *Facezie*, ed. Abd-el-Kader Salza, Livorno, 1900, S.

58 ff., Nr. 83, um einen Affen in der 88. Novelle von Des Periers (zit. Ausg. S. 300 ff.): *D'un singe qu'avoit un abbé, qu'un Italien entreprint de faire parler,* und um einen Elephanten in folgenden Fassungen: Guicciardini, *Detti et fatti,* Venetia, 1581, S. 21: *Cosa opportuna, et utile, godere il beneficio del'tempo: Le tombeau de la melancholie,* (1. Ausg. 1625), Paris, 1639, S. 214 ff.: *Gentille inuention d'vn Gentilhomme François pour sauver sa vie; Democritus ridens,* S. 42; *Roger Bontemps en Belle humeur,* S. 369: *Bon tour d'Anthoine Martinus; Das kurtzweilige Leben von Clement Marodt,* (1. deutsche Ausg. 1660), Gedruckt im Jahre 1663, S. 29 ff.; (Henry Daudiguier) *Histoire des amours de Lysandre et de Calisto,* (1. Ausg. Leyden, 1650), Amsterdam, 1670, S. 433. Die Geschichte ist noch heute lebendig, wie Roseggers Bearbeitung zeigt.

Älter scheint die Erzählung von dem Esel zu sein, der lesen lernen soll Stricker, *Der Pfaffe Amis,* v. 181 ff. (Lambel, *Erzählungen und Schwänke,* Leipzig, 1872, S. 25 ff., 13 und 16); Poggio, fac. 250: *Facetum hominis dictum asinum erudire promittentis,* (Noël, II, S. 257 ff.); Brant, *Esopi appologi,* Basileae, 1501, Bl. B_7ᵃ; *Eulenspiegel,* Hist. 29 (Neudruck, S. 44 ff.; Lappenberg, S. 40 ff. und 246); Camerarius, *Fabellae Aesopicae,* Tubingae, Ex. off. Morhardi, 1538, Bl. 86ᵃ: *Rex et subditus,*: H. Sachs, IV, S. 308; Fr. Delicado, *La Lozana Andaluza,* Paris, 1888, II, S. 277 ff.; Seb. Mey, *Fabulario,* Valencia, 1613, fáb. 47 (Menéndez y Pelayo, *Origenes,* II, S. CX ff.); *Tales and Quicke Answeres,* Nr. 99: *Of hym that vndertoke to teache an asse to rede,* (Hazlitt, I, S. 115); Prym-Socin, *Tûr 'Abdín,* II, S. 291 ff. (hier handelt es sich um ein Kamel). Lesen und schreiben soll der Esel lernen bei Abstemius, *Hecatomythium secundum,* fab. 33: *De grammatico docente asinum,* (*Aesopi Phrygis et aliorum Fabulae,* Venetiis, 1539, Bl. 61ᵇ) und Waldis, *Esopus,* IV, Nr. 97 (hg. v. Kurz, II, S. 270 ff. und Anm. S. 184). Vgl. weiter Levêque, *Les mythes et les légendes de l'Inde et de la Perse*, Paris, 1880, S. 560 ff., *ZVV*, VII, S. 95 ff. und *Archivio*, XXI, S. 358.

Zu dem Troste, daß in der gestellten Frist der eine oder der andere sterben kann, vgl. Chauvin, VIII, S. 117 ff.

Der Zug, daß *einem Esel oder Pferde das Essen abgewöhnt*, werden soll, kehrt auch heute noch oft in Schwänken wieder; er findet sich aber schon im Philogelos, wo die 9. Facetie lautet:

Σχολαστικὸς θέλων τὸν ὄνον αὐτοῦ διδάξαι μὴ τρώγειν, οὐ παρέβαλεν αὐτῷ τροφάς. ἀποθανόντος δὲ τοῦ ὄνου ἀπὸ λιμοῦ, ἔλεγε· μεγάλα ἐζημιώθην· ὅτε γὰρ ἔμαθε μὴ τρώγειν, τότε ἀπέθανε.

553.

Interessant ist ein griechisches, »Märchen« in den schon zitierten 52 Παραμύθια; es ist das 23. (S. 54 ff.): Ἡ γυναῖκα τοῦ Ναστραδὶν Χότζα, dessen wesentlicher Inhalt in einer breitern Fassung in den Νεοελληνικὰ Ἀνάλεκτα, II, Athen, 1874, S. 103 ff. als 33. der Λημώδη παραμύθια Νάξου wiederkehrt: Die Frau Nasreddins ist in den Arzt des Dorfes verliebt. Da er auf ihre Blicke und sonstigen stummen Liebeswerbungen nicht achtet, schickt sie ihm endlich durch ihre Magd eine Torte, worein sie einen Zettel gesteckt hat. Der Hodscha begegnet der Magd, nimmt ihr die Torte ab, ißt diese mit einem Freunde auf, liest den Zettel, übergibt der Magd einen andern, des Inhalts, daß er in der Dunkelheit kommen werde, und befiehlt ihr, der Frau zu sagen, sie habe ihren Auftrag ausgerichtet und der Arzt sende ihr diese Antwort. Ganz glückselig richtet die Frau alles her zum Empfange des Geliebten. Inzwischen geht der Hodscha zu dem Arzte und läßt sich von ihm ein stark wirkendes Abführmittel geben; in der Dunkelheit geht er dann in sein Haus. Seine Frau, die ihn erwartet hat, hält ihn, weil beide gleich dick sind, für den Arzt, und sie begeben sich sofort ins Bett. Nun beginnt auch schon das Abführmittel zu wirken: der angebliche Arzt besudelt nicht nur Bett und Zimmer, sondern auch die liebeshungrige Frau und macht sich endlich unter ihren Verwünschungen davon. Nach einigen Tagen kommt der Hodscha zurück, und sein erstes ist, daß er den Arzt zum Essen einlädt. Seinem der Magd erteilten Auftrage gemäß, fehlt auf dem Tische bald ein Löffel, bald eine Gabel, bald ein Glas, so daß er mehrmals Gelegenheit hat, das Zimmer zu verlassen und die Zornesausbrüche seiner Frau gegen den Arzt zu belauschen, dem sie schließlich einen Löffel Reis ins Gesicht wirft. Der Arzt entfernt sich, indem er dem Hodscha sein Bedauern ausspricht, daß sein Weib nicht recht bei Sinnen sei. Sie ist aber von ihrer Leidenschaft geheilt und liebt fortan ihren Hodscha so wie früher den Arzt.

Mit geringfügigen Abweichungen wird diese Geschichte in einer Novelle Bandellos erzählt, nämlich der 35. des I. Teiles: *Nuovo modo di castigar la moglie ritrovato da un Gentiluomo veneziano,*; die Novelle Bandellos ist die Quelle der 1. Histoire in den *Amans trompez*, Amsterdam, 1696, S. 3 ff.: *De Camille, et du Docteur du, Cil*, die wieder nach Tittmanns Einleitung zum II. Bande der *Simplicianischen Schriften*, Grimmelshausens, Leipzig, 1877, S. XIX ff. die Quelle der Erzählung im 5. bis 8. Kapitel des II. Teiles des *Vogelnests*, S. 174 ff. ist.

554.

Die griechische Ausgabe der Schwänke Nasreddins schließt mit einer Geschichte, in der Nasreddin gar nicht vorkommt; denselben Inhalt hat aber Buadem, Nr. 161 und überdies hat sie Renato La Valle 1910 im *Giornale d'Italia*, dessen Vertreter er in Konstantinopel ist, von Nasreddin mitgeteilt: Einmal erschien Nasreddin vor dem Sultan und klagte ihm sein Leid; »Ich habe nicht zu leben,« sagte er,

»könnte aber mein Leben sehr gut fristen, wenn du mir durch ein Handschreiben die Erlaubnis gäbest, von jedem Muselman, der vor seiner Frau Furcht hat, fünf Para einzuheben.« Da die Zahl der Muselmanen, die ihre Weiber fürchten, sehr groß ist, wird der Hodscha bald ein reicher Mann. Da sagt der Sultan zu ihm: »Da du durch meine Gnade reich geworden bist, hoffe ich, daß du dich mir durch ein Geschenk erkenntlich zeigen wirst.« »Sicherlich, Großherr; ich habe dir auch schon eine wunderschöne Sklavin aus Cypern mitgebracht.« »Sprich doch leiser,« sagte der Sultan, indem er sich scheu umblickte; »im Nebenzimmer ist meine Frau.« Sofort nahm der Hodscha den Erlaß aus der Tasche und sagte: »Fünf Para her, Großherr!«

Vgl. Krauss, *Zigeunerhumor*, S. 208 ff.: *Wer sich da vor seinem Weibe fürchtet,*.

555.

Zum Schlusse folge eine Dschohageschichte, die Reinisch in der *Nubasprache*, im Idiome von Fadidscha, aufgezeichnet, deren Übertragung ins Deutsche er aber aus naheliegenden Gründen unterlassen hat (*Nuba-Sprache*, I, S. 236 ff.):

Dschauha quondam gregem prae se agebat ac dum vadit magna voce clamavit: »Gregem meum totum is, sive vir erit sive femina, accipiet, qui me edocuerit, quo modo coitus instituatur.«

Quam conditionem captiosam audivit homo quidam, qui in loco superiore occupatus erat opere in agro. Oculis igitur modo in meridiem, modo in septentrionem conversis non conspexit ullum testem molestum.

Tum is homo secum: »Age, inquit, id quod vult edocebo istum ac gregem eius accipiam.« Itaque Dschauham is acclamavit verbis: »Heus tu, huc veni! nam te edocebo.«

Venit Dschauha et rusticus braccis detractis se obtulit illi apto ad eam rem usus corporis statu. Qui mox penem intulit in anum rustici semenque emisit.

Iam cum penem eduxisset Dschauha quaesivit ex rustico, quid esset album illud, quod de natura ipsius destillaret. Rusticus: »Inde, inquit, nascuntur pueri.«

Tum Dschauha rusticum manibus apprehendit et clamavit: »Redde mihi liberos meos!« Is autem cum, ne clamore Dschauhae res proderetur, metueret, miti ac clara voce dixit: »Ego vero nullo pacto postulo gregem tuum; quam ob rem tacitus quaeso abeas.«

Unde profectus cum grege Dschauha cum ad villam venisset, ante aedium ianuam mulierem vidit cum puella sedentem. Cum igitur ibi eadem quae ante clamando pronuntiasset, mulier ad puellam haec locuta est: »Cum non sint nobis armenta, hunc quae vult edocendo faciam, ut gregem eius accipiam.«

Advocatus Dschauha, postquam mulier vestibus depositis accubuit, eam subagitavit. Coitu perfecto ex muliere quaesivit, quid esset album illud, quod de natura ipsius destillaret.

Respondit mulier: »Necdum id tu cognovisti?« »Minime,« ait Dschauha. Et mulier: »Inde, inquit, nascuntur pueri.«

Tum Dschauha mulierem manibus apprehendit ac minis usus petiit ab ea, ut sibi liberos redderet. Perterrita mulier: »Iam abeas, inquit, cum grege.« Itaque profectus est Dschauha.

Cum autem sol ad occasum vergeret, rusticus domum venit ex agro ac cum matre, uxore filiaque consedit ad cenandum.

Sedentibus iis, vir cum grave interdiu fecisset opus podice, crepitum emisit.

Tum is: »Quid, inquit, id est?« Et uxor: »Id podex tuus fecit.«

Quae cum dixisset mox ipsa crepuit. Ex qua cum quaesivisset vir, cur creparet, respondit: »Praeteriit villam nostram homo quidam cum aliquot boum capitibus et clamavit: ›Qui me coitum facere didicerit, sive vir erit sive femina, gregem meum mercedem accipiet.‹ Ut rem familiarem tuam augerem, me ab illo subagitari passa sum, qua re defatigata crepitum emisi.«

Tum vir: »Ergone, inquit, iste huc etiam venit? ut ego quoque creparem, is effecit.«

Quae cum locuti essent, rem integram reliquerunt.

FUSSNOTEN

<u>1</u> Abdallah ibn Abbas, der Vetter Mohammeds, von dem angeblich ein Korankommentar herrühren soll.

<u>2</u> Ist der 103. Vers der 23. Sure des Korans, die vom jüngsten Gerichte handelt.

<u>3</u> Vers 1 und 2 der 95. Sure »Die Feige«; eigentlich sollten sie lauten: »Bei der Feige und dem Ölbaume und dem Berge Sinai.«

<u>4</u> Ein mit Hammelfett und Weizenmehl hergestellter Brei.

<u>5</u> Die folgende Episode ist in der deutschen Übertragung der *Tunisischen Märchen*, nicht enthalten; Herr Prof. Dr. Stumme war so liebenswürdig, meiner Bitte um eine Übersetzung nachzukommen, wofür ihm auch an dieser Stelle herzlichst gedankt sei.

<u>6</u> Die Aissawa sind nach Basset eine in ganz Nordafrika weit verbreitete religiöse Bruderschaft nach Art der Fakire, die sich ebenso wie diese durch Tänze und wilde Bewegungen eine gewisse körperliche Unempfindlichkeit aneignen; sie essen Glas und Skorpione, lassen sich von giftigen Schlangen beißen, lecken glühendes Eisen, verschlucken Kiesel usw.

<u>7</u> Das heißt, daß der Verräter keinen Anspruch auf den Lohn hat.

<u>8</u> Die Übersetzung der Nrn. 419 und 420 ist wortwörtlich; leider bringt das Original nur diese Inhaltsangaben.

<u>9</u> Gemeint ist der jetzige Corso Vittorio Emanuele in Palermo, der im Volksmunde Via Cassaru oder Cassero heißt, und zwar nach dem arabischen *al kassar*, d. i. die Burg.

<u>10</u> Mustafa.

<u>11</u> Im Originale πεστιμάλι.

<u>12</u> χαβλί.

<u>13</u> Das Pistazienharz, das im Orient zur Zahnpflege und zur Zahnreinigung dient.

<u>14</u> Etwa Polizeileutnant.

<u>15</u> Über Masudi vgl. Brockelmann, I, S. 143 ff.; er ist 956 gestorben.

<u>16</u> Der Verweis Bassets in der *RTP*, XVII, S. 93 auf Hammer, *Rosenöl*, II, S. 308 ist irrtümlich.

<u>17</u> Gastius nennt seine Quelle nur kurz *Cam.*, Melander aber ausführlich *D. Joachimus Camerarius in Rhetoricis suis*, d. s. die der Ἀριθμολογία ἠθική, Lipsiae, 1552 angehängten *Exempla*

diversa exercitii rhetorici,.

18 Nur ein einseitiger Zusammenhang besteht mit der Nr. 22 der *Hundred Mery Talys*, (ed. by Oesterley, London 1866, S. 42 ff. und bei Hazlitt, *Shakespeare Jest-Books*, I, S. 40 ff.).

19 Die Schlußverse lauten:

> Will nicht zum Mahomet der träge Hügel kommen,
> So geht jetzt Mahomet zum trägen Hügel hin.

20 Vgl. meine Ausführungen darüber bei Arlotto, II, S. 328 ff.

21 Vgl. Wesselski, *Arlotto*, II, S. 308 ff.

22 Wohl für Scharsach: s. Grimm, VIII, S. 2220 ff.

23 Kaswin (südlich vom kaspischen Meere) ist eines der vielen Schilda des Orients.

24 813–833.

25 Zur Erklärung dieser Schnurre fährt Galland fort: Les Mahometans ont cette coutume dans tout le Levant de branler la tête en devant et en arrière lors qu'ils lisent: et comme les enfans qui lisoient sous ce Maitre d'Ecole branloient la tête, le Maitre d'Ecole branloit aussi sa sienne, quoi qu'il eut pu s'en abstenir, mais c'etoit sa coutume. Les Juifs branlent aussi la tête dans leur Synagogues en priant Dieu, mais d'une épaule à l'autre, et non pas en devant et en arrière comme les Mahometans. Les uns et les autres prétendent que cette agitation les rend plus attentifs à leurs Prières.

26 Die Quellen Herbelots bespricht Meißner in den *Neuarabischen Geschichten aus dem Iraq*, S. v; über Bahlul überhaupt s. die bei Chauvin, VII, S. 127 angegebene Literatur und Prym-Socin, *Tûr 'Abdin*, II, S. 387.

27 S. die Fußnote 1 auf S. 241.

28 Eine Variante habe ich im *Euphorion*, XV, S. 10 ff. behandelt.

Index.

Catull I, 211.

Celtes, *Epigramme*, II, 214.

Cent nouvelles nouvelles, I, 271; II, 187 204.

Cervantes, *Don Quixote*, I, 268.

Chappuis, *Les facétieuses Journées*, I, 247.

Chevreau, *Histoire du monde*, II, 191.

Cicero, *De oratore*, I, 225; II, 239.

Cieco da Ferrara, *Mambriano*, I, 265.

Conceites (The Pleasant) of Old Hobson, I, 225 234.

Conceits, *Clinches, Flashes, and Whimzies*, II, 219.

Conceyts (Certayne) and Jests, I, 231; II, 226.

Cortesius, *Volantillae*, II, 221.

Cosquin, *Contes populaires de Lorraine*, I, 272; II, 182 183 184 195 203 204
    205 209 211 213 214 245.

Costo, *Il Fuggilozio*, I, 228 235 278; II, 190 210 229.

Cowell, *The Jâtaka*, I, 272.

Crane, *Italian Popular Tales*, I, 265; II, 195 211.

Cukasaptati, II, 187.

Dähnhardt, *Natursagen*, I, 265.

Daudiguier (Henry), *Lysandre et Calisto*, II, 249.

Delicado, *La Lozana andaluza*, II, 249.

Delight and Pastime, I, 215.

Democritus ridens, I, 213 215 266 280.

Descriptio Norfolcensium, II, 230.

Des Periers, *Nouvelles récréations*, I, 223 233 235; II, 248.

Domenichi, *Facetie*, I, 215 221 231 232 250 266; II, 187 204 220 226 234.

Doni, *I Marmi*, I, 231.

— — *Rime del Burchiello*, I, 233.

— — *La Zucca*, II, 221.

Dschami, *Bäharistan*, I, 259 282; II, 189 202 239 240 241.

al Dschausi, *Kitab al askija*, II, 189.

Morlini, *Novellen,* I, 240 250 263 271 272; II, 184 212 213 228 237.

Motylinski, *Dialogue en dialecte de Djerba*, I, 236.

Müllenhoff, *Märchen und Lieder*, I, 241 268.

Musculus, *Enarrationes*, I, 269.

Narren, Gaukler und Volkslieblinge:

Arlotto s. *Arlottos Schwänke,.*

Armstrong s. *Archie Armstrong's Banquet of Jests,.*

Bahlul II, 212 241.

Barlacchia s. *Facetie, motti, buffonerie,.*

Abu Dulama II, 237.

Eulenspiegel II, 246 249; s. auch Mackenzie.

Gonnella II, 228.

Habannaka I, 214; II, 231.

Hobson s. *Conceites (The Pleasant),.*

Karakusch I, 230; II, 210 229 230.

Klaus Narr s. Bütner.

Abu Nuwas I, 211; II, 184 242.

Poncino della Torre s. *Facetie (Le piacevoli),.*

Scogin s. *Jests of Scogin,.*

Sztukoris s. Veckenstedt, *Sztukoris,.*

Triboulet I, 223; II, 231.

Nicolas de Troyes, *Le grand parangon des nouvelles nouvelles*, I, 265.

Nieri, *Racconti popolari lucchesi*, I, 257.

Nopcsa, *Aus Sala und Klementi*, II, 206.

Novella dell Grasso legnajuolo, I, 275.

Novelle antiche, I, 227 229.

Nugae doctae Gaudentii Jocosi, I, 269.

Nugae venales, II, 235.

Nuzhal al udaba, I, 230 234 257 282; II, 181 188 194 196 217 224 226 239 240 243.

O'Connor, *Folk Tales from Tibet,* I, 225; II, 183 195.

Ortoli, *Les contes populaires de l'île de Corse,* I, 241.

Ouville, *L'Elite des Contes,* I, 228 277.

Oxford Jests, I, 225; II, 221.

Panciatichi, *Cicalate,* II, 226.

Pantagruéliques (Les), I, 225.

Pantschatantra, (Benfey) II, 187 201 206 207 245.

— — (Dubois) I, 263.

Parangon (Le) des Nouvelles honnestes, I, 229.

Pasquil's Jests, I, 275.

Pauli (Joh.), *Schimpf und Ernst,* I, 223 232 239 244 264 275; II, 185 189 194
197 245.

Pauli (Seb.), *Modi di dire,* I, 228 265.

Petrarca, *Epistolae,* II, 244.

Petrus Alphonsi, *Disciplina clericalis,* I, 206.

Pharaon, *Spahis, Turcos et Goumiers,* I, 222.

Philagrius s. *Philogelos,.*

Philogelos, I, 206 208 210 213 219 222 225 230 263 274 277; II, 235 236 237
239 249.

Pinedo (Luis de), *Libro de chistes,* I, 205; II, 221.

Pitrè, *Fiabe, novelle e racconti popolari siciliani,* I, 217 250 265; II, 195 213.

245

−− *Novelle popolari toscane*, I, 212 218 226 272; II, <u>182</u> <u>201</u> <u>211</u> <u>212</u> <u>213</u>.

Plutarch, *De exilio*, I, 219.

−− *Questiones graecae*, II, <u>185</u>.

Poggio, *Facetiae*, I, 234 244 257 265 267 278; II, <u>190</u> <u>204</u> <u>229</u> <u>232</u> <u>246</u> <u>249</u>.

Pontanus (Jo. Jov.), *Antonius dialogus*, II, <u>244</u>.

Predigtmärlein I, 222 231 250 280; II, <u>185</u> <u>203</u> <u>213</u> <u>243</u>.
    S. auch Bromyard, Jacques de Vitry, Johannes Junior, *Mensa philosophica*, und Meder.

Preindlsberger-Mrazovic, *Bosnische Volksmärchen*, II, <u>201</u> <u>211</u>.

Prym und Socin, *Tur 'Abdîn*, I, 210 217 268; II, <u>241</u> 249.

Pulci, *Morgante*, I, 239.

Radloff, *Volkslitteratur der türkischen Stämme Südsibiriens*, II, <u>194</u> <u>213</u>.

Récréations françoises, I, 278.

Recueil des plaisantes et facetieuses nouvelles, I, 223 233 271; II, <u>187</u>.

Reinisch, *Die 'Afar-Sprache*, I, 278; II, <u>212</u>.

−− *Die Bedauye-Sprache*, II, <u>215</u>.

−− *Die Nuba-Sprache*, I, 223, 235; II, <u>206</u>.

−− *Die Saho-Sprache*, II, <u>215</u>.

Rittershaus, *Die neuisländischen Volksmärchen*, I, 226 240 252 263 272 274 276; II, <u>197</u> 214.

Rivière, *Contes populaires de la Kabylie du Djurdjura*, II, <u>184</u> <u>205</u>.

Roda Roda, *Der Pascha lacht*, I, 213 225 232 258 260 261 263 268 272 280; II, <u>181</u> <u>201</u> <u>225</u> <u>228</u> <u>233</u> 237.

Roger *Bontemps en Belle Humeur*, II, <u>181</u> <u>248</u>.

Rückert I, 211 269.

Saadi, I, 258.

Sacchetti, *Novelle*, I, 259 277.

Sachau, *Fellichi-Dialekt von Mosul*, I, 255.

Sachs (Hans) I, 223 229 232 256 257 259 265 268; II, <u>188</u> <u>192</u> <u>245</u>.

Sackful of News, I, 207 242; II, <u>182</u>.

Sagredo, *L'Arcadia in Brenta*, I, 220 225 228 247 254 266 280; II, 204 210 232 234.

Santa Cruz (Melchor de), *Floresta española*, I, 229.

Sauvé, *Le Folk-lore des Hautes-Vosges*, I, 220.

Schiefner, *Tibetan Tales*, I, 242.

Schildbürger, s. *Lalenbuch,*.

asch Schirwani, *Nafhat al jaman*, I, 211 243 260; II, 201 237.

Schlegel (August Wilhelm) II, 246.

Schleicher, *Litauische Märchen*, I, 217; II, 198.

Schott, *Walachische Märchen*, II, 205.

Schumann, *Nachtbüchlein*, I, 244 265 268 269 276; II, 203.

Schupp I, 222 231.

Sébillot, *Litteratture orale d'Auvergne*, I, 252; II, 205.

— — *Litteratture orale de la Haute-Bretagne*, I, 252 272 276; II, 215 229 245.

Sercambi, *Novelle*, I, 214; II, 246.

Siao li Siao, I, 206.

Sklarek, *Ungarische Volksmärchen*, II, 201 205 206.

Socin und Stumme, *Der arabische Dialekt der Houwara*, II, 198 204 205.

Somadeva, *Kathá Sarit Ságara*, I, 242; II, 182 201 213 247.

Somma, *Cento racconti*, II, 190.

Stobaeus II, 185.

Storia di Campriano contadino, II, 197.

Straparola, *Piacevoli notti*, I, 264 265 271; II, 184 216.

Stricker, *Der Pfaff Amis*, II, 249.

Stumme, *Maltesische Märchen*, II, 214.

— — *Tunisische Märchen*, II, 245.

Swynnerton, *Romantic Tales from the Panjâb*, I, 217 224 231 262 265 268 270 272 277; II, 184 195 243.

Syntipas, II, 196.

Tabourot, *Contes facecieux du Sieur Gaulard*, I, 208 219 272 277; II, 191 223 227 229.

Tale of Beryn, I, 245.

Tales and Quicke Answeres, I, 225 231 234 250 268; II, 249.

Tales (Mery) of the Mad Men of Gotham, I, 244 268 272; II, 229.

Tallemant des Reaux II, 214.

Tantrâkhyâyika, I, 249; II, 213.

Tausend und eine Nacht, I, 238 244 271 282; II, 198 204 213.

Tewfik, *Ein Jahr in Konstantinopel*, II, 236.

Theodulphus, *Carmina*, II, 218.

Tholedoth Jesu, II, 244.

Thorburn, *Bannú*, II, 184.

Timoneda, *Patrañuelo*, I, 220.

— — *Sobremesa*, I, 225 279.

Titius, *Loci controversi*, I, 218.

Tombeau (Le) de la melancolie, II, 248.

Tripitaka, I, 242 272.

Veckenstedt, *Sztukoris*, I, 224; II, 198.

— — *Zamaiten*, I, 241.

Velten, *Märchen der Suaheli*, I, 211; II, 212.

Vinson, *Le Folklore du Pays Basque*, I, 217.

Volkserzählungen:

    Afghanische s. Thorburn.

    Ägyptische s. Artin.

    Albanische s. Nopcsa.

    Algerische s. Basset, *Contes berbères*, (auch von Berbern in Marokko usw.), derselbe, *Zenatia*, Pharaon und Rivière.

    Annamitische s. Landes.

    Brasilianische II, 195.

    Corsicanische s. Ortoli.

    Dalmatinische II, 182 205.

    Deutsche I, 217 242 246 268; s. auch Birlinger, Bronner, Busch, Grimm, Jahn, Albr. Keller, Knoop, Meier, Merkens und

Müllenhoff.

Englische s. Jacobs.

Finnische II, 196.

Französische I, 217 224 237 241 242 252 268 272 274 275; II,
182 184 190 195 203 205 209 211 212 213 215 231 243;
s. auch Bladé, Carnoy, Cosquin, Fleury, Luzel, Sauvé,
Sébillot und Vinson.

Griechische II, 251; s. auch Georgeakis.

Indische s. *Guru Paramártan*, Knowles, Minaef und Swynnerton.

Indonesische s. Bezemer.

aus dem Irak s. Meißner.

Isländische s. Rittershaus.

Italiänische I, 207 220 237 241 250 262 264 274; II, 180 212 213
215 219; s. auch Andrews, Crane, Gonzenbach, Monnier,
Nieri, Seb. Pauli, Pitrè und *Storia*,.

Japanische I, 252.

Jüdische I, 222 241.

Keltische s. Campbell und Jacobs.

aus dem östlichen Kleinasien s. Lidzbarski, Prym-Socin und
Sachau.

Lettische s. Böhm.

Litauische s. Schleicher und Veckenstedt.

Maltesische s. Ilg und Stumme.

Marokkanische II, 205 247; s. auch Socin-Stumme.

Nubische s. Reinisch, *Nuba*, und *Bedauye*,.

aus Ostafrika s. Reinisch, *'Afar*, und *Saho*,.

Rumänische s. Ispirescu und Schott.

Russische I, 205.

Sibirische s. Radloff.

Siebenbürgische s. Haltrich.

Skandinavische II, 195; s. auch Asbjörnsen.

Spanische II, 221.

Suaheli s. Büttner und Velten.

Südslavische II, 195; s. auch *Anthropophyteia*, Krauss und
Preindlsberger-Mrazovic.

Tibetanische s. O'Connor und Schiefner.

aus Timbuctu I, 216.

Tunisische I, 277; II, 215; s. auch Motylinski und Stumme.

Türkische II, 202; s. auch Jacob.

Ungarische s. Sklarek.

Westslavische s. Léger.

der Zigeuner s. Krauss und Wlislocki.

Wajikra rabba, I, 227; II, 235.

Waldis, *Esopus*, I, 239 269; II, 206 249.

Wickram, *Rollwagenbüchlein*, I, 207 232 235 249 275 278; II, 198 210.

Wlislocki, *Märchen der transsilvanischen Zigeuner*, II, 206 209.

Zabata, *Diporto de' viandanti*, I, 212 220 225; II, 232.

Zakani, *Die herzerfreuende Schrift*, I, 207 210 214 235 244 248; II, 185 217.

az Zamachschari, *Rabi al abrar*, I, 235.

Zimmerische Chronik, I, 248 269.

Zincgref-Weidner, *Teutsche Apophtegmata*, I, 208 229 238 241 262; II, 189
196 226 229 231.